刘心武作品精读

深夜月当花

刘心武 著

中国出版集团
東方出版中心

图书在版编目(CIP)数据

深夜月当花：刘心武作品精读 / 刘心武著. — 上海：东方出版中心，2019.7
ISBN 978-7-5473-1513-2

Ⅰ.①深… Ⅱ.①刘… Ⅲ.①散文集-中国-当代
Ⅳ.①I267

中国版本图书馆CIP数据核字（2019）第139824号

深夜月当花——刘心武作品精读

出版发行：东方出版中心
地　　址：上海市仙霞路345号
电　　话：（021）62417400
邮政编码：200336
印　　刷：上海盛通时代印刷有限公司
开　　本：890mm × 1240mm　1/32
字　　数：218千字
印　　张：8.625
版　　次：2019年7月第1版第1次印刷
ISBN 978-7-5473-1513-2
定　　价：36.00元

目录

01 王小波，晚上能来喝酒吗

02 深夜月当花

03 曲径通香处

04 读书的四种方式

王小波，晚上能来喝酒吗

01

导读

寻找本真 积淀思想

《王小波，晚上能来喝酒吗》这一辑的几篇散文既有刘心武先生对个人及其家庭经历的回忆和思考，更有对不同时代不同人物——坚守其志的知识分子，青岭、老罗等其他平民朋友——生命印记的关注，以各种极具代表性的形象鲜明地折射出社会上的生存万象以及人性百端，涵盖了亲情、友情、沟通、理解、感恩、传承、审美、励志、成长、成功等多个热点话题。细细品，慢慢读，掩卷之余，你自会对时代、社会、人生、命运、人性多一份领悟和感动……

个体在时代推进过程中所经历的曲折与坎坷，所体验到的幸福和满足，哪怕历经时间的冲击，也丝毫没有被稀释、淡忘。

这应该源于刘心武先生始终从生活细节和自我感受出发，关注着个人生命意识产生的根源，从祖父于乱世罹难到两代父子均有隔阂（《挣不脱的生命链环》），再到对父母之爱的感恩与思考（《父亲脊背上的痱子》《远去了，母亲放飞的手》），进而在《换季诗》中感慨“人类生存的大义”的细节表现。在无所拘束的现实叙述中，刘心武先生细腻地感受着身边人日常的言谈举止、喜怒哀乐，宏观理性地把握着对“人”的分析探究。他对“祖、父、子”三者间存在的“控制”与“挣脱”的较量的认知，既从个人经历又从时代的演变，告诉读者“链环”存在的重要意义及必要性。这种由“冲突”到“和解”到“延续”的积极认知，让读者看到了一个生活实践者在生活中渐次形成的大智慧。正如作者自己所说“心中充满一种莫可名状的大悲悯，为祖父、为父亲，并且为我自己”，“我希望读者能从我的文字中感受到一种大悲悯的情怀，就是懂得谁活得都不容易，对别人能有宽容胸襟”。所以，《父亲脊背上的痱子》《远去了，母亲放飞的手》《换季诗》等文章就出现了很多的温情细节，让我们意识到“正如我与祖父、父亲是紧紧相衔的链环一样，儿子也是和我紧紧相衔的一个链环”，而且这链环应当在乐观向上的人生态度与不懈努力之下，能在更多的亲人之间延续下去的吧。

如果仅把亲情定义为父母不求回报的庇护，是极为片面的，当毅然决然的“放飞”水到渠成之际，才是“独立”之人格真正形成之时。刘心武先生将父母子女之间的细枝末节形诸笔端，也将长辈宏大深邃的育人智慧投诸读者心灵。这种思考折射着现实的社会问题，极具针对性。

而刘心武先生笔下的友情，无论面对文坛大拿还是结交贩夫走卒，均是坦荡自如，率真诚挚，散发着浓郁的人情味。质朴冷静的言辞中，流淌着深刻的思考，有关心、热爱、理解、同情……给人以启迪。

于是，冰心老人的亲厚随和里有了让刘心武先生觉得如沐春风的心灵照耀；王小波的睿智平和中有了使他感觉一见如故的伯牙子期式的默契；的哥青岭是那么的仗义，保有了中国人传统思想中让人钦佩的对生命的敬畏感；“亲朋”老罗的远离又不由得让人心生“我寄愁心与明月，随风直到夜郎西”的惆怅轻叹……多少温暖都是由友情唤起的，多少坎坷都是借友情渡过的。友情不是互相的算计，友情提供给我们安然栖息的理解之堤。我们唯有珍惜！

学者许子东提出过“从文学而言，救人却每每是须从自救开始的”的观点，这尽管说的是刘心武的小说，但反观本单元选择的散文，我们也应该能够看到作家以自身对亲情、友情的独特认知角度，娓娓道出生活的真谛，赋予文章以美学价值，更糅合经世致用的思想内核，帮助我们找到一个思考人生的切入口。

“人生一世，亲情、友情、爱情三者缺一，已为遗憾；三者缺二，实为可怜；三者皆缺，活而如亡！”刘心武先生如是说。确实，人生唯有体悟过亲情的深沉、感受过友情的广博、回味过爱情的纯粹后，才会慨叹良深。而刘心武先生还说“阅读是我们每个人要重视的人生功课”。那么，除了从思想内容，我们还可以从哪些方面入手解读刘心武先生的散文作品，并为我们的创作提供一些帮助呢?

用先生自己的话说是“一定要坚持自己的独创，要有绝活”，在创作过程中顺其自然，但必须“追求意义，无意义的文字我不写”。要把自己放在同读者平等的地位上，一同去看世界，认识生活，认识人。而且写作时如果“仅仅是有生活，而不对生活进行深入的思考，从而形成对生活某一方面的独到的深刻的见解，那么写出的作品当然不可能有什么深度”。但是思考也是讲究“准确性”的，所以，我们要“在自己的作品中逼视人的灵魂、解析人生的奥秘”，“挖掘自己埋藏在心灵深处的秘密，探究那些最本原的生命冲动；窥见芸芸众生的所作所为，生死歌哭，悲欢离合，以及隐蔽于深处的人性的涌动激荡；对着变幻莫测的社会风云，探究看似紊乱无序的冲撞中所包含的深刻而本质的规律”。

我们不妨梳理这几个方面：

一、寻找生活本真

合适的、能够与读者形成沟通途径的写作素材都是来自生活。刘心武先生抓住了与家人、朋友相处的细节，架构出或宏阔或精致的空间，以敏感细腻的描写把自己对亲情、友情的深刻体悟淋漓尽致地表现出来。

我们也可以学着借助一双“慧眼”，开发生活中蕴蓄着真挚情感的写作资源——可以借助电视、网络等，还可以深入生活，从社会、校园、家庭的角度，从多个途径开阔视野，开拓素材空间。这是我们的写作可以落实的基本方法。

二、积淀思想底蕴

聚焦时代生活，使文章呈现丰富的思想；审视生命，思考价值，激发强烈的生命意识；体味生活潜藏的丰富情感，感受文章震撼人心的力量；透过表象，捕捉哲理意蕴，凸显高远的志趣；更要善于观照历史文化，使文章具有厚实凝重的人文色彩。唯有融合真情、真理，才能写出动人的篇章。

三、把握创作手法

托尔斯泰说：“艺术起于至微。”那些能够展现人情、人性之美的细节往往能达到“一瞬传情，一目传神”的境界。比如《换季诗》中妻子把我的被套“特意带到乡间书房，在爬满青藤的窗外，在柳树和柿子树之间系上绳子，迎着晚玉米大田的来风，晒出特殊风味来”；老伴在晾晒儿子的被套时，“一再地让我‘往南一点’，我开头不明白，后来一眼瞥见南边窗台上的那盆茉莉花，恍然大悟——她是想让那被套多吸收些茉莉的香气”。三言两语就把传神的细节特点和浓郁的情感气氛传递了出来，鲜明立体的人物形象也就跃然纸上。

当然，我们还需要把握如何把生活原型升华为艺术形象，把握叙述策略和伏笔设置等写作方面的技巧。我们不仅要会鉴赏这些温情又深邃的文字，还要借鉴吸收，以求自己也能在创作上作出新的尝试。

上海民办兰生复旦中学　施颖雯

挣不脱的链环

曾在四川成都出版的《晚霞》杂志（省委老干部局主办）上看到萧萸老人写的《难忘的记忆》一文。此文回忆到1927年大革命失败后，一些共产党人和国民党里的反蒋反汪人士，以及一些观点与他们相合的其他政治团体的人士，还有无党派人士，从武汉、四川流亡到上海，寻求一个落脚点。他们在上海遇到了辛亥革命的老前辈刘云门先生（又名刘正雅，笔名镏鱼山）。刘先生是四川安岳人（杂志上误为广安），清末最后一科举人，留学日本时进过两所大学，在东京参加孙中山的同盟会。大革命时期到广州，在中山大学任教授，与共产党人毕磊等组织“社会科学研究会”，任干事，北伐时以军医身份随军突进至武汉。在汪精卫宣布“分共”后逃至上海，著114句36韵长诗《哀江南》，痛诉“四一二”后的愤懑与悲怀。不仅抨击了蒋、汪，也对政治诡变中的各种屠夫、孱头、肖小，以及“卖人肉包子”的告密叛徒等鬼蜮进行了淋漓尽致的讥讽批判。气势磅礴，正义凛然，艺术上也相当成功。曾用“唯物社”名义自印散发，后又有“神州国光社”的印本面世。他在上海利用自己在国民革命中的威望，找到招商局督办赵铁桥（亦是老同盟会成员），于是赵把招商公学交给他，由他出任校长，以专门收容各路因不与蒋、汪合流而衣食无着的知识界人士。萧萸老当时二十来岁，也被庇护于此。1929年萧萸等自发组织了一个共产党招商公学支部，刘云门以党外人士身份参加支部活动。1930年赵铁桥被刺身亡，南京派来的新督办下令关闭招商公学。1932年，上海“一·二八”事变爆发，日寇轰炸上海，刘云门牺牲于日寇炮火中，他的书稿《人类命运论》，同日亦与被炸的商务印书馆一起焚于敌焰。

萧萸老文章中写到的刘云门，便是我的祖父。

我在祖父罹难10年后方出生。虽然我父亲经常给我们子女讲述祖父的事迹，例如20世纪20年代祖父在北京时就专门收留四川来的各路暂时落魄或需隐蔽一时的豪杰，朱德在离国赴德前就住在我祖父家中，并且为了避人耳目，还干脆让朱德住进我父亲的卧室，等等。但我们都不大在意，尤其是我，祖父我见都没见过，他的荣辱功过，跟我有多大的关系呢?

后来我们子女更得知，祖父在世时，对父亲并不怎么满意，他们父子之间，有许多心灵上的隔阂与感情上的冲突。父亲对祖父，是又爱又怨，又尊又怪的。

回想我的少年时代，和父亲很有几次非常严重的冲突，我毫不留情地说了毫无根据的故意惹他伤心败他声誉的话，气得他浑身发抖，竟一反常态地挥手打起我来。结果我拼力反抗，他的手竟被震麻弄痛。这几次冲突都被母亲细致地记入她的日记，和那些年月她的家庭油盐柴米账记在一起。

如今我的父母也都故去了。我只是在年过半百之后，才在比如说一个阴雨绵绵的傍晚，一个万籁俱静的清夜，忽然痛心疾首，忆及我竟那样毫无妥协余地地伤害过父亲，并把伤痕一直延伸到母亲的心上。

我不知道父亲对我发怒时究竟是怎么想的，他在暴怒时一定视我为“弑父弑君”的大逆不道之徒。其实，仔细想来，我并不是真要妨碍他的继续存在，我只不过是想换一种跟他有区别的活法罢了。

当我翻看着母亲那已成为遗物的日记时，我才发现，其实这世上为我付出感情最多而且最浓又最持久以至能坚持到生命最后一刻的，是我的父亲和母亲。那不止是亲子之爱，也不仅有“不成钢”之恨，还有许许多多超过语言文字表达限度的复杂因素。那真是说不清道不明的。

如今我憬悟，这是没有办法，而且用不着想办法，不该去想办法的事——我的身上，流着父亲传给我的血，当然，那也是我祖父通过他再传给我的。

我是祖父刘云门、父亲刘天演的一个天然遗传物。

和许多中国人一样，我经历了许多次有时是很激烈的代间冲突。因为政治，因为经济，因为道德观，因为兴趣爱好分流，因为认识分歧，因为感情波动，因为性格的变异，因为无端的烦躁，因为单向或双向的误解，以及什么也不因为……有时是被时代、社会的大潮流所推动，有时迫于具体处境，有时完全是主动出击，有时似乎非常清醒，有时实在是浑浑噩噩，有时始于理性而终于非理性……代间的冲突酿成了一出出悲喜正闹的活剧。

我不是宗教徒。绝大多数中国人都和我一样，没有宗教信仰。我们不觉得有一个至高无上的上帝在我们的肉体和灵魂之上，而我们都面对着他，因此要对他负责。西方基督教文化的浸润，使大多数西方人觉得在人与人之上有一个上帝，上帝面前人人平等，代间的差异冲突和个体生命与上帝的差异和冲突相比，因有质的不同，所以简直微不足道。人与人的关系是面对上帝的平行线。我们中国人，尤其汉族绝大多数人，人与人之间是亲族的链环关系，一个人，只是这链中的一环。比如我，我没有上帝，我只能这样来确定我的位置：我是我祖父祖母的孙子、父母的儿子、妻子的丈夫、儿子的父亲，以及谁谁谁的朋友、谁谁谁的对头、谁谁谁的邻居，等等。我需对以上种种人际关系负责。现在我非常理解孔夫子提出的“仁”，这个字拆开了就是“二人”。是的，儒家学说的精髓就是让我们时刻意识到，我们没有单独的个人价值，我们个人的价值是建筑在起码两个人以上的关系上的。而在我们所置身的人际链环中，最重要的是：我们是谁的后代？我们是否令他们满意？

我不知道祖父如果看得到今日的我，他会有何观感。父亲没有等到我大踏步走入文坛，就过世了，他其实并不一定希望我成为一个作家。想起来常常发愣，为什么父子间的冲突，即使在最亲和的家庭中，也往往不能避免？

《红楼梦》里写到的贾政和贾宝玉的冲突，常被论家定性为封建与反封建的冲突。这诚然是一种很有道理的辨析，但其实贾宝玉何尝有“弑父弑君”之想？他自己又何尝有明确的“反封建”理性？近年已有论家著文，说贾宝玉是个浪漫诗人，他要生活在诗境里，所以不断和现实发生矛盾。他与蒋玉菡交厚，与金钏儿调情，都并非是针对君、父的，他那“下流痴病”纵使发展到极端，也不至于去参加农民起义军，掀翻王朝和贵族府第。他的“不肖”，在偶然事态的引发下，使得贾政恨不能把他“一发勒死了，以绝将来之患”。但时过境迁，虽然父子间的心灵取向仍然不同乃至愈加分歧，贾政也并不坚持“必欲除之而后快”，第三十三回写了“不肖种种大承笞挞”，到第七十八回，却又有“老学士闲征姽婳词”：贾政要宝玉写一首诗歌颂抵御“流寇”的林四娘，宝玉不但遵从，还积极到主动写出“长篇一首”的地步，而贾政此时对宝玉的看法，已修正为：

“虽不读书，竟颇能解此，细评起来，也还不算十分玷污了祖宗。”作为人际链环中直接相衔的两环，他们不管如何冲突，到头来，也还是“一荣俱荣，一损俱损”。按曹雪芹原来的构思，贾家遭劫，那贾政和贾宝玉是一起被“链拿”的，在那时，他们父子难道会互相“幸灾乐祸”吗？没有宗教，我们只能格外重视亲情。儒家学说有时被尊为“儒教”，但那其实不是宗教，因为那教义里没有上帝。孔夫子是“圣人”，不是神。“打倒孔老二”曾给予“五四”时的新青年们以革新乃至革命的激情，但中华古老的“族链”还是把中国人组织在了人际链环中。“单个的人”，还是难以存在，无论在哪样的阵营中。20世纪70年代的“批孔”是为了“批林”，都说“文革”是造神，其实它的效应仍是圣人崇拜。20世纪80年代就有“单个的人”在中国出现吗？我们看不清楚。20世纪90年代呢？我们看到了许多脱离链环的无序现象，同时感受到一种普遍存在的“清理修复链条”的社会性呼吁。其实西方的基督教文化也是排斥混乱无序的，任何一种社会都不允许一盘散沙的状况长期存在，甚至短期的存在也不允许。无论哪儿的人类都需要良性共处的“游戏规则”，我不是根据理性而是凭着直觉，宣布中国人的社会到头来还是要用“理顺链环”来达到民族亲和，而第一步，可能就是祖、父、子三代间在冲突后的和解与妥协。

忽然想到王朔，不少人说他是“痞子作家”，没正形儿，把一切化为笑谈，可是他也写了《我是你爸爸》。这篇小说里有一种宿命的忧伤，我读的时候常常想到其作品以外。对于我们中国人来说，谁是我爸爸，谁是我儿子、孙子，或反过来，我是谁爸爸，我是谁的儿孙，实在是太重要了！以王朔为主策划出的电视连续剧，里面充满对上一代、老规矩的揶揄，有时甚至达到刻薄的程度。可它那主题歌，却又高唱“人字的结构，就是相互支撑”。这是典型的中国传统意识，只有汉字里的“人”才能引发这样的联想。我想这也未必是电视剧合作者们的“狡猾策略”，很可能恰是他们心灵深处无可逃逸的文化基因使然。又忽然想到电视剧《北京人在纽约》，这是一部让许多中国人败兴的戏。有人就问：纽约既然是那么可怕的一个“战场”，为什么还有那么多去了那儿的人在“坚持战斗”？可见他们到头来还是舍不得什么。那究竟是什么？他们坚持战斗就能如数得到么？那些企图挣脱中国链环的中国人，他们到头来还是脱不掉，或他们自以为脱掉了，却并不能成为西式“平行线”，或终于成为“平行线”了，却又并不那么舒服。这种中西文化冲突往往构成个别人乃至一定群体的大悲剧。这类悲剧的底蕴恐怕是一个永远的谜。我没有猜谜的能力，但我却无端地由此想到那牵着我们中国一代代祖、父、孙的神秘之链。这不是一个什么爱国不爱国的问题，这里面有一种超出政治、经济和一般意义上的道德、伦理范畴的无形力量。

我读了萧乾老人忆念我祖父的文章，竟浮想联翩。心中充满一种莫可名状的大悲悯，为祖父、为父亲，并且为我自己。50岁前，我也曾充满“审父”的激情，我珍惜那份情怀，我并不是要为此忏悔。我现在面对着我的儿子，我努力去做他的朋友，但我经常不能容忍他的忤逆，我和他有过多次相当惊心动魄的冲突。我认为我对他的训斥乃至于暴怒，大体上都是对我，并且对他有益。我并不期待他年过半百时对我悲悯。但我铭心刻骨地意识到，正如我与祖父、父亲是紧紧相衔的链环一样，儿子也是和我紧紧相衔的一个链环。这链环应当延续下去，链中一环——这是我们中国人无可回避也毋庸逃遁的命运。

父亲脊背上的痱子

我5岁时，本已同父母分床而睡，可是那时我不仅已能做梦，而且还常做噩梦。梦的内容，往往醒时还记得，所以惊醒以后，便跳下床，光脚跑到父母的床上，硬挤在他们身边一起睡。开头几次，被我搅醒的父母不仅像赶小猫似的发出呵斥我的声响，父亲还叹着气把我抱回到我那张小床上。后来屡屡如此，父母实在疲乏得连呵斥的力气也没有了，便只好在半醒状态下很不高兴地翻个身，把我容纳下来。而我，虽挤到了父母的床上，却依然心中充满恐怖。于是我便常常把我的身子，尤其是我的小脸，紧贴到父亲的脊背上，在终于获得一种扎实的安全感以后，我才能昏沉入睡。

我做的是些什么样的噩梦？现在仍残留在我记忆里，大体是被“拍花子”拐走的一些场景。那时，母亲和来我家借东西兼拉家常的邻家妇人，她们所摆谈的内容，绝大部分对我来说毫无意义，也不可能留下什么印象。但是她们所讲到的“拍花子”拐小孩的种种传闻，却总是仿佛忽然令我的耳朵打开了接收的闸门——尽管我本来可能是在玩胶泥，并在倾听院子里几只大鹅的叫声——她们讲到，“拍花子”会在像我这样的小孩不听大人的话，偷跑到院子外面去看热闹时，忽然走到小孩身边，用巴掌一拍小孩脑袋，小孩就什么都听不见看不见了。单只能听见“拍花子”说：“走，走，跟我走啊跟我走……”也单只能看见“拍花子”身后的窄窄的一条路，于是便傻呆呆地跟着那“拍花子”的走了。当然就再看不到爸爸妈妈，再回不到家了……这些话语嵌进我的小脑袋瓜，使我害怕得要命。特别是，每当这时我往妈妈她们那边一望，便会发现妈妈她们也正在望我。妈妈的眼光倒没什么，可那女邻居的一双眼睛，却让我觉得仿佛她已经看见“拍花子”在拍我了。我就往往歪嘴哭起来，用泥手抹眼泪，妈妈便急得赶快抓我的手……

我在关于“拍花子”拍我的种种梦境——一个比一个更离奇恐怖——中惊醒后，直奔父母那里，并习惯性地将脸和身子紧贴父亲的脊背，蜷成一团，很快使父亲的脊背上，捂出一大片痱子，并无望消失。开始，父亲只是在起床后烦躁地伸手去挠痒，但挠不到，于是便用“老头乐”使劲地抓挠。但那时父亲不过40来岁，还不老，更不以此为乐，他当然很快就发现了那片痱子的来源。不过，在我的记忆里，父亲并没有因此而愤怒，更没有打我。只记得他对我有一个颇为滑稽的表情，说：“嘿嘿嘿，原来是你兴的怪！”母亲对此好像也并不怎么在意，记得还一边往爸爸脊背上扑痱子粉，一边忍俊不禁地说：“你看你看，他这么个细娃儿，他就发起梦铳来啦！”“发梦铳”就是因做梦而呈现古怪的表现，但母亲似乎从未问过我，究竟都做过些什么梦。

弗洛伊德，当然很了不起，但他那关于儿子多有“恋母情结”和“弑父情结”的潜意识等论述，于我的个人经验，实在是对不上号。尤其是对父亲的感情记忆，最深刻的，是我在极端恐怖时，得到了他脊背的庇护，且给他长期造成了一片难息的痱子，他又并未因此给我以责罚。我感激还来不及，怎会生“弑父”之心？父亲的脊背，并不怎样宽阔雄厚，我现在回忆起来，也并无更丰富的联想，比如后来他又如何以“无形的脊背”，给我以呵护和力量，等等。而且，情形还恰恰相反，他年过半百之后，对我的亲子之情虽依旧，对我的学业、前程、着落等大事，竟懒得过问，甚至撒手不管。记得我上中学以后，班主任来找家长，他招呼一下，便自己看报，母亲跟班主任谈完后跟他说，老师要走了，他便站起来点头送客。这时老师话语中提及了我们学校的名字，他竟脱口而出地说：“怎么，心武是在二十一中上学吗？”我上到高中，换了学校，他还是闹不清，递给他成绩单，他草草拿眼一浏，好坏都不感兴趣。据说我大哥小的时候，常因成绩不佳，被他打屁股，打得很认真。母亲后来对我说，父亲是因为管孩子“管伤了”（腻烦了），所以到我这老五，便听之由之，全权交由母亲来管教。1960年，父亲由贸易部调到一所部队院校任教，他和母亲去了张家口。当时哥哥都在外地，姐姐已出嫁，我还在上学，父亲却把北京的宿舍全部交出，让我去住校，不给我留房——那时贸易部是完全可以给家属留房的，另外同时调去的就给家里人留了房。但父亲觉得我应该过住校的生活，并完全独立，那时，我还未满18周岁。

父亲在73岁那年过世（母亲则是在84岁那年），他那曾被我捂出痱子的脊背，自然连同他身体的其他部分一样，都化作了骨灰。父亲不是名人，一生不曾真正发达过，他的坎坷比起很多知识分子的遭遇来，也远不足以令人长太息，他的同辈友人，几乎也都谢世，现在能忆念的，也就是我们4个子女（大哥先他而逝）。而我对他的忆念，竟越来越集中在他那脊背因我而炸出的一片痱子上。在人类漫漫的历史中，在无数轰轰烈烈、惊心动魄的世事中，这对我父亲脊背上那片赤红鼓凸的痱子的忆念，是否极卑微、极琐屑，而且过分地私密了？

不，我不这样看。在这静静的秋夜里，我回忆起父亲脊背上的那片痱子，我想到了一个伟大的话题，这个话题常常被我们所忽略，那就是父爱。我们对母爱倾泻的话语实在太多太多，甚至于把话说绝："世上只有妈妈好！"其实，仅有妈妈的爱，人子的心性是绝不能健全的。世界、人类，一定要同时存在着与母爱同样浓酽的父爱，我指的是那种最本原的父爱，还暂不论及养和教，不论及熏陶和人格影响。

所谓"阴盛阳衰"，是时下人们对我们中国体育竞赛状况常有的叹息，其实，就母爱和父爱的外化状况、揄扬程度、研究探讨，特别是内在的自觉性和力度上，我们似乎也是"阴盛阳衰"。中国男人要提升阳刚度，浓酽其父爱，也应是必修课之一！

我自己现在已年过半百，比背上捂出一片痱子的父亲那时，还老许多。我的儿子，也已经很大，扪心自问，我对儿子，是有那最本原的父爱的。我常常意识到，不管怎么说，他和我，有一种永远无法摆脱的、宿命的链环关系——他是我一粒精子同他母亲一粒卵子的共同作品。他的基因里，有我的遗传，我不能不给予他一种特别的感情，并企盼这种感情能够穿越我们生命，穿越世事，并穿越我们的代间冲突（那是一定会有的），而熔铸于使整个人类得以延续下去的因果之中。

直到这个静静的秋夜，我还没有把父亲脊背上的痱子讲给儿子听，不讲了，既然写下了这篇文章。儿子现在不读我的文章，虽然他以我写文章而谋生暗暗自豪。儿子说过，不着急，我的书就在书架上，总有那么一天，他会坐下来，专门读我的书，我希望他会在这本书里发现这篇文章。那时，也许他已经有自己的儿子或女儿了，他心里会涌出一股柔情，想到：你看，父亲从爷爷那里得到过，我从父亲那里得到过，我还要给予我的孩子，那是很朴素很本原的东西，一种天然的情感磁场，而这连环般的连续"磁化"，也便永恒。

远去了，母亲放飞的手

一

在内心的感情上，我曾同母亲有过短暂、然而尖锐的冲突。

那是一直深埋在我心底的、单方面的痛怨。母亲在世时，我从未向她吐露过。直到写这篇文章前，我也未曾向其他最亲近的人诉说过。

二

1988年仲春，我曾应邀赴港，参加《大公报》创办50周年的报庆活动。其间，我去拜访了香港一位著名的命相家。我们是作为文友而交往的。他不但喜爱文学，而且也出版过文学论著。当然他的本职是算命、看风水。据说海内外若干政界、商界名流都找他看过相。他也给普通人看相，但要提前很久预约。我另一年过港去找他，他就正在接待一对普通的夫妇，他们是来给两岁的孩子看相，而他们的预约，却是在近3年前——母亲刚刚怀孕不久时，便来登记过的。1988年那回，我们见面时，他不仅给我算了后半生的总走势，还给我列出了流年命势，近5年内还精确到月。至少到目前为止，他的预言，竟都一一应验。这且不去说它。最让我听后心旌摇曳的，是他郑重地说："你这一生中，往往连你自己都意识不到，放飞的手远去了，母亲，你是笼罩在母亲的强烈而又无形的影响之中；相对而言，你父亲对你却没多么大的影响。"他这是在挪用弗洛伊德那"俄狄浦修斯情结"（所谓"恋母弑父情结"）吗？这位命相家朋友，他的命学资源，是中西合璧的，单告诉你，他说得最流利的语言，除了粤语，便是法语，其次是英语，书房里堆满了哲学书，包括外文的，你就可知他并非一般的"江湖术士"者流。因此他对我说这话，显然也并不是简单地套用弗洛伊德学说，他确是一语中的，我的心在颤抖中大声地应和着：是的。也许我并不那么情愿，但每当我在生活的关口，要做出重要的抉择时，母亲的"磁场"，便强烈地作用于我，令我情不自禁地迈出步去。

三

我的童年和少年时代，一直生活在母亲身边。但也仅是"到此为止"。我读张洁在她母亲去世后，以全身心书写的那本《世界上最疼我的那个人去了》，产生出一种类似嫉妒与怅惘的心情。不管有多少艰难困苦，不管相互间爱极也能生怨，她们总算是相依为命，濡沫终老，一个去了，另一个在这人世上，用整整一厚本书，为她立下一座丰碑，去者地下有知，该是怎样地欣悦！

而我和母亲生活在一起时，因为还有父亲，有兄姊，他们都很疼爱我，所以，我在浑噩中，往往并未特别注重享受母爱，“最疼我”的也许确是母亲，可是我却并无那一个“最”字横亘心中。

1942年，抗日战争最艰苦的岁月，母亲在四川成都育婴堂街生下了我，当时父亲在重庆，因为日寇飞机经常轰炸重庆，所以母亲生下我不久，便依父亲来信所嘱，带着我兄姊们回到偏僻的老家——安岳县——去“逃难”，直到抗战胜利，父亲才把母亲和我们接回重庆生活。雾重庆在我童年的记忆里形成了一个模糊而浪漫的剪影。我童年和少年时代真切而深刻的记忆，是北京的生活，从1950年到1959年，我的8岁到17岁。那时父亲在北京的一个国家机关工作，他去农村参加了一年土改，后来又常出差，再后来他不大出差，但除了星期天和节假日，他都是早出晚归，并且我的哥哥姐姐们或本来就已在外地，或也陆续地离家独立生活，家里，平时就我和母亲两人。

回忆那10年的生活，母亲在物质上和精神上对我的哺育，都是非同寻常的。

物质上，母亲自己极不重视穿着，对我亦然，反正有得穿，不至于太糟糕，冬天不至于冻着，也就行了；用的，如家具，跟邻居们比，实在是毋乃太粗陋；但在吃上，那可就非同小可了，母亲做得一手极地道的四川菜，且不说她能独自做出一桌宴席，令父亲的朋友们——都是些见过大世面、吃过高级宴席的人——交口称誉，就是她平日不停歇地轮番制作的四川腊肠、腊肉、卤肉、泡菜、水豆豉、赖汤圆、肉粽子、皮蛋、咸蛋、醪糟、肉松、白斩鸡、樟茶鸭、扣肉、米粉肉……“常备菜”，那色、香、味也是无可挑剔，绝对引人垂涎三尺的，而我在那10年里，天天所吃的，都是母亲制作的这类美味佳肴，母亲总是让我“嘿起吃”（四川话，意即放开胃吃个够），父亲单位远，中午不能回来吃，晚上也并不都回来吃，所以平时母亲简直就是为我一个人在厨房里外不惮其烦地制作美味。有了解我家这一情况的人，老早就对我发出过警告："你将来离开了家，看你怎么吃得惯啊！"但我那时懵懵懂懂，并不曾设想过"将来"。生活也许能就那么延续下去吧？"妈！我想吃豆瓣鱼！想喝腊肉豆瓣酸菜汤！"于是，我坐到晚餐桌前，便必然会有这两样"也不过是家常菜"的美味……那时我恍惚觉得这在我属于天经地义。附带说一句，与此相对应的，是母亲几乎不给我买糖果之类的零食，我自己要钱买零食，她也是很舍不得给的，偶尔看见我吃果丹皮、粽果条、关东糖之类的零食，她虽不至于没收，却总是要数落我一顿。母亲坚信，一个人只要吃好三顿正经饭，便可健康长寿，并且那话里话外，似乎还传递着这样的信念：人只有吃"正经饭"才行得正，吃零嘴意味着道德开始滑落——当然很多年后，我才能将所意会到的，整理为这样的文句。

母亲在"饲养"我饭食上如此令邻居们吃惊，被几乎是一致地指认为对我"娇惯"和"溺爱"，但跟着还有更令邻居们吃惊的事。那时我们住在北京东城一条胡同的机关大院里，我家厨房里飘出的气味，以及母亲经常在厨房外晾晒自制腊肠等等形迹，固然很容易引起人们注意，而各家的邮件，特别是所订的报刊，都需从传达室过，如果成为一个邮件大户，当然就更难逃脱人们的关注与议论，令邻居们大为惊讶的是，所订报刊最多的，是我家——如果那都是我父亲订的，当然也不稀奇，但我父亲其实只订了一份《人民日报》，其余的竟都是我订的。上小学和初中时，是《儿童时代》《少年文艺》《连环画报》《新少年报》《中学生》《知识就是力量》……上高中时，则是《文艺学习》《人民文学》《文艺报》《新观察》《译文》《大众电影》《戏剧报》……乃至于《收获》与《读书》。订那样多的报刊，是要花很大一笔钱的，就有邻居大妈不解地问我母亲："你怎么那么舍得给一个幺儿子花这么多钱啊！你看你，自己穿得这么破旧，家里连套沙发椅也不置！"母亲回答得很坦然："他喜欢啊！这个爱好，尽着他吧！”其实邻居们还只注意到了订阅报刊上的投资，他们哪里知道，母亲在供应我买课外读物上的投资，还有我上高中后，看电影和话剧上的投资，更是一个惊人的数字。从1955年到1959年，我大约没放过当时任何一部进口的译制片，还有在南池子中苏友协礼堂对外卖票放映的苏联原版片（像《雁南飞》《第四十一》就都是在那里看到的）。又由于我家离首都剧场不远，所以我那时几乎把北京人艺所演出的每一个剧目都看了。为什么我要把这方面的投资都算在母亲身上？因为我家的钱虽都来自父亲所挣的工资（他当时是行政十二级，工资额算高的），可是钱却都由母亲支配，父亲忙于他的工作，并且他有他的一个世界，他简直不怎么过问我的事。有一回我中学班主任来我家访问，他竟问人家我是在哪一所中学上学；母亲全权操办我的一切事宜，因此，如果母亲不在我的文艺爱好上，如同饭菜上那样“纵容”与“溺爱”我，我当年岂能汲取到那么多（当然也颇杂芜）的文化滋养呢？

就在母亲那样的养育下，我身体很快地达于早熟，并且我的心态也很快膨胀起来——我爱好文学，但我并不觉得自己只是个“文学青年”，只应尝试着给报刊的“新苗”一类栏目投习作，我便俨然以成年作者自居，煞有介事地胡乱给一些很高档的报刊投起稿件来，不消说，理所当然地有了一大堆退稿。但竟终于1958年，我16岁，上高二时，在《读书》杂志上发表了我的第一篇文章：《谈〈第四十一〉》。

在我来说，那当然是很重要的一桩事。在我母亲来说呢？“养兵千日，用兵一时”，难道她不欣喜若狂吗？

不。母亲或许也欢喜，但那欢喜的程度，似乎并没有超过看到我在学校里得到一个好分数一类的常事。

母亲1988年病逝于成都。她遗下一摞日记，1958年是单独的、厚厚的一本，几乎每天没有间断，里面充满我家许多的琐事细节，我找来找去，我的文章第一回印成铅字这桩在我来说“天大的事”，她硬是只字未提。

我的母亲是个平凡之极的母亲，但她那平凡中又蕴含着许多耐人寻味之处。

她对我的那份爱，我在很久之后，都并不能真正悟透。

四

1959年，我在高考时失利。后来证实，那并非是我没有考好，而是另有缘故，那里面包括一个颇为复杂的故事，这里且不去说。我被北京师范专科学校录取，勉勉强强地去报了到，我感到“不幸中的万幸”，是这所学校就在市内，因此我觉得还可以大体上保持和上高中差不多的生活方式——晚上回家吃饭和睡觉。固然学校是要求住校的，而且师范院校吃饭不要钱，但那时也有某些不那么特别要求进步、家庭也不那么困难的学生，几乎天天跑回家去，放弃学校的伙食，跟我一个班的一位同学就是如此。

我满以为，母亲会纵容我“依然故我”地那样生活，但是她却给我准备了铺盖卷和箱子，显示出她丝毫没有犹豫过，并且也不曾设想过我会耍赖——她明白无误地要我去住校，告诉我到星期六再回家来。我服从了，心里却十分地别扭。

那时，经历过浮夸的“大跃进”，国家进入了“三年困难时期”，学校里的伙食可想而知，油水奇缺。母亲在家虽也渐渐“巧妇难为无米之炊”，但父亲靠级别终究还有一些食油和黄豆之类的特殊供应，加以母亲常能“化腐朽为神奇”，比如说把北方人往往丢弃的鱼头、猪肠制作成意外可口的佐餐物品，所以星期日回到家里，那饭菜依然堪称美味佳肴，这样再回到学校食堂，便更感饥肠难畅。

母亲不仅把我“推”到了学校，而且，也不再为我负担那些报刊的订费，我只能充分地利用学校的阅览室和图书馆，那虽只是个专科学校，平心而论，一般的书藏量颇丰，因此也渐渐引得我入了迷，几个月后，我也就习惯，乐于在图书馆里消磨，逢到周末，并不回家，星期日竟泡一天图书馆的情形，也出现了几次。

不过，母亲每月给我的零花钱，在同学中，跟他们家里所给的比，还是属于多的，因此那时我在同学中，显得颇为富有，有时就买些伊拉克蜜枣（那是那时市面上仅有的几种不定量供应的食品），请跟我相好的同学吃。

1960年春天，有一个星期六我回到家中，一进门就发现情况异常，仿佛在准备搬家似的……果不其然，父亲奉命调到张家口一所军事院校去任教，母亲随他去，我呢？父亲和母亲都丝毫没有犹豫地认为，我应当留在北京，我当然也并不以为自己应当随他们而去，毕竟我已经是大学生了，问题在于：北京的这个家，具体地说，我们的这个宿舍，要不要给我留下？如果说几间屋都留下太多，那么，为什么不至少为我留一间？

那一年，父亲他们机关奉调去张家口的还有另外几位，其中有的，就仅是自己去，老伴并不跟去，北京的住房，当然也就保留，很多年后，还经历了“文革”的动乱，但到头来，人家北京有根，终究还是“叶落归根”了。那时，即使我母亲跟父亲去了张家口，跟组织上要求给我留一间房，是会被应允的，但父亲却把房全退了，母亲呢，思想感情和父亲完全一致，就是认为在这种情况下，我应当开始完全独立的生活。

在我家，在我的问题上，母亲是绝对的权威。倘若母亲提出应为我留房，父亲是不会反对的。母亲此举也令邻居们大惑不解。特别是，他们都目睹过母亲在饭食和订阅报刊上对我的惯纵，何以到了远比饭菜和报刊都更重要的房子问题上，她却忽然陷我于“无立锥之地”，这还算得上慈母吗？！

父母迁离北京、前往张家口那天，因为不是星期日，我没去送行，老老实实地在教室里听课。到了那周的星期六下午，我忽然意识到，我在北京除了集体宿舍里的那张上铺铺位，再没有可以称为家的地方了！我爬上去，躺到那铺位上，呆呆地望着天花板上的一块污渍，没有流泪，却有一种透彻肺腑的痛苦，难以言说，也无人可诉。

那一天，我还没满18岁。

五

我想一定会有人笑话我：十七八岁开始独立的人生，这有什么稀奇！在1949年以前的岁月里，有的人15岁左右就参加革命了！而“文革”当中，多少青年人上山下乡，“老三届”里最小的一批（“老初一”），他们去插队或去兵团时顶多16岁。是的，我也曾在心底里检讨过自己的娇懦与卑琐，所以一直不敢袒露那一阶段的心曲。但现在时过境迁，我已年过半百，自己对自己负全责的生活磨炼，也堪称教训与经验并丰，因之能冷静地跳出自己，从旁来观察分析我从少年步入青年，那一人生阶段的心理成熟过程，现在更能从中悟出，父母，特别是母亲，对子女，特别是对我，在无形中所体现出的那一份宝贵的爱。

每一个人都会有自己独特的生命体验。但绝大多数人的生命历程又往往可以从大体上来归类。在1949年以前的年代里，很多青年人参加革命，或是因为家里穷得没饭吃，或者是家里小康或大富，自己却觉得窒闷，因而主动投入革命，离家奋飞。而“文革”中最大多数的知识青年，他们的离家上山下乡，是处于一种不管你积极还是消极还是混沌的状态，总之要投入随风而去的潮流之中。但是在相对来说是不仅小康而且亲情浓烈的家庭里，在相对来说属于和平时期的社会发展阶段，一般来说，父母就很容易因为娇惯与溺爱子女，而忽略了培养他们独立生活的能力，甚至于到了该将他们“放飞”的时候，还不能毅然地将他们撒出家去，让他们张开翅膀，开始相对独立的人生途程。20世纪80年代以降，许许多多的小家庭都面临着这样一个看似简单、实际却并不那么简单的问题，结果是出现了不少心性发育滞后的青少年，引发于社会，则呈现出越来越具负面影响的若干伦理问题、道德问题、社会生态平衡问题与民族素质衍化等一系列问题。正是在这样一种新的人文环境中，我才突然觉得，从这样一个新的角度，来加深对我母亲的某些方面的理解，不仅对我自己，对我的儿子，能有新的启迪，并且将其写出，也许对20世纪90年代的母亲们，亦不无参考价值。

六

其实我也在不少文章中写到过母亲，只是没有像张洁那样，专门写成一本书。我回忆过母亲的慈蔼，她的宽以待人，她那让我回忆起来觉得简直是过了分的诚实，以及她因体胖行动起来总是那样的迟慢，还有她对《红楼梦》中人物与细节的如数家珍，她几十年如一日地坚持记日记，她曾在一次日记里用这样的句子结束了全家的颐和园之游：“归来时，已万家灯火矣！”这在外人看来一定觉得极为平常的文句，在偷看它的我（那时11岁）来说，却经历了一次情感与诗意的洗礼……

可是在我对母亲的回忆里，不可能有相依为命、携手人生的喟叹。不是因为家贫难养，不是因为我厌倦了父母的家要“冲破牢笼”（我的情绪恰恰相反），甚至也不是因为社会的大形势一定要我和父母“断脐”（固然那时阶级斗争的弦已越绷越紧，却并没有影响到我起码是“适当地靠父母”，比如说在父母离京时为我谋得“留房”），而是因为父母一致地认为，特别是母亲的“义无反顾”，要我从18岁后便扇动自己的翅膀，飞向社会，从此自己对自己负全责，从自己养活自己，到自己筑窝，自己去娶妻生子，去开创我的另一世界。

父母对我们每一个子女，都这样对待。我大哥1949年前就离家参加了解放军，二哥十六七岁便离家求学，学造纸，1950年分配到延边一个屯子里的造纸厂当技术员，另一个哥哥大学毕业也到很远的地方工作，姐姐也是一样，总之，我们全都在20岁前，便由父母坚决地放飞。在后来的岁月里，我们在假期，当然也都回到父母家看望他们，他们后来也曾到过我们各自的所在，我们的亲情，不因社会的动荡、世事的变迁而有丝毫的减退。父母对放飞后的我们，在遇到困难时，总是不仅给予感情上的支撑，也给以物质上的支援。比如我1971年有了儿子后，父母虽已因军事学院的解散，被不恰当地安置到僻远的家乡居住，却不仅不要我从北京给他们寄钱，反而每月按时从那里往北京我这里寄15块钱，以补助我们的生活，每张汇款单上都是母亲的笔迹，你能说她这都仅是为了“养孙子”，对我，却并没有浓酽的母爱吗？

可是父母，特别是母亲，在“子女大了各自飞”这一点上，坚定性是异常惊人的。

我的小哥哥，曾在南方一所农村中学任教，忽然一个电报打过来，说得了肺结核。当时父亲出差在外，一贯动作迟缓的母亲，却第二天便亲自坐火车去他那里，把他接回北京治疗，竭尽心力地让他康复。在那期间，哥哥的户口都已迁回了北京，病愈后，在北京找一份工作，留在家里并无多大困难，但母亲却像给小燕舐伤的母燕，一旦小燕伤好，仍是放飞没商量，绝不作将哥哥留在身边之想，哥哥后来也果然又回到了那所遥远而且条件非常艰苦的农村中学。有邻居认为这不可思议。但母亲心安理得。

母亲可以离开子女，却不能离开父亲。除了抗日战争期间，因“逃难”，母亲一度与父亲分居，他们两人在漫长的生涯里，始终厮守不弃。1960年，父亲调到张家口，那是“口外”，其艰苦可想而知，有人劝母亲，留在北京吧，政策未必不允，而且，过些年父亲也就该退休，正好可以退回北京家中，何况北京有我，师专毕业，分配都在北京，正好母子相依，岂不面面俱到？母亲却绝无一分钟的动摇。她一听到调令，便着手收拾家当。她随父亲到了塞外，在那里经历了“文革”的洗礼。其间该军校所有教员一律下放湖北干校，就有某些随军家属，提出自己有独立的户口，并非军校工作人员，要留下来安家，经动员无效，也只好安排，这样后来军校彻底“砸烂”时，一些教职工反得以回到未下放的家属那里，生活条件较为改善，但我母亲照例绝不作此考虑，她又是连一分钟的迟疑也不曾有，坦然地随父亲上了“闷子车”，一路席地而坐，被运到了湖北干校……对于母亲来说，夫妇是不能自动分离的，无论遇到什么情况，也无论短暂的分离可能带来某种将来的“好处”，她都绝不考虑，那真是无论花径锦路，还是刀山火海，只要一息尚存，她都要与父亲携手同行，在每个可能的日夜。这是封建的“嫁夫随夫”思想吗？这是“资产阶级的恋爱至上”吗？或许，这仿佛老燕，劳燕双飞，是一种优美的本能？

把母亲的绝不能与父亲分离，与她对成年子女的绝对放飞，相合来看，现在我意识到，这样的母亲，确实很不简单。或者，换个说法：这本是一种最普通的母亲，但，起码在我们现在置身其间的社会环境里，反倒不是那么普通了。

七

以我的“政治嗅觉”，直到1966年春天，我还是万没有料到会有一场疾风暴雨的“无产阶级文化大革命”迫在眉睫。我在北京一所中学任教，当时不到24岁，却已经有了近5年的教龄，教学于我颇有驾轻驭熟之感。中学是一个很小的天地，那时离政治旋涡中心很远，我除了教书，就是坐在学校宿舍里读书，写一点小文章投寄报纸副刊，挣一点小稿费，还有就是去北海、中山公园等处游逛。姚文元那篇批判《海瑞罢官》的文章，一发表于上海《文汇报》，我就在学校阅览室里读了，心中有一点诧异，却也仅只是“一点点”，其他老师似乎连阅读的兴趣也没有，谁也没想到那文章竟是把我们所有人卷进一场浩劫的发端。我投给《北京晚报》的小文章，有时就排印在副刊的“燕山夜话”旁边，但我既没有什么受宠若惊之感，更无不祥之兆，因此当几个月后暴怒的“红卫兵”质问我为什么与“燕山夜话”“一唱一和”时，我竟哑然失声……

就在那个春天，我棉被的被套糟朽不堪了，那是母亲将我放飞时，亲手给我缝制的被子，它在为我忠实地服务了几年后，终于到了必须更换的极限。于是我给在张家口的母亲，写信要一床被套。这于我来说是自然到极点的事：那时我虽然已经挣到每月54元的工资，又偶尔有个五块十块的稿费，一个人过，经济上一点不困难，我偶尔也给母亲寄上十块二十块的，表示孝心，我不是置不起一床新被套，但我不知道该到哪儿去买现成的被套，买白布来缝？那是我难以考虑的，这种事，当然是问母亲要。

母亲很快给我寄来了包裹，里面是一床她为我缝制的新被套，但同时我也就接到了母亲的信，她那信上有几句话令我觉得极为刺心：“……被套也还是问我要，好吧，这一回学雷锋，做好事，给你寄上一床……”

这就是我文章开头所说的，与母亲的一次内心里的感情冲突。睡在换上母亲所寄来的新被套里，我有一种悲凉感。母亲给儿子寄被套，怎么成了“学雷锋，做好事”，仿佛是“义务劳动”呢？！

当然，在那样的岁月里，这是很细微很卑琐的一件事情，何况很快就进入了“文革”时期，这对母亲的不悦，很快也就沉入心底，尘封起来了。

在“文革”过去以后，因为偶然的原因，母亲在关于那床被套的信中所说过的话，又曾浮到了记忆的上层。于是默默地分析：她那是因为受当时社会“语境”的熏陶而顺笔写出？是因为毕竟乃一平凡的老太婆，禁不住为一床被套“斤斤计较”？还是她对我，说到底并没有最彻底的母爱？

也曾有几回，在母亲面前，话到嘴边，几乎就要问出来了，却终于又吞了进去。吞进去是对的。也曾设想，是母亲当年一时的幽默。母亲诚然是一个有幽默感的人，但她同时又是一个从不拿政治词语来幽默的人。

现在我才憬悟，母亲那是很认真很严肃的话，就是告诉我，既已将我放飞，像换被套这类的事，就应自己设法解决。在这种事情上，她与我已是“两家人”，当然她乐于帮助我，但那确实是“发扬雷锋精神”，她是在提醒我，“自己的事要尽量自己独立解决”。回想起来，自那以后，结婚以前，我确实再没向母亲伸过这类的手，我的床上用品，更换完全由我自己完成，买不到现成的，我便先买布，再送到街道缝纫社去合成。

母亲将我放飞以后，我离她那双给过我无数次爱抚的手，是越来越远了，但她所给予我的种种人生启示，竟然直到今天，仍然能从细小处，挖掘出珍贵的宝藏来……谁言寸草心，报得三春晖！

八

父亲于1978年突发脑溢血逝世。父亲逝世后，母亲在我们几个子女家轮流居住，她始终保持着一种独立的人格尊严，坚持用自己的钱，写自己的日记，并每日阅读大量的书报杂志，在与子孙辈交谈时，经常发表她那相当独到的见解，比如，她每回在电视新闻里看到当时的美国总统卡特，总要说："这个焦眉愁眼的人啊！"她能欣赏比如说林斤澜那样的作家写的味道相当古怪的小说……她的行为也仍充满勃勃生气，比如收认街头纯朴的修鞋匠为自己的干儿子，等等。

母亲于1988年深秋，因身体极为不适，从二哥家进了医院，她坚持要自己下床坐到盆上便溺，在我们子女和她疼爱的孙辈都到医院看过她后，她在一天晚上毅然拔下护士给她扎上的抗衰竭点滴针，含笑追随父亲而去。她在子女成年后，毅然将他们放飞，而在她丧偶后，她所想到的，是绝不要成为子女们的累赘，在她即将进入必得子女们轮流接屎接尿照顾她病体的局面时，她采取了不发宣言的自我安乐死的方式，给自己无愧的一生，画上了一个清爽的句号。

九

静夜里，忆念母亲，无端地联想到两句唐诗："唯怜一灯影，万里眼中明。"那本是唐人钱起为日本僧人送行而写的，营造了一个法舟在海上越飘越远，那舟窗中的灯，却始终闪亮在诗人心中的意境。我却觉得这两句诗恰可挪来涵括对母亲的忆念。她遗留给我的明心之灯，不因我们分离的时日越来越长而暗淡熄灭，恰恰相反，在我生命的途程中，是闪亮得愈见灿烂，只是那明心之光润灵无声，在一派肃穆中伴我始终。

换季诗

夜深人静，在电脑上敲完一段文字，疲倦如同水浸般透过全身，于是去卧室睡觉。这才发现，被子已经换成厚的了。

睡在洁净温暖的被子里，只觉得一丝丝秋野的馨香，氤氲在鼻息中。

这才意识到，老伴又忙活了一天——进行换季的安排。清洗干净、晾晒完毕的薄衣，叠起放入衣柜深处，又将深秋冬季要穿的衣服，一一晒过，再挂在衣柜外层成为一排。还有鞋子的倒换，凉鞋一一擦拭干净，用报纸裹好，放到床底大抽屉里，换出那里面仲春时藏入的厚鞋，先放到阳台上过风。最麻烦的是床上用品的倒换，薄被子的被套要安排清洗、晾晒和保存，厚被子和薄被子的被瓤则都要晾晒一番后，薄收厚用；被子的被套呢，她晾晒最下工夫，她自己最喜欢阳光的气息，因此提前许多天，等秋阳最旺的时候，里外两面倒换着晒得透透的，她说在雪白的被窝里，满是阳光的气息，会有串串美丽的梦境。她知道我最喜欢田野的气息，所以我的被套，她是前些时特意带到乡间书房，在爬满青藤的窗外，在柳树和柿子树之间系上绳子，迎着晚玉米大田的来风，晒出特殊风味来的。

自己总觉得，作为一个退休金领取者，还能写作，还能出书，挺不错的。但往往也就在忙活自己那些个事情时，忽略了老伴的创造性劳动。

每年两次，她以多病瘦弱之躯，在我们家里，完成换季的劳作。虽然有保姆小杨的协助，但其中的大量工程，是她不舍得让别人代劳的。我知道，她是把那一系列琐碎的劳务，当作写诗来进行的。

而今年的换季诗，还没有写完。

第二天，我有意识暂且搁下自己的写作，问她，我能帮些什么忙？她笑了，表扬了我，命令说：你把那衣柜顶上的箱子搬下来吧！我脸上有些发热。那本应该是不待她说，我自己就该主动去做的。当然，我不去搬，她或许会求得小杨的帮助，但小杨其实已经不小，来时是个少女，现在已经是有丈夫儿子的少妇，发了福，登高取物已经不那么灵便。小杨闻声从厨房里跑出，抢着要搬那箱子，我和老伴都笑说我们自己也该动动，我搬下了那箱子，又主动擦拭掉那箱盖上的灰尘。

那是装儿子东西的箱子。儿子已经娶媳妇，买房买车另过。当然，我们这边还保留着儿子的床铺。还要给儿子的床铺实行换季安排。也还要略备几件儿子来时可供穿用的衣服。这是老伴最后的一首换季诗。儿子从小就喜欢熊。连小杨都笑说他是属熊的。厚被瓤早给儿子晒蓬松了，老伴找出有许多小熊图案的被套来，让我帮她拿到阳台上去晾晒。儿子在许多方面跟我不同，比如喝茶，我最喜欢喝绿茶，最不喜欢花茶的那股气息，儿子却只喜欢喝香片。我欠起脚协助老伴晾晒儿子的被套，她一再地让我“往南一点”，我开头不明白，后来一眼瞥见南边窗台上的那盆茉莉花，恍然大悟——她是想让那被套多吸收些茉莉的香气。

我在电脑上敲出了一些文字。谈论的是我自以为很重大的事情。老伴的换季诗，在这个有许多重大事物的世界里，是否太渺小、太卑微？

有点累，且小休息一下。见老伴在衣柜前，手里捧着儿子的几件衣服，望着里面，发愣呢。轻轻走到她身后，一下子明白了。她望着的那一格，原来是专放儿子衣服的，现在空旷了许多。老伴没有发现我，我却发现她眼角溢出了泪滴。我轻轻走开。

儿子儿媳妇很恩爱，小两口对我们很孝顺。老伴的换季诗里有色彩，有图案，有气息，有音韵，有浓酽的欣慰，却也有微妙的泪水……谁能说这样的诗句，在人类生存的大义之外呢？

兔儿灯

冰心老前辈去秋90寿诞，前往她家祝贺的要人、闻人及亲朋好友不少。报纸上发表了消息还有照片，她女儿吴青曾来电话问我为何一整年都不去同老人家聊聊，我半开玩笑地说自己晦气得很，去了怕对人瑞无益。吴青责我“孤拐脾气”。其实我是觉得冰心老前辈仿佛一株巨大的榕树，飞去朝仪瞻仰栖憩啜露的鸟儿甚多，我这一阵心脏正闹事，头发掉去不少，一只落翎的病鸟，在她一生结识接触的鸟群中该不占什么位置，所以从此不去也罢。

虽没有去看望冰心老前辈，却还是时常挂记着她。还常从同辈朋友那里听到她讲的一些妙语。所以今年元旦之前，我就寄了一张自绘的贺年卡给她，上面不过是“敬祝安康”的简单贺辞。没想到两天后便接到了她的短简，是用圆珠笔写的，笔锋依然刚劲有力，而且是一句逼近一句的六句话。

她的第一句话是："心武：感谢你自己画的拜年片！"这倒平常。第二句是："我很好，只是很想见你。"这自然令我感动。然而我的"孤拐"本性仍使我觉得"心领"也就够了。因为一天到晚跑上她家去见她的人依旧很多，拜在她门下自认干儿的我就知道好几个，我想光他们也就很可慰她寂寞（如果感到寂寞的话），我还是不必去添热闹。她短简上的第三句话是："你是我的朋友中最年轻的一个。"这当然更使我受宠若惊。记得1984年的时候，我去看望冰心老前辈，那时候吴文藻老先生还健在，她问起我的年龄，我说42岁，吴青就说："呀，娘正好大你一倍！"当时两位老前辈都笑了。不过如今我已年近半百，自我感觉是风过叶落，繁花满枝的青春期已翩然远去，所以纵使有冰心老前辈这句话，我也还不打算去见她，她要是见到心目中"最年轻"的那并不年轻的面目，该多扫兴啊！然而她短简上接下来的第四句话是："我想和你面谈，可惜我不能去你那里。"这句话的冲击力就大了。本来我心里飘过了"给她老人家回封信吧"的念头，这句话一入眼，如同风扫残云，"孤拐"劲儿荡然无存了，必须郑重对待她老人家的约请。然而，我的优柔性格，决定了我并无迅即安排这项拜望的心理节奏。冰心老前辈料事如神，所以她下面紧跟着的第五句话是："我的电话×××××××（未经她老人家允许，我不好在此直录号码，请读者诸君见谅）有空打电话约一个时间，如何？"其实她知道我有她的电话号码，但她不惮其烦地又写了一遍给我，你说我若再不给她拨电话，那不成了个悖情悖理的怪物了吗？短简的最后一句话才是"你过年好！"然后是签名和日期。

我拨了电话，吴青接的，约好隔一天的下午去见她。

那天下午去了，吴青开门就告诉我："娘就等你，没约别的人。"冰心老前辈见到我，倒仿佛我们头天才见过似的，也不提我的贺年卡和她的短简，只是随便闲聊。没聊几句，来了位记者，跟吴青熟的，老前辈也记得，跟我也不是生人。吴青说他是凑巧遇上了我，老前辈开玩笑地说:“别是故意来听我们聊天的啊！”我说:“一有记者，我就聊不起来了。一生误我是记者啊！”自然也是玩笑话。大家戏谑一番，吴青把记者朋友请到另室活动，冰心老前辈遂同我娓娓闲聊起来。

我感觉冰心老前辈挺喜欢我。其实我毛病很多，她不知道罢了。每次见面，她总同我回忆些往事。有一回她讲起童年时在烟台，一天傍晚，她一个人大着胆子上山去找她父亲。她父亲是海军军官，正在那山上的炮台值班；她因为从小就男孩子般顽皮大胆，所以穿越蒿草丛生的小径时全不害怕；她只觉得身后有个黑影，呼呼喘气地跟着她，也没回头看，一心只顾跑向父亲；父亲闻声跑下来迎她，用手中一块石板，赶走了那跟在她身后的黑影，她扑到了父亲怀里，父亲告诉她跟在她身后的是一只狼，她也并无“后怕”，只觉得幸福而快乐！我记得她早年的散文中曾用数百字写到此回上山情景，却并未写及狼的细节。她说至今也还未在文字中写过，但那狼的黑影她至今仍记忆犹新。我问她何以她父亲手中正好有块石板？她说那是军中用来记事的，我立即悟出那是一块用化石笔书写的黑石板。又有一回她讲起第二次世界大战结束后，暂居巴黎，那时罗浮宫前的圆形大花坛中，满栽着大朵的郁金香，一共有4种颜色，使她流连忘返。冰心老前辈的这类闲聊，短短的话语，却总能勾出我丰富的想象，犹如银幕、荧屏上的画面，有拉远推近仰视俯观慢动速过定格翻卷一类的效果。我很惊叹这样一位世纪老人用三言两语传达出如许浓酽意象的才能！

这一回见面，冰心老前辈向我回忆起幼年时在福州家中过元宵灯节的情景。她说那时她家宅院外的街上就有灯市，“花市灯如画”，真是一点也不错！有各式各样的灯，圆的、方的、菱形的、扇面形的……十二生肖的、神佛的故事的，千奇百怪，花样叠生，走马灯犹如一台戏文，莲花灯仿佛可结莲蓬，那真是最让她兴奋的日子！她说长辈们总要送她灯笼，她常常是带着8盏灯在天井中悠游。我便问她："您两只手，怎么提得了8盏灯？"她慈祥地笑笑，告诉我："一手提一盏外，右手总还要牵一盏灯。记得有一次牵的是个兔儿灯……"她这么一说，我脑中立即出现了一个不足10岁的冰心姑娘，手中提的2盏灯朦胧不明，而右手所牵着那盏带小辘轳的兔儿灯，却生动而分明地闪动着灯光，映照着刘海下红扑扑的脸蛋和一双清澈的眼睛！

我们自然还聊到很多别的事。一般来说，人老了，往往对远古的事反记得真真的，对近前的事倒常常忘怀，至少在同我闲聊时，我觉得冰心这位比我故去的双亲诞生得还早的世纪同龄人竟超出了这个规律，她不仅记得我母亲是1988年秋天去世的，记得我妻子体弱，且记得我儿子已考上了大学，学的是工科。但冰心毕竟是老了。她同我聊天中途站起来扶着不锈钢的支架去卫生间时，我发现她的脊背已然弯驼。吴青后来告诉我，那支架是从美国弄回来的，可以调整高度，但冰心本人不让调高，说人老了背驼是自然雕塑师的作品，不必人为扭转，而且支架矮一点重心往前靠，移动起来也较为省力安全。

这回我同冰心老前辈闲聊了两个多小时，她还兴味盎然。她同我聊天从无半句训诫或劝告，我也从未向她请教过什么创作问题或处世经验。她乐于同我聊聊，我也乐于同她聊聊，如此而已。我怕她累着，便起身告辞，她也不留，叫过吴青，让把她为我留着的早签好名的《冰心文集》第五卷（1990年2月上海文艺出版社第一版）交给我，并说："不值得都看。在我只有一篇希望你看，我在目录上作了记号的。"又嘱咐吴青把拜托人家中午送来的大螃蟹给我2只。吴青告诉我那螃蟹是家乡福州一位杂志社的编辑一早乘飞机特给老人家送来的。到了厨房，我见一共只有5只，都肥大而且活着，便对吴青说不要给我了，吴青说："老人家说了给你我就一定要给你，你也一定要带走，并且说了给2只你就不能只拿1只。"我只好带走了那2只肥螃蟹。冰心老前辈对我这只落翎鸟如此厚爱，这让我过意不去！

回到家，翻开《冰心文集》第五卷目录，找到记号，翻到那篇文章，一口气读了。我想那确是值得单指定我这个“朋友中最年轻的一个”细读的一篇文章。冰心老前辈的娓娓闲谈，以及这篇淡淡落笔的短文，于我都如同春风般骀荡，春水般明澈，春雨般滋润，春草般新鲜，使我粗糙的灵魂，多少增添了些磨炼的勇气和精致的向往。

等到远望柳树有绿雾成团的感觉时，再去拜望冰心老前辈吧，那时定会再次听到兔儿灯般令人回味无穷的话语！

1991年1月24日深夜于北京安定门寓所

王小波，晚上能来喝酒吗？

北京有三座金刚宝座塔。一座在蜚声中外的风景名胜地香山碧云寺里。碧云寺的金刚宝座塔非常抢眼，特别是孙中山的衣冠冢设在了那里，不仅一般游客重视，更是政要们常去拜谒的圣地。另一座金刚宝座塔在五塔寺里，虽然离城区很近，就在西直门外动物园后面的长河北岸，却因为不靠着通衢而鲜为人知，一般旅游者很少到那里去。五塔寺，是以里面的金刚宝座塔来命名的俗称，它在明朝的正式名称是真觉寺，到了清朝雍正时期，因为雍正名“胤禛”，故凡与其同音的字别人都不许用了，需“避讳”，这座寺院又更名为大正觉寺。所谓金刚宝座塔，就是在高大宽阔的石座上，中心一座大的，四角各一座较小的，五个石砌宝塔构成一种巍峨肃穆的阵式，攀登它，需从石座下卷洞拾级而上，入口则在一座琉璃瓦顶的石亭中。北京的第三座金刚宝座塔在西黄寺里，那座庙几十年来一直被包含在部队驻地，不对外开放。打个比方，碧云寺好比著名作家，五塔寺好比尚未引人注意的作家，而西黄寺则类似根本无作品发表的人士。

五塔寺的金刚宝座塔前面，东边西边各有一株银杏树，非常古老，至少有五百年树龄了。如今北京城市绿化多采用这一树种，因为不仅树型挺拔、叶片形态有趣，而且夏日青葱秋天金黄，可以把市容点染得富于诗意。不过，银杏树是雌雄异体的树，如果将雌树雄树就近栽种，则秋天会结出累累银杏，俗称白果，此果虽可入药、配菜甚至烘焙后当作零食，但含小毒，为避免果实坠落增加清扫压力以及预防市民特别是儿童不慎拣食中毒，现在当作绿化树的银杏树都有意只种单性，不使雌雄相杂。但古人在五塔寺金刚宝座塔两侧栽种银杏时，却是有意成就一对夫妻，岁岁相伴，年年生育，到今天已是夏如绿陵、秋如金丘，银杏成熟时风过果落，铺满一地。

至今还记得十九年前深秋到五塔寺水彩写生的情景。此寺已作为北京石刻博物馆对外开放，在金刚宝座塔周遭，搜集来不少历经沧桑的残缺石碑、石雕，有相当的观赏与研究价值。但那天下午的游人只有十来位，空旷的寺庙里，多亏有许多飞禽穿梭鸣唱，才使我摆脱了灵魂深处寂寞咬啮的痛楚，把对沟通的向往通过画笔铺排在对银杏树的描摹中。

雌雄异体，单独存在，人与银杏其实非常相近。个体生命必须与他人，与群体，同处于世。为什么有的人自杀？多半是，他或她，觉得已经完全失却了与他人、群体沟通的可能。爱情是一种灵肉融合的沟通，亲情是必要的精神链接，但即使有了爱情与亲情，人还是难以满足，总还渴望获得友情，那么，什么是友情？友情的最浅白的定义是“谈得来”，尽管我们每天会身处他人、群体之中，但真的谈得来的，能有几个？

一位曾到农村“插队”的“知青”和我说起，那时候，生活的艰苦于他真算不了什么，最大的苦闷是周围的人里，没一个能成为“谈伴”的，于是，每到难得的休息日，他就会徒步翻过五座山岭，去找一位曾是他邻居，当时插队在山那边农村的“谈伴”。到了那里，“谈伴”见到他，会把多日积攒下的柴鸡蛋，一股脑煎给他以为招待，而那浓郁的煎蛋香所引出的并非食欲而是“谈欲”，没等对方把鸡蛋煎妥，他就忍不住“开谈”，而对方也就边做事边跟他“对阵”，他们的话题，在那样的地方那样的政治环境下，往往会显得非常怪诞，比如：“佛祖和耶稣的故事，会不会是一个来源两个版本？”当然也会有犯忌的讨论：“如果鲁迅看到《多余的话》，还会视瞿秋白为人生知己吗？”他们漫步田野，登山兀坐，直谈到天色昏暗，所议及的大小话题往往并不能形成共识，分手时，不禁“执手相看泪眼”，但那跟我回忆的“知青”肯定地说，尽管他返回自己那个村子时双腿累得发麻，但他获得了极大的心理满足，那甚至可以说是支撑他继续存活下去的主要动力！人生苦短，得一“谈伴”甚难。但人生的苦寻中，觅得“谈伴”的快乐，是无法形容的。

“谈伴”的出现，又往往是偶然的。

记得那是1996年初秋，我懒懒地散步于安定门外蒋宅口一带，发现街边一家私营小书店，于是有一搭没一搭地迈进去。店面很窄，陈列的书不多，瞥来瞥去，净是些纯粹消遣消闲的花花绿绿的东西，不过终于发现有一格塞着些文学书，其中有一本是《黄金时代》，“又是教人如何‘日进斗金’的‘发财经’吧？怎么搁在了这里？”顺手抽出，随便一翻，才知确是小说，作者署名王小波。书里是几个中篇小说，头一篇即《黄金时代》。我试着读了一页，呀，竟欲罢不能，就那么着，站在书架前，一口气把它读完。我要买下那书，却懊丧地发现自己出来时并未揣上钱包。从书店往家走，还回味着读过的文字。多年来没有这样的阅读快感了。

我无法评论，只觉得心灵受到冲击。那文字的语感，或者说叙述方式，真太好了。似乎漫不经心，其实深具功力。人性，人性，人性，这是我一直寄望于文学，也是自己写作中一再注意要去探究、揭橥的，没想到这位王小波在似乎并未刻意用力的情况下，“毫无心肝”给书写得如此令人“毛骨悚然”。故事之外，似乎什么也没说，又似乎说了太多太多。

也不是完全没听说过王小波。我从那以前的好几年起，就基本上不再参加文学界的种种活动，但也还经常联系着几位年轻的作家、评论家，他们有时会跟我说起他们参加种种活动的见闻，其中就提到过“还有王小波，他总是闷坐一边，很少发言”。因此，我也模模糊糊地知道，王小波是一个“写小说的业余作者”。

真没想到这位“业余作者”的小说《黄金时代》如此“专业”，震了！盖了帽了！必须刮目相看。

那天晚饭后，忽来兴致，打了一圈电话，接电话的人都很惊讶，因为我的主题是:“你能告诉我王小波的电话号码吗?”广种薄收的结果是，其中一位告诉了我一个号码:“不过我从没打过，你试试吧。”

那时候还没有“粉丝”的称谓，现在想起来，我的作为，实在堪称“王小波的超级粉丝”。

我迫不及待地拨了那个得来不易的电话号码。那边是一个懒懒的声音:“谁啊?”

我报上姓名。那边依然懒懒的:“唔。”

我应该怎么介绍自己?《班主任》的作者?第二届茅盾文学奖获奖作品《钟鼓楼》的作者?《人民文学》杂志前主编?他难道会没听说过我这么个人?我想他不至于清高到那般程度。

我就直截了当地说:“看了《黄金时代》，想认识你，跟你聊聊。”他居然还是懒洋洋的:“好吧。”语气虽然出乎我的意料，传递过来的信息却令我欣慰。

我就问他第二天下午有没有时间，他说有，我就告诉他我住在哪里，下午三点半希望他来。第二天下午他基本准时，到了我家。坦白地说，乍见到他，把我吓了一跳。我没想到他那么高，都站着，我得仰头跟他说话。请他坐到沙发上后，面对着他，不客气地说，觉得丑，而且丑相中还带有些凶样。可是一开始对话，我就越来越感受到他的丰富多彩。开头，觉得他憨厚，再一会儿，感受到他的睿智，两杯茶过后，竟觉得他越看越顺眼，那也许是因为他逐步展示出了其优美的灵魂。

我把在小书店立读《黄金时代》的情形讲给他听，提及因为没带钱所以没买下那本书，书里其他几篇都还没来得及读哩。说着我注意到他手里一直拎着一个最简陋的薄薄的透明塑料袋，里面正是一本《黄金时代》。我问："是带给我的吗？"他就掏出来递给我，我一翻："怎么，都不给我签上名？"我找来笔递过去，他也就在扉页上给我签了名。我拍着那书告诉他："你写得实在好。不可以这样好！你让我嫉妒！"

从表情上看，他很重视我的嫉妒。我已经不记得随后又聊了些什么。只记得渐渐地，从我说得多，到他说得多。确实投机。我真的有个新"谈伴"了。他也会把我当作一个"谈伴"吗？眼见天色转暗，到吃饭的时候了，我邀他到楼下附近一家小餐馆吃饭，他允诺，于是我们一起下楼。楼下不远那个三星餐厅，我现在写下它的字号，绝无代为广告之嫌，因为它早已关张，但是这家小小的餐厅，却会永远嵌在我的人生记忆之中，也不光是因为和王小波在那里喝过酒畅谈过，还有其他一些朋友，包括来自海外的，我都曾邀他们在那里小酌。三星餐厅的老板并不经常来店监管视察，就由厨师服务员经营，去多了，就知道顾客付的钱，他们收了都装进一个大饼干听里，老板大约每周来一两次，把那饼干听里的钱取走。这样的合作模式很有人情味儿。厨师做的菜，特别是干烧鱼，水平不让大酒楼，而且上菜很快，服务周到，生意很好。它的关张，是由于位置正在居民楼一层，煎炒烹炸，油烟很大，虽然有通往楼顶的烟道，楼上居民仍然投书有关部门，认为不该在那个位置设这样的餐厅。记得它关张前，我最后一次去用餐，厨师已经很熟了，跑到我跟前跟我商量，说老板决意收盘，他却可以拿出积蓄投资，当然还不够，希望我能加盟，维持这个餐厅，只要投十万改造好烟道，符合法律要求，楼上居民也告不倒我们。他指指那个我已很熟悉的饼干桶说："您放心让我们经营，绝不会亏了您的。"我实在无心参与任何生意，婉言拒绝了。餐厅关闭不久，那个空间被改造为一个牙科诊所，先尽情饕餮再医治不堪饫甘餍肥的牙齿，这更迭是否具有反讽意味？可惜王小波已经不在，我们无法就此展开饶有兴味的漫谈。

记得我和王小波头一次到三星餐厅喝酒吃餐，选了里头一张靠犄角的餐桌，我们面对面坐下，要了一瓶北京最大众化的牛栏山二锅头，还有若干凉菜和热菜，其中自然少不了厨师最拿手的干烧鱼，一边乱侃一边对酌起来。我不知道王小波为什么能跟我聊得那么欢。我们之间的差异实在太大。那一年我54岁，他比我小10岁。我自己也很惊异，我跟他哪来那么多的"共同语言"？"共同语言"之所以要打引号，是因为就交谈的实质而言，我们双方多半是在陈述并不共同的想法。但我们双方偏都听得进对方的"不和谐音"，甚至还越听越感觉兴趣盎然。我们并没有多少争论。他的语速，近乎慢条斯理，但语言链却非常坚韧。他的幽默全是软的冷的，我忍不住笑，他不笑，但面容会变得格外温和，我心中暗想，乍见他时所感到的那分凶猛，怎么竟被交谈化解为蔼然可亲了呢？那一晚我们喝得吃得忘记了时间，也忘记了地点。每人都喝了半斤高度白酒。微醺中，我忽然发现熟悉的厨师站到我身边，弯下腰望我。我才惊醒过来——原来是在饭馆里呀！我问："几点了？"厨师指指墙上的挂钟，呀，过十一点了！再环顾周围，其他顾客早无踪影，厅堂里一些桌椅已然拼成临时床铺，有的上面已经搬来了被褥——人家早该打烊，困倦的小伙子们正耐住性子等待我们结束神侃离去好睡个痛快觉呢！我酒醒了一半，立刻道歉、付账，王小波也就站起来。出了餐厅，夜风吹到身上，凉意沁人。我望望王小波，问他：“你穿得够吗？你还赶得上末班车吗？”他淡淡地说：“太不是问题。我流浪惯了。”我又问：“我们还能一起喝酒吗？如果我再给你打电话？”他点头：“那当然。”我们也没有握手，他就转身离去了，步伐很慢，像是在享受秋凉。我望着他的背影有半分钟，他没有回头张望。回到家里，我沏一杯乌龙茶，坐在灯下慢慢呷着，感到十分满足。这一天我没有白过，我多了一个“谈伴”，无所谓受益不受益，甚至可以说并无特别收获，但一个生命在与另一个生命的随意的、绝无功利的交谈中，觉得舒畅，感到愉快，这命运的赐予，不就应该合掌感激吗？

在以后的几个月里，我不但把《黄金时代》整本书细读了，也自己到书店买了能买到的王小波其他著作，那时候他陆续在某些报纸副刊上发表随笔，我遇上必读。坦白地说，以后的阅读，再没有产生出头次立读《黄金时代》时那样的惊诧与钦佩，但我没有资格说“他最好的作品到头来还是《黄金时代》”，而且，我更没有什么资格要求他“越写越好”。他随便去写，我随便地读，各随其便，这是人与人之间能成为“谈伴”即朋友的最关键的条件。

我又打电话约王小波来喝酒，他又来了。我们仍旧有聊不尽的话题。有一回，我觉得王小波的有趣，应该让更多的人分享。谁说他是木讷的？口拙的？寡言的？语塞的？为什么在有些所谓的研讨会上，他会给一些人留下了那样的印象？我就不信换了另一种情境，他还会那样，人们还见不到他闪光的一面。于是，我就召集一个饭局，自然还是在三星餐厅，自然还是以大尾的干烧鱼为主菜，以牛栏山二锅头和燕京啤酒佐餐，请来王小波，以及五六个“小朋友”，拼桌欢聚。那一阵，我常自费请客，当然请不起也没必要请鲍翅宴，至多是烤鸭涮肉，多半就让“小朋友”们将就我，到我住处楼下的三星餐厅吃家常菜。常赏光的，有北京大学的张颐武（那时候还是副教授）、小说家邱华栋（那时还在报社编副刊）等。跟王小波聚的那一回，张、邱二位外，还有三四位年轻的评论家和报刊文学编辑。

那回聚餐，席间也是随便乱聊。我召集的这类聚餐，在侃聊上有两个显著的特点：一是不涉官场文坛的“仕途经济”；一是没有荤段子，也不是事先“约法三章”，而是大家自觉自愿地摒弃那类“俗套”。但话题往往也会是尖锐的。记得那次就有好一阵在议论《中国可以说不》。有趣的是《中国可以说不》的“炮制者”也名小波，即张小波，偏张小波也是我的一个“谈伴”。我本来想把张小波也拉来，让两位小波“浪打浪”，后来觉得“条件尚未成熟，相会仍需择日”，就没约张小波来。《中国可以说不》是本内容与编辑方式都颇杂驳的书，算政论？不大像。算杂文随笔集？却又颇具系统。张小波原是20世纪80年代大学里的“校园诗人”，后来成为“个体书商”，依我对他的了解，就他内心深处的认知而言，他并非一个民族主义鼓吹者，更无“仇美情绪”，但他敏锐地捕捉到了那时候青年人当中开始涌动的民族主义情结，于是攒出这样一本“拟愤青体”的《说不》，既满足了有相关情绪的读者的表述需求，也向社会传达出一种值得警惕的动向，并引发出了关于中国如何面对西方、融入世界的热烈讨论。这本书一出就引起轰动，一时洛阳纸贵，连续加印，张小波因此也完成了资本初期积累，在那基础上，他的图书公司现在已经成为京城中民营出版业的翘楚。

王小波对世界、对人类的认知，是与《说不》那本书宣示相拗的。记得那次他在席间说——语速舒缓，绝无批判的声调，然而态度十分明确——“说不，这不好。一说不，就把门关了，把路堵了，把桥拆了。”引号里的是原话，当时大家都静下来听他说，我记得特别清楚。然后——我现在只能引其大意——他回顾了人类在几个关键历史时期的“文明碰撞”，表述出这样的思路：到头来，还得坐下来谈，即使是战胜国接受战败国投降，再苛刻的条件里，也还是要包含着“不”以外的容忍与接纳，因此，人类应该聪明起来，提前在对抗里揉进对话与交涉，在冲突里预设让步与双存。

王小波喜欢有深度的交谈。所谓深度，不是故作高深，而是坦率地把长时间思考而始终不能释然的心结，陈述出来，听取谈伴那往往是“牛蹄子，两瓣子”的歧见怪论，纵使到头来未必得到启发，也还是会因为心灵的良性碰撞而欣喜。

记得我们两个对酌时，谈到宗教信仰的问题。我说到那时为止，我对基督教、佛教、伊斯兰教都很尊重，但无论哪一种，也都还没有皈依的冲动。不过，相对而言，《圣经》是吸引人的，也许，基督教的感召力毕竟要大些？他就问我：“既然读过《圣经》，那么，你对基督被钉死在十字架上以后，又分明复活的记载，能从心底里相信吗？”我说：“愿意相信，但到目前为止，还是不怎么相信。”他就说：“这是许多中国人不能真正皈依基督教的关键。一般中国人更相信轮回，就是人死了，他会托生为别的，也许是某种动物，也许还是人，但即使托生为人，也还需要从婴儿重新发育一遍——二十年后又是一条好汉嘛！”我说：“基督是主的儿子，是主的使者，不是一般意义上的人。但他具有人的形态。他死而复活，不需要把那以前的生命重来一遍。这样的记载确实与中国传统文化里所记载的生命现象差别很大。”我们就这样饶有兴味地聊了好久。

聊到生命的奥秘，自然也就涉及性。王小波夫人是性学专家，当时去英国做访问学者。我知道王小波跟李银河一起从事过对中国当下同性恋现象的调查研究，而且还出版了专著。王小波编剧的《东宫·西宫》被导演张元拍成电影以后，在阿根廷的一个国际电影节上获得了最佳编剧奖。张元执导的处女作《北京杂种》，我从编剧唐大年那里得到录像带，看了以后很兴奋，写了一篇《你只能面对》的评论，投给了《读书》杂志。当时

《读书》由沈昌文主编，他把那篇文章作为头题刊出，产生了一定影响。张元对我很感激，因此，他拍好《东宫·西宫》以后，有一天就请我到他家去，给我放由胶片翻转的录像带看。那时候我已经联系上了王小波，见到王小波，自然要毫无保留地对《东宫·西宫》褒贬一番。我问王小波自己是否有过同性恋经验？他说没有。我就说，作家写作，当然可以写自己并无实践经验的生活，艺术想象与概念出发的区别，我以为在于“无痕”与“有痕”，可惜的是，《东宫·西宫》为了揭示主人公“受虐为甜”的心理，用了一个“笨”办法，就是使用平行蒙太奇的电影语言，把主人公的“求得受虐”与京剧《女起解》里苏三带枷趱行的镜头交叉重叠，这就“痕迹过明”了！其实这样的拍法可能张元的意志体现得更多，王小波却微笑着听取我的批评，不辩一词。出演《东宫·西宫》男一号的演员是真的同性恋者，拍完这部影片他就和瑞典驻华使馆一位卸任的同性外交官去往瑞典哥德堡同居了，他有真实的生命体验，难怪表演得那么自然“无痕”。

说起这事，我和王小波都祝福他们安享互爱的安宁。王小波留学美国时，在匹兹堡大学从学于许倬云教授，攻硕士学位。他说他对许导师十分佩服，许教授有残疾，双手畸形，王小波比划给我看，说许导师精神上的健美给予了他宝贵的滋养。王小波回国后先后在北京大学和中国人民大学任教，但是到头来他毅然辞去教职，选择了自由写作。想起有的人把他称为“业余作者”，我不禁哑然失笑。难道所有不在作家协会编制里的写作者就都该称为“业余作者”吗？其实我见到王小波时，他是一个真正的专业作家。他别的事基本上全不干，就是热衷于写作。他跟我说起正想进行跟《黄金时代》迥异的文本实验，讲了关于《红拂夜奔》和《万寿寺》的写作心得，听来似乎十分地“脱离现实”，但我理解，那其实是他心灵对现实的特殊解读。他强调文学应该是有趣的，理性应该寓于漫不经心的

“童言”里。

那时候王小波发表作品已经不甚困难，但靠写作生存，显然仍会拮据。我说反正你有李银河为后盾，他说他也还有别的谋生手段，他有开载重车的驾照，必要的时候他可以上路挣钱。

1997年初春，大约下午两点，我照例打电话约王小波：“晚上能来喝酒吗？”他回答说：“不行了，中午老同学聚会，喝高了，现在头还在疼，晚上没法跟你喝了。”我没大在意，嘱咐了一句“你还是注意别喝高了好”也就算了。

大约一周以后，忽然接到一个电话，声音很生，称是“王小波的哥儿们”，直截了当地告诉我：“王小波去世了。”我本能的反应是：“玩笑可不能这样开呀！”

但那竟是事实。李银河去英国后，王小波一个人独居。他去世那夜，有邻居听见他在屋里大喊了一声。总之，当人们打开他的房门以后，发现他已经僵硬。医学鉴定他是猝死于心肌梗死。王小波也是“大院里的孩子”，他是在教育部的宿舍大院里长大的，大院里的同龄人即使后来各奔西东，也始终保持着联系。为他操办后事的大院“哥儿们”发现，在王小波电话机旁遗留下的号码本里，记录着我的名字和号码，所以他们打来电话：“没想到小波跟您走得这么近。”

骤然失去王小波这样一个“谈伴”，我的悲痛难以用语言表达。生前，王小波只相当于五塔寺，冷寂无声。死后，他却仿佛成了碧云寺，热闹非凡。甚至还出现了关于他为什么生前被冷落的问责浪潮。几年后，一位熟人特意给我发来“伊妹儿”，让我看附件中的文章，那篇文章里提到我，摘录如下：

王小波将会和鲁迅一样地影响几代人，并且成为中国文化的经典。王小波在相对说来落寞的情况下死去。死去之后被媒体和读者所认可。他本来在生前早就应该达到这样的高度，但由于评论家的缺席，让他那几年几乎被湮没。看来我们真不应该随便否定这冷漠的商业社会，更不应该随便蔑视媒体记者们，金钱有时比评论家更有人性，更懂得文学的价值……为什么要这样？我们没有权利去批评王蒙、刘心武（两人都在王小波死后为他写过文章）……他们的主要任务不是发表评论，而是创作……

这篇署名九丹、阿伯的文章标题是《卑微的王小波》，文章在我引录的段落之后点名举例责备了官方与学院的评论家。这当然是研究王小波的可资参考的材料之一。不知九丹、阿伯在王小波生前与其交往的程度如何，但他们想象中的我只会在王小波死后写文章（似有“凑热闹”之嫌），虽放弃了对王蒙和我的批评，而把扳子打往职业评论家屁股，却引得我不能不说几句感想。王小波“卑微”？以我和王小波的接触（应该说具有一定深度，这大概远超出九丹、阿伯的想象），我的印象是，他一点也不卑微。他不谦卑，也不谦虚，当然，他也不狂傲。他是一个内向的，平和的，对自己平等，对他人也平等的，灵魂丰富多彩的，特立独行的写作者。他之所以应邀参加一些文学杂志编辑部召集的讨论会，微笑着默默坐在一隅，并不是谦卑地期待着官方评论家或学院专家的“首肯”，那只不过是他参与社会、体味人生百态的方式之一。他对商业社会的看法从不用愤激、反讽的声调表述，在我们交谈中涉及这个话题时，他以幽默的角度表达出对历史进程的“看穿”，常令我有醍醐灌顶的快感。

王小波伟大（九丹、阿伯的文章里这样说）？是又一个鲁迅？其作品是“中国文化的经典”？的确，我不是评论家，对此无法置喙。庆幸的是，当我想认识王小波时，我没有意识到他“伟大”而且是“鲁迅”，倘若那时候有“不缺席的评论家”那样宣谕了，我是一定不会转着圈打听他的电话号码的。

面对着我在五塔寺的水彩写生，那银杏树里仿佛浮现出王小波的面容，我忍不住轻轻召唤：王小波，晚上能来喝酒吗？

2008年12月1日完稿于绿叶居

的哥青岭

那次打车去大卖场，为我的书房买落地灯，我跟的哥商量，能不能到了后陪我进去，选好灯后帮我拿出来？当然，为此我会给他报酬。的哥看了看我说：“你是老人，我可以帮忙，耽误我拉活，你该给点，我也不会跟你多要。”他跟我进场以后，我挑灯时，忽听他扬声抗议：“你才是儿子呢！”原来是有顾客认出，我是那个在电视里讲《红楼梦》的人，就先凑过去问他：“你是他儿子？”他没明白对方并无恶意，觉得不中听，因此生气。我忙过去解释，说：“他是我朋友。您有什么要求？”那中年人满腔热情化为乌有，尴尬地摇头离开。我挑好灯，又顺便买了些别的，的哥帮我推着购物车往收银台，半道上我又被几个人认出，其中一个年轻人还正巧包里有本我写的书，取出来让我签名，这下的哥才知道，我是个能惹某些人注意的老头。

的哥往我家拉我，我问他：“你在家不看电视？”他说：“我回家就泡在电视机前头。”我不免问：“你就没有偶然地在电视上见过我？”他说：“是有点脸熟。您是练柔道的？现在当教练？”原来，他看电视基本上是锁定体育频道，他所熟悉的，是体育界的面孔，说起那不久前排球女将赵蕊蕊上了他的车，跟他聊了几句，到如今他还觉得非常荣幸。问他哪里人士？道通州西集的。我立马想起少年时代到西集参加农业劳动的往事，问起运河，问起村落，双方亲切多了。我注意到他那出车卡上的名字是张青岭，立刻猜出他是1967年左右出生的，因为那时候有部由话剧改编拍摄的电影《青松岭》家喻户晓，果然，他说他爹那时候在生产队赶大车，深受那部以赶大车的车把式为题材的电影影响，所以给他取名青岭。到我家楼下，青岭帮我把买的灯具等物品送上楼，我给了令他满意的报酬，互留电话。

后来我常打电话约青岭的车。知道他上中学的时候就被培养为三铁选手，曾勇夺过区里运动会的亚军，有过成为国家级运动员为国争光的憧憬，对体育的热爱一直延续到他成为出租车司机。他说那次帮我买灯回到家里，他说出我的名字，家里人，特别是热爱文学的大哥，都笑他“怎么就知道武的不知道文的”，他承认自己好久都没读过书了。我送给他自己的随笔集，他读后感叹说：“其实我也知道不老少的生活故事，就是不能像你们作家这样从里头悟出点什么来。”我说：“作家当然应该有悟性，可关键还是要有获取感受自己生活小圈子外头的人间万象的能力。如果你能把你想起来的有趣的人和事讲给我听，我们一起讨论，那你就成了我写作的泉眼之一。”就这样，每次见面，他几乎都要给我讲至少一个他们运河边的小故事，我也就陆续写出了《气破桑》《兜风》《抱草筐的孩子》等散文随笔。

青岭逐渐成了我人际交往里可信赖可托付的人。有个如今在美国当教授的薛涌，他在国内经常发表涉及中美的时评，并在近年一连出版了十几本书，有的还成了畅销书。薛涌1995年赴美前，把他的一只成年的三彩长毛波斯猫托付给了我家——此猫长寿，活到2009年年末，按猫龄超过100岁了！有天我起床后不见了大三彩（这是我给猫取的名字），寻遍整个单元，最后发现它夹在了卫生间马桶后帮与墙面之间，已经奄奄一息。我明白，猫之将逝，不愿以死相示人，故选择这么个角落来隐藏。我趴到地上，想方设法，累出一身汗才终于将它从那夹缝里推了出来，把它转移到储藏室，它已只能侧卧地上倒喘气。但一夜过去，我到储藏室去，见大三彩居然又蹲坐起来，给它喝水，它舔几下，喂它猫罐头，它闻也不闻。又一夜过去，我发现大三彩又钻进了卫生间马桶后面，但仍有气息。怎么办呢？儿子儿媳均是上班族，村友三儿那阵家里正张罗喜事，文化圈的朋友老的老忙的忙，谁能理解、情愿并有能力帮助我解决这样一个关乎生命的急难问题？于是想到了青岭。青岭从很远的地方赶过来，一见那情景就懂，这猫必得帮它找到一个能够由它从容藏匿的地方熄灭它的生命，并在它确实去世后妥善安葬。青岭将大三彩送往西集他岳父家的农家院，在大三彩去世后，连同带去的猫笼、水碗、食盆、剩余猫粮等一起掩埋在了运河边。

十月份薛涌、庄炜伉俪回国探亲，带着女儿来看望我。我告诉他们那只大三彩波斯猫已寿终正寝，他们知道眼下中国宠物殡葬业还不发达，多有将宠物尸体裹起来当垃圾抛掉的。问我最后如何处理，我告诉他们多亏有的哥青岭帮忙。释怀后，他们也为我庆幸，能在民间凡人里，结交到这样的朋友，不但能有共同语言，还能够在关键时刻尽快出现，帮助解决这种烦琐、私密的事务，福气啊！

2011年

惜别老罗

老罗，我的一个平民朋友，从家乡来北京几年了，换过几种工作，从前年起在火车站附近一家餐馆打工。凡是营业时间，都站在卫生间外的洗手池旁，按照老板要求，给上完卫生间的男女客人递擦手纸，并至少要每一小时，趁里面没人的时候，轮流进男女卫生间去打扫卫生。他跟我说，女客大都不接他递过去的纸，也很少使用电动烘干机，而是用自己带的擦手纸或手绢解决问题，女用卫生间打扫起来也比较容易。男客们则即使烘干了手，也都愿意接他递过去的纸，不过经常是用来擤鼻涕。男用卫生间打扫起来可就麻烦透顶了，因为喝醉了酒，在里头呕吐的实在太多。老罗形容起那情景，使我极其反胃。我跟老罗说，像他这样的服务，是应该给小费的，他可以在洗手池旁，放一只小碟，每到营业时间，自己先把准备好的两元、一元和五角的“引子”搁在里面。老罗说老板开会时说了，谁也不许收小费，如果有客人给了小费，必须上交。

一大早，以及午、晚两次营业之间，老板还安排老罗打扫餐馆外面的停车场。人们都说北京秋天最好，老罗却最怕秋天，因为停车场两边的大杨树总要掉一季的叶子，每回他清扫起来都非常吃力，有时这边还没清扫干净，营业时间已经到了，老板巡视时发现卫生间门外洗手池边没有他，便会扯开嗓门喊他，搞得他跑动起来脚底下打绊儿。

那餐馆给打工者吃的，分成三等，厨师、配菜的，可以自己做来吃，只是别太过分就行。收银员、采购员、领班，允许分吃从餐厅、包房里撤出的剩菜。餐厅服务小姐、洗碗的以及老罗，则只能吃大锅熬菜，里面很少有肉。有一回，厨房里一只龟死了，厨师不敢做给客人吃，报告老板，让老罗去扔掉。老罗舍不得扔，餐馆打烊后，封火前跟厨师打了招呼，自己炖来吃了，吃的时候也没觉得味美，也没感到恶心，但第二天身上好几个部位就都爆出了肿块，奇痒难熬。在那餐馆打工是不给休息日的，每月工资先是300元，后来涨到350元。老罗把挣到手的钱全折叠在一起，用两根橡皮筋箍得紧紧的，搁在裤腰上的一个皮制烟袋盒里，晚上睡觉，把裤子连同那烟袋盒压在枕头底下。那摞钱也不是越来越厚，因为每隔一个时期，他就请假去趟邮局，给他老婆寄回一笔钱去。去邮局的假，至多两个钟头，老板当然批准。因为吃死龟身上肿出怪东西，老罗不得不上医院看病，老板大发善心，准了他一整天的假。老罗去了医院，花了挂号费，可是他舍不得花钱买医生开的药，跑到我家找我，说是看看我家有没有现成的药。我一听、一看，马上把他领回那医院，给他买下那些药，再把他带回家。口服的，立即让他开始吞服；外敷的，就给他用药棉敷上。他憨憨地跟我道谢，说："可怎么报答你？"我说："你又来了，我们既然交了朋友，说这些岂不见外了？"后来我们下楼到一家小饭馆吃饭，怕他喝了含酒精的东西不利治疗，就没像以往那样要四两"二锅头"，菜也不敢点辣的，主菜是糖醋里脊。吃完了我才想到醋恐怕也是不利于内毒发散的，后悔没点红烧排骨。因为有一整天的假，老罗越来越觉得是因祸得福——我们两个同龄人吃完饭后又在护城河边遛弯儿，边遛边聊，十分尽兴。我特别喜欢他讲农村里的种种人和事，二十多年前的故事大体都跟饿肚子有关，近十年的则大体都是吃饱了生出的怪事情，那生动的内容是我从印刷品和互联网上获取不到的。他呢，则喜欢我讲些科学技术方面的事情，其实我也是一知半解，比如为什么电视能播出那么多节目，电话，特别是手机为什么能让老远的人听见声音，等等。我很怕我讲得并不对，他回家后再讲给晚辈听，以讹传讹。

老罗身上起的肿块没多久就完全消失了。但那家餐馆换了老板，新老板认为根本不需要派一个人专门负责看管、清扫卫生间，就把老罗辞了。老罗找到我，不甘心就此回家，他说给独孙的教育费还没有攒够，还想在城里挣钱。我想起来以前的一个邻居，相处得不错的，也在开餐馆，而且生意很红火，前些天来过电话，邀我去他新辟的分店同喜尝新。我那天虽然没去，想来我的面子还是会给的，于是当着老罗给那位姓李的老板打了电话，让他尽量收留老罗，他果然立刻应承了，让老罗第二天去报到。我对老罗说："你可真是吉人自有天相啊！"

没有想到的是，半个多月后，老罗来找我，说是对不起我，他实在不想干了。这家餐馆的李老板安排老罗洗碗兼打扫院落卫生，不能说比以前累，而且一个月还给三天休假，但是，每月工资只有270元，还说定每月工资要暂扣50元不发，为的是防止雇员领工资以后忽然不辞而别。李老板还规定，作为洗碗工，老罗必须花50元买下他给的白大褂当工作服——尽管老罗自己有一件还能穿的半旧大褂。那厨房里总是非常热，洗碗却只能用冷水，而洗涤剂严格规定用量——每天三餐至多只许用一瓶，这样，生意越红火，老罗洗碗就越吃力，最后没了洗涤剂也很难把油腻洗净。李老板给雇员吃的饭菜倒不分等，都一样，油水稍大，但规定一律要在厨房里站着吃，即使餐厅打烊了也不能到客堂里坐着吃。厨房里不设座椅板凳，唯一的一只高脚凳是给厨师长工作用的，也只有他闲下来时可以坐在上面休息。李老板没给老罗安排宿舍，晚上老罗和另两个雇员就在餐厅里各用六张餐椅拼起来当床睡，那西洋风味的座椅上挖有凹槽，坐时屁股舒服，当床睡腰身可就难受极了。最让老罗难以接受的，是李老板要求他自费一次性办理一年的暂住证、上岗证、卫生合格证，合起来约三百元。老罗提出来先办半年的行不行？老板说："要签合同就签一年，半年你就走人。"我提出来支援老罗三百元办齐那一年的三证，劝他尽量还是留下来，还说我打电话给李老板，在某些问题上给他求求情，看能否改进一下工作与居住条件，老罗却摆手说："算了。替他细想，若不是这样行事，他那生意怎么能发达，开了一家又添一家？"又说："真的，我这几天觉得自己老了，做不动了，我还是回家去吧。"

老罗真的要回家了。他来告别那天，递给我一张浸着他汗味的纸条，上头写着他家的地址，好长啊，先是省，然后是市，再后是区，区后是镇，镇后是乡，乡后是村，村后呢，写的是"二社"，我说怎么会叫"社"呢？应该是"二组"吧？他说要么写"二队"，反正到了那最后一个字，怎么写都无所谓，肯定收得到了。他要我多给他写信，别怕他多花钱。我明白，他们那个"社"或者"队"或者"组"或者不管叫什么的管事的人，让邮递员把所有人的邮件都先放在那里，收件人去取时，一般信函要交他两毛钱，汇款单则要交五毛。老罗说："你写来吧，我一个月花一块钱也愿意。别怕我认不全，我孙儿念到第九册了，他能读给我听。"

我没有去送老罗。但我记得他搭乘的那趟车开车的时间，老罗买的硬座，要三十多个小时才能到达省城。我坐在书房电脑前，电脑上显示的时间告诉我老罗坐的那趟车开出北京了，我觉得心里出现了一大块空白。我从电脑桌抽屉里取出一张照片，那是我和老罗在护城河边的合影。儿子给我们拍照那天，河边玩耍的人很多，照片上除了我和老罗，身后左右还有些别人的身影。记得老罗拿到照片后说："啊呀，怎么净是些野人啊！"他们那地方把陌生人称作野人，并无谩骂的意味，但相对来说，我于他而言，不是野人而是亲朋了。越来越远去的老罗啊，我们什么时候才能再聚？人生苦短，真情难觅，而我们确实也都老了，磨砺得粗糙硬冷的灵魂，如何维系住那一缕超越功利荣辱的心线？

2003 年

深夜月当花

02

月冷繁华

导读

一个人
要翻越多少座高山
才能找到
一条干净的河流?
要经受多少委屈
才能在一声轻唤里
心灵皈依?
——小引

同学们，十几年的读书生涯里，你们瞭望过大唐雄风，展望过隆宋气象，也曾在明清的帙卷里慨然喟叹。

然而，当你掩起书卷，也许会不禁感叹：浩渺题海里，怎么才能如鱼得水、游刃有余？芸芸众生里，谁经历过什么岁月静好？茫茫人世间，何处才是心灵皈依的家园？

若想改变这一“无依无靠”状态，唯有读书。只有通过阅读各种文学作品，方能在复杂多元的生命形态中，在五彩缤纷的专业领域中，在各种各样的生活场景中，在复杂微妙的人性纠结中，无限地丰富生活的感受和生命的经历，有效地拓展生命的长度和宽度，增加生命的厚度和深度。

先哲们反复强调读书之于人生的重要性，我想，这是因为只有通过读书，尤其是阅读文学作品，个体生命才能以单一接通丰富、以局部接通无限、以短暂接通永恒。也就是说，每一个生命都需要文学的滋养和支撑。

那么，就让我们一起走进他的文字吧。

同学们将要展阅的这本作品集《深夜月当花》，它仿佛有一种平淡冲和的力量，能卸下你满身的疲倦，抚慰你杂乱的心境。抑或，这一行行文字，仿佛“自愿”地卸下温情，神奇地用“冰冷”，恰到好处地抚慰了“走投无路”的我们，并为我们打点好前行的装备。

这个人就是刘心武，就是那个在中央电视台《百家讲堂》讲《红楼梦》的刘心武。

除却一腔才华和满身的光环与头衔，先生还是一位用心体味百姓生活的人，“那天，一位平时并不怎么来往的私企老板打来电话，非要请我吃饭，我说我最怕生人熟人一锅煮的豪宴，而且更怕那种没有窗户的单间，在那种场合我总是无论生理还是心理上都会感到气闷”。同时，他还是沉迷于把世界看透想透的人，“这自嘲你可别小看，一个苦闷中的人能从浓酽的烦恼怨愁里化解出缕缕澄明清凉的自嘲来，这就说明他心里的那个结不再是个死结，而是开始松动，有望解开，恢复其心理健康了”（《深夜月当花》）。多么轻松，却又那么深刻，堪称“治愈系高手”！

细细品读《深夜月当花》，你会发现，这些文字切实地活着，因而充实；艺术地活着，因而灵动；用心地活着，因而多情。我们也不难发现，作者在我行我素中坚守自己的价值坐标，执着地追求形而上境界。“不是愤世嫉俗。不是愧悔羞赧。不是耿耿于怀。不是悲悲戚戚。是一种平静的难过，但那难过深入骨髓。静静地意识到，自己的生命实体是独一无二的。不但不可能为最亲近最善意的他人所彻底了解，就是自己，又何尝真能把握那最隐秘的底蕴与玄机?”（《心里难过》）此间，我们又清晰地触摸到作者的深刻忧患和多情思虑，以及那卧山听泉般的盈满和适意。

再看作者是如何自在地穿行于生活中的一地鸡毛。“母亲跟两个刚从医学院毕业分配到北京去的女青年言谈极欢，虽说医学院的毕业生品质可靠，你也犯不上连我们家窗外有几棵什么树也形容给人家听呀。母亲的嘴不设防。后来我细想过，也许是，像我们这种家庭，上不去够天，下未堕进坑里，无饥寒之虞，亦无暴发之欲，母亲觉得自家无碍于人，而人亦不至于要特意碍我，所以心态十分松弛，总以善意揣测别人，对哪怕是旅途中的陌生人，也总报以一万分的善意。”（《跟陌生人说话》）看吧，文学就是这样奇妙，把一些高远而又抽象的说教和伦理描写，转化为一个个生动美丽的故事、人物、事件和画面。让我们跟随着那个事件、那个情景和那个人，穿行在过去或未来的时空中。

刘心武先生又是一个认真却不追求精确，愿意在不求甚解中前行的人，还是一个反向正悟、冀行大道的人。他说：“在这个毋庸讳言正在走向莫测的人生前景中，人们来得及惊奇来得及困惑来得及恼怒来得及愤慨来得及焦虑来得及痛苦或者来得及欢呼来得及沉着来得及欣悦来得及狂喜来得及满足来得及麻木，却很可能来不及在清夜里扪心沉思，来不及平平静静、冷冷寂寂地忽然感到难过。”作者用方块字，参透生命的哲理，却不悖于法理，在曲高和寡中保持了艺术的矜持。

反观当下的校园生活，我们缺少的，不正是这样一种立身处世的“生命教育”和“人格教育”吗?

我们语文教学的门槛很低，堂奥却极深。因为这门课的教与学，确实是“急不得的”，就像煲汤那样，不但需要时间与耐心，更需要火候恰到好处。现代社会“知识大爆炸”，学生需要修习的科目很多，不可能只读“四书五经”，但贪多求快、道听途说，甚至压缩饼干式的教学，让学生受益甚微。因此，如何在阅读中获得生命的成长与精神的滋养，如何在沉潜把玩与博览群书之间把握合适的度，值得读书人认真思考。在这一点上讲，本书不但值得一读，而且值得收藏。

阅读与语文、语文与生活，密不可分。有句话说，你读过的每一本书，都藏在你的气质里。但作为老师，我真正的期许，不是什么提升气质，而是希望孩子们通过阅读，不仅爱上语文，也爱上生活。

如果说每个人心里都有一块干涸的沙漠，我多么希望经典文学作品能成为孩子们心中的一汪清泉，赋予他们经受沙漠炙烤和历练的勇气，一直向前，找寻诗和远方；更希望阅读能成为我们每个人生命中的“解语花”，在月冷的深夜，在我们荒芜的心上，生出如梦的繁华……

陕西省语文教学能手、西安外国语大学附属

西安外国语学校教师　白琼

深夜月当花

那天，一位平时并不怎么来往的私企老板打来电话，非要请我吃饭，我说我最怕生人熟人一锅煮的豪宴，而且更怕那种没有窗户的单间，在那种场合我总是无论生理还是心理上都会感到气闷。他言辞极为恳切地说只请我一个，而且由我挑地方，希望我千万别拒绝。我跟他在一家中档饭馆会合，在大堂里挑了个靠窗的小桌，坐下来以后，见他那神情，我憬悟，他找我，纯粹是为了倾诉一番。

要了啤酒，又点了几样汤菜，我倒喝了吃了不少，他呢，只顾说话，酒喝了些，汤菜几乎没怎么动。开始，他亢奋地陈述，后来冷静地分析，我对他所陈述的那些融资方面的事情完全不懂，他的那些分析更成了对牛弹琴，但我知道，他需要我认真倾听，需要我把他的所有话语照单全收于耳……

最后，他表情开朗起来，转入了自我解嘲，我就知道，他请我吃饭的目的圆满实现了，而我，以毫不见怪地倾听，伴之以必要的沉默，也完全配合了他的心理态势，那是我们认识以来，相处得最融洽的一次。

人在生活里，难免会在事业、家庭、感情等方面派生出心理问题，一般的心理障碍，都可以依靠自己加以缓解或消除，但完全以独处舐伤的方式，收效往往不佳，找个倾诉对象，让其承接自己对现实处境的梳理、分析、衡量、判断，则常会产生意想不到的良效。那位私企老板在经营上遇到了麻烦，且关于他融资过程里与合作者发生龃龉的事情，被多事的记者公诸了某小报头版。其实那样的报纸那样的消息未必有多少人重视，但于他而言却是一桩刺心的事，剔除那根心刺的头一步，就是得找个与他的生意完全不相干，而又善解人意的，平时淡如水的朋友，来承接他的宣泄；我蒙他选中，认为是个能在这一点上帮助他的人，于是才发生了上面饭馆相聚的一幕。

心里别扭，找至爱亲朋倾吐，接受他们的安慰忠告，当然很好，但人有时候心上挽出了结儿，反倒是最不适宜先找亲友同仁宣布讨助，像这位私企老板的情况就属这类。他若先找妻儿把生意上的危机加以铺陈，或先在公司同仁中急于求策，那不但自己心中的结会急速收紧，亲人同仁的心里本来没结，却会由此打上结，弄得自己和周围的人全都“心有千千结”，那还不越搅越乱！但一个人躲起来苦思冥想也绝非办法，把我这样一个利益上跟他毫不相干，却又愿意广交朋友以开阔视野、积累素材的作家约来，一吐心中郁闷，从容调整心态，虽不一定能立奏奇效地解开心结，但他最后能转入自嘲。这自嘲你可别小看，一个苦闷中的人能从浓酽的烦恼怨愁里化解出缕缕澄明清凉的自嘲来，这就说明他心里的那个结不再是个死结，而是开始松动，有望解开，恢复其心理健康了。

唐代李商隐有句诗：“晚晴风过竹，深夜月当花。”倘若是至爱亲朋向自己倾诉苦闷，因为彼此了解深、情况熟，那当然可以提供若干劝慰、建议，但若是平时并不怎么密切的人士找上门来，那就该懂得，他或她是“深夜月当花”，你要很认真地倾听，充当“解语花”的角色；但你心里又该明白，其实你只是个具有代偿意义的“夜月”，你完全不必絮絮地回应，不必热心过分地慰勉，尤其不必强己所难乱出主意，你就静寂无声，给他个“月光如水水如天”的心理环境，便足以使他心结松缓，感激莫名。

在人际交往中，“深夜月当花”可以是相互的，把握倾诉与倾听、倾听与回应，特别是倾听与沉默的度，使其恰到好处，是有利于人们心理健康的。

心里难过

深夜里电话铃响。是朋友的电话。他说："忍不住要给你打个电话。我忽然心里难过。非常非常难过。就是这样，没别的。"说完他挂断了电话。我从困倦中清醒过来。忽然非常感动。我也曾有这样的情况。静夜里，忽然有一种异样的情绪涌上心头，那情绪确可称之为"难过"。

并非因为有什么亲友故去。

也不是自己遭到什么特别的不幸。

恰恰相反：也许刚好经历过一两桩好事快事。

却会无端地心里难过。

不是愤世嫉俗。不是愧悔羞赧。不是耿耿于怀。不是悲悲戚戚。是一种平静的难过，但那难过深入骨髓。静静地意识到，自己的生命实体是独一无二的。不但不可能为最亲近最善意的他人所彻底了解，就是自己，又何尝真能把握那最隐秘的底蕴与玄机？

并且冷冷地意识到，自己对他人无论如何努力地去认知，到底也还是只近乎一个白痴。对由无数个他人组合而成的群体呢？简直不敢深想。

归纳、抽象、联想、推测，勉可应付白日的认知。但在静寂清凄的夜间，会忽然感到深深的落寞。于是心里难过。也曾想推醒妻，告诉她："我心里忽然难过。"也曾想打一个电话给朋友，只是告诉他一声，如此如此。但终于都没有那样做，只是自己徒然地咀嚼那份与痛苦并不同味的难过。

朋友却给我打来了电话。

我自信全然没有误解。

并不需要絮絮地倾诉。简短的宣布，也许便能缓解心里的那份难过。或许并不是为了缓解，倒是为了使之更加神圣，更加甜蜜，也更加崇高。

在这个毋庸讳言正在走向莫测的人生前景中，人们来得及惊奇来得及困惑来得及恼怒来得及愤慨来得及焦虑来得及痛苦或者来得及欢呼来得及沉着来得及欣悦来得及狂喜来得及满足来得及麻木，却很可能来不及在清夜里扪心沉思，来不及平平静静、冷冷寂寂地忽然感到难过。

白日里，人们杂处时，调侃和幽默是生活的润滑剂。

静夜里，独自面对心灵，自嘲和自慰是魂魄的清洗液。

但是在白日那最热闹的场景里，会忽然感到刺心的孤独。

同样，在黑夜那最安适的时刻里，会忽然有一种浸入肺腑的难过。

会忽然感觉到，世界很大，却又太小；社会太复杂，却又极粗陋；生活本艰辛，何以又荒诞？人生特漫长，这日子怎的又短促？

会忽然意识到，白日里孜孜以求的，在那堂皇的面纱后面，其实只是一张鬼脸；所得的其实恰可称之为失；许多的笑纹其实是钓饵，大量的话语是杂草。

明明是那样的，却弄成不是那样了。无能为力。

刚理出个头绪，却忽然又乱成一团乱麻。无可奈何。

忘记了应当记住的，却记住了可以忘记的。

拒绝了本应接受的，却接受了本应拒绝的。

不可能改进。不必改进。没有人要你改进。即使不是人人，也总有许许多多的人如此这般一天天地过下去。

心里难过。

但，年年难过年年过。日子是没有感情的，它不接受感情，当然也就不为感情所动。需要感情的是人。人的情感首先应当赋予自己。唯有自身的情感丰富厚实了，方可分享与他人。

常在白日里开怀大笑吗?

那种无端的大笑。

偶在静夜里心里难过吗?

那种无端的难过。

或者有一点儿“端”，但那大笑或难过的程度，都忽然达于那“端”外。

是一种活法。

把快乐渡给别人，算一种洒脱。

把难过宣示别人，则近乎冒险。

快乐可以共享。

难过怎能同当?

但有时候就忍不住，想跟最亲近的人说一声：我心里头忽然难过，非常难过。在那个时候，人生的滋味最浓酽。也许进入悟境，那难过便是一道门槛吧!

1993年1月15日深夜

跟陌生人说话

父亲总是嘱咐子女们不要跟陌生人说话，尤其是在大街、火车上等公共场所，这条嘱咐在他常常重复的还有千万不要把头和手伸出车窗外面等训诫里，一直高居首位。母亲就像安徒生童话《老头子做事总是对的》里面的老太太，对父亲给予子女们的嘱咐总是随声附和。但是母亲在不要跟陌生人说话这一条上却并不能率先履行，而且，恰恰相反，她在某些公共场合，尤其是在火车上，最喜欢跟陌生人说话。

有回我和父母亲同乘火车回四川老家探亲，去的一路上，同一个卧铺间里的一位陌生妇女问了母亲一句什么，母亲就热情地答复起来，结果引出了更多的询问，她也就更热情地絮絮作答，父亲望望她，又望望我，表情很尴尬，没听多久就走到车厢衔接处抽烟去了。我听母亲把有几个子女都怎么个情况，包括我在什么学校上学什么的都说给人家听，急得直用脚尖轻轻踢母亲的鞋帮，母亲却浑然不觉，乐乐呵呵一路跟人家聊下去；她也回问那妇女，那妇女跟她一个脾性，也絮絮作答，两人说到共鸣处，你叹息我摇头，或我抿嘴笑你拍膝盖。探亲回来的路上也如是，母亲跟两个刚从医学院毕业分配到北京去的女青年言谈极欢，虽说医学院的毕业生品质可靠，你也犯不上连我们家窗外有几棵什么树也形容给人家听呀。

母亲的嘴不设防。后来我细想过，也许是，像我们这种家庭，上不去够天，下未堕进坑里，无饥寒之虞，亦无暴发之欲，母亲觉得自家无碍于人，而人亦不至于要特意碍我，所以心态十分松弛，总以善意揣测别人，对哪怕是旅途中的陌生人，也总报以一万分的善意。

有年冬天，我和母亲从北京坐火车往张家口。那时我已经工作，自己觉得成熟多了。坐的是硬座，座位没满，但车厢里充满人身上散发出的秽气。有两个年轻人坐到我们对面，脸相很凶，身上的棉衣破洞里露出些灰色的絮丝。母亲竟去跟对面的那个小伙子攀谈，问他手上的冻疮怎么也不想办法治治？又说每天该拿温水浸它半个钟头，然后上药；那小伙子冷冷地说："没钱买药。"还跟旁边的另一个小伙子对了对眼。我觉得不妙，忙用脚尖碰母亲的鞋帮。母亲却照例不理会我的提醒，而是从自己随身的提包里，摸出里面一盒如意膏，那盒子比火柴盒大，是三角形的，不过每个角都做成圆的，肉色，打开盖子，里面的药膏也是肉色的，发散出一股浓烈的中药气味；她就用手指剜出一些，给那小伙子放在座位当中那张小桌上的手，在有冻疮的地方抹那药膏。那小伙子先是要把手缩回去，但母亲的慈祥与固执，使他乖乖地承受了那药膏，一只手抹完了，又抹了另一只；另外那个青年后来也被母亲劝说得抹了药。母亲一边给他们抹药，一边絮絮地跟他们说话，大意是这如意膏如今药厂不再生产了，这是家里最后一盒了，这药不但能外敷，感冒了，实在找不到药吃，挑一点用开水冲了喝，也能顶事；又笑说自己实在是落后了，只认这样的老药，如今新药品种很多，更科学更可靠，可惜难得熟悉了……末了，她竟把那盒如意膏送给了对面的小伙子，嘱咐他要天天给冻疮抹，说是别小看了冻疮，不及时治好抓破感染了会得上大病症。她还想跟那两个小伙子聊些别的，那两人却不怎么领情，含混地道了谢，似乎是去上厕所，一去不返了。火车到了张家口站，下车时，站台上有些个骚动，只见警察押着几个抢劫犯往站外去。我眼尖，认出里面有原来坐在我们对面的那两个小伙子。又听有人议论说，他们这个团伙原是要在3号车厢动手，什么都计划好了的，不知为什么后来跑到7号车厢去了，结果败露被逮……我和母亲乘坐的恰是3号车厢。母亲问我那边乱哄哄怎么回事？我说咱们管不了那么多，我扶您慢慢出站吧，火车晚点一个钟头，父亲在外头一定等急了。

母亲晚年，一度从二哥家到我家来住。她虽然体胖，却每天都能上下五层楼，到附近街上活动。她那跟陌生人说话的旧习不改。街角有个从工厂退休后摆摊修鞋的师傅，她也不修鞋，走去跟人家说话，那师傅就一定请她坐到小凳上聊，结果从那师傅摊上的一个古旧的顶针，俩人越聊越近：原来，那清末的大铜顶针是那师傅的姥姥传给他母亲的，而我姥姥恰也传给了我母亲一个类似的顶针。聊到最后的结果，是那丧母的师傅认了我母亲为干妈，而我母亲也就把他带到我家，俨然亲子相待，邻居们惊讶不止，我和爱人孩子开始也觉得母亲多事，但跟那位干老哥相处久了，体味到了一派人间纯朴的真情，也就都感谢母亲给我们的生活增添了丰盈的乐趣。

母亲84岁谢世，算得高寿了。不仅是父亲，许多有社会经验的人谆谆告诫——不要跟陌生人说话，实在是不仅在理论上颠扑不破，因不慎与陌生人主动说了话或被陌生人引逗得有所交谈，从而引发麻烦、纠缠、纠纷、骚扰，乃至悲剧、惨剧、闹剧、怪剧的实际例证，太多太多。但在母亲84年的人生经历里，竟没有出现过一例因与陌生人说话而招致损失的事例。这是上帝对她的厚爱，还是证明着即使是凶恶的陌生人，遭逢到我母亲那样的说话者，其人性中哪怕还有萤火般的善，也会被煽亮？

父母都去世多年了。母亲与陌生人说话的种种情景，时时浮现在心中，浸润出丝丝缕缕的温馨。但我在社会上为人处世，却仍恪守着父亲那不要跟陌生人说话的遗训，即使迫不得已与陌生人有所交谈，也一定尽量惜语如金，礼数必周而戒心必张。

前两天在地铁通道里，听到男女声二重唱的悠扬歌声，唱的是一首我青年时代最爱哼吟的《深深的海洋》：

深深的海洋，
你为何不平静？
不平静就像我爱人，
那一颗动摇的心……

歌声迅速在我心里结出一张蛛网，把我平时隐藏在心底的忧郁像小虫般捕粘在上面，瑟瑟抖动。走近歌唱者，发现是一对中年盲人。那男士手里，捧着一只大搪瓷缸，不断有过路的人往里面投钱。我在离他们很近的地方站住，想等他们唱完最后一句再给他们投钱。他们唱完，我向前移了一步，这时那男士仿佛把我看得一清二楚，对我说："先生，跟我们说句话吧。我们需要有人说话，比钱更需要啊！"那女士也应声说："先生，随便跟我们说句什么吧！"

我举钱的手僵在那里再不能动。心里涌出层层温热的波浪，每个浪尖上仿佛都是母亲慈蔼的面容……母亲的血脉跳动在我喉咙里，我意识到，生命中一个超越功利防守的甜蜜瞬间已经来临……

跟自己约谈

最好是在私密的空间里。比如说，在卧室里，并不端坐沙发，也不倚在床上，而是干脆坐在地毯上，背靠床垫，取一个最放松的姿势；手里，可以握一杯淡酒，也可以端一杯茶或咖啡；双眼尽量移向窗外，望不见景物，那么就凝视天宇，如果没有明媚的天光云影，那么，即使是灰蒙蒙的一片，也不要紧，也可以从中捕捉出令心门开启的玄机……

当然，最私密的空间也许倒最不方便。比如说，配偶也在卧室，而又并不能与你彼时的心境相契，那么，你上述的行为，即使解释得很清楚，到头来也还是别扭，所以，就不如一个人到外面，或楼间绿地，或公园一隅，觅一个安谧的角落，静静地坐下来……

其实，最要紧的还不是客观环境与氛围，在某些时候，即使倚在闹市区的过街天桥扶手上，或一个人坐在人声嘈杂的饭馆茶肆那无人对视的位置上，也都可以达到目的……

那便是，你有一种不可遏制的需求——跟自己约谈。

我们已经陷于这样的人文环境里：不仅目不暇接、杂音袭耳、鼻难确嗅、舌结味乱、身疲力竭，而且，最要命的是，我们的心——心情、心绪、心思、心意、心愿……包括整个的心理结构、心灵韵律，全都往往不由自主地波动起来，而且往往还波动得相当地凶险奇诡，因心惊，而动魄，乃至于失魂、丧命，都并非危言耸听，实在是务须预防之事。

所以现在广播电台的节目里，带有心理咨询性质的热线直播最受欢迎，电视台也开设了“敞开你的心扉”一类节目，朝着这一社会需求抛出来的印刷品就更多，这意味着，人们普遍认识到，与他人对话，尤其是与可信赖者的娓娓谈心，是开启心门、解开心结、放松心弦、调适心音、优化心韵、增强心力的极好手段。这种社会性约谈的风尚，标志着社会的进步，也展示出经受了个人与大大小小的群体的心灵悸动后，我们民族通过亲和性的对话调谐，所可能达到的一种互补互容、相剔相依的新境界。

不过，过多地依赖于跟他人约谈，企图完全通过向他人“敞开心扉”，如聆佛音般地把解决自己心灵痼结的希望，寄托于由彼及此的慰藉与启迪，长此以往，会产生出始料不及的负效应。据一位在电台主持热线直播节目的朋友告诉我，他发现，他那个节目的听友里，已经出现了为数不算太少的“瘾君子”，就是一到那节目开播的时间，便手不释电话地往台里拨号，一旦拨通，事无巨细，缕叙难止，而无论你怎样回答，都称谢不已。他们对参与这种约谈，已然上瘾，很难设想，一旦他们没有机会参与类似的约谈，其心理状态该怎样地遇挫而碎。

最近一个时期，还从报上看到了这样的报道：某电台的热线直播节目主持人，原是天天为他人排解心理郁结，在听友中被奉为“灵魂名医”的，却忽然自己跑去自杀。原来临到他自己出现心理危机，也并非什么奇诡至极的难题，不过是失恋之类的打击，本是给别人娓娓地、细细地、透透地开过心理药方，并得到过所治愈者由衷感激的，自己来了急病，竟失方无策，判若愚人，做出蠢事，宁不令人叹息！

这就更说明，除了与人约谈，在交流中梳熨心灵，或求得自我心理平衡，或享受沐人心灵之乐，这之外，实施灵魂的自我按摩、自我疗治，也就是跟自己约谈，对于我们每个人来说，是多么重要！跟自己约谈，当然更需要十二万分的善意。“我恨我自己”，这是轻易不能启用的“自我对话”前提。一般来说，自己对自己，毋庸惭愧，更无须忏悔。首先需要的，是冷静地从旁审视自己的真实处境。比如，无妨把自己化为“他”，轻轻地叩问：他这些天在为什么烦恼？值得为那个烦恼吗？如果真的值得，那么，有几种摆脱的方法？其中哪一个较好？可行性如何？如何行？……或者是：他怎么仿佛没事儿人似的？真是没什么可担忧的吗？替他设想一下，如果出现了某种忧患，该怎么排解，特别是，如何防患于未然？……

也许，凡庸的小我，还能与潜在的大我，进行一些，或哪怕只有一点点的，形而上的交谈，比如说，探讨一下“我究竟生活在怎样的时空之中”。这就不免要探究“时代”，要分析所生存的“人文环境”，要寻找出自我与他人、与群体的亲和途径与方式，当然也要寻求一个保持个人尊严与发挥个人才智抱负的最佳线路……如果已不是第一回这样地跟自己约谈，那么，当然，除了温习旧课，最大的乐趣，便应是从最新的人生经验里，吮吸新的汁养，来丰富、调整原有的良知结构，使其更宽宏，更坚实……

“你说的这种跟自己约谈，是一种高级的精神生活吧？是不是很接近于前人所说的‘慎独’？”确实是一种不仅高级，而且优美的精神生活。不过，不完全是“吾日三省吾身”，甚至于，主要不是“省身”，因而不能与“慎独”画等号，它更多的，应是自我肯定，自得其乐，自我解嘲，自我幽默，概言之，是一种必要的灵操。燕雀的啁啾，狮虎的啸吼，都说明动物之间既有相对交谈，也有独自吟叹，但动物是否能“跟自己约谈”，特别是作形而上的探究？没有丝毫证据能肯定这一点。所以，能“跟自己约谈”，这应也是人与鸟兽的重大区别之一。要不枉为人，便应好好发挥这一人性优势。

一对中年夫妇，有一天晚上，发现他们16岁的女儿，坐在她的床上，倚着床栏，呈现出一个凝神而思的优美姿势，轻轻唤她，竟无知觉，这是史无前例的……夫妻对望一眼后，蹑脚离开女儿那里，来到一边，又互望，眼波里有无限的欣慰与感慨：他们的女儿，也许就从这一天起，开始了心性的成熟——很显然，她是在进行人生中头一回的“跟自己约谈”……

愿有越来越多的中国人，善于跟自己约谈。

惟其善于跟自己约谈，才能更好地与他人交谈。

自我拂拭的心，与互相梳熨的心，所构筑出的心链，将牵引出怎样璀璨的一个世界啊！

10月5日星期三

枯鱼过河泣

谁在青年时代，完全不曾荒唐过呢？

说实在的，即使不曾有过荒唐的行为，心中总涌动过荒唐的念头。

比如说，有的中学生躲在厕所里抽烟，被老师发现后，自然受到批评，并领受了一番训谕，末了问他："你究竟为什么要吸烟？"他就只是说："不为什么……因为、因为禁止我们抽烟，所以、所以想抽一下，看究竟是什么滋味……"

这种踏入禁区的冲动，就是20岁以上的青年人也很难完全避免，有一位大学里的研究生就对我吐露心曲说："你看我，这么大个人了，可不知为什么，在公园里，凡遇见'游人止步'的牌子，我就总想往那牌子挡住的地方深入……总有一种你不让我进去我偏要进去的劲头……"他向我坦白，他也真的在冲动中那么越"雷池"而深入过，结果一次是走到了内部职工宿舍，让一位正在晾衣服的大嫂轰了出来，另一次则发现那不让游人深入的所在是一个垃圾集中站，他自然不轰而退。

当然还有更荒唐的例子，都是在一种青春期骚动的心理驱使下，为消除神秘感，为寻求刺激，为显示自己已然成熟，为向同伴炫耀勇敢无畏，或仅仅出于一时的烦闷无聊，而轻率地踏入禁区。

一般来说，这种基本上属于好奇心盛而偶一荒唐的青春期非规范行为，只要尚能自我抑制，尚能适可而止，尚愿听取长辈的劝谕而迷途知返，都不算多么严重的问题。有的少年时代和青年时代的荒唐事，比如结伙打赌看谁有勇气只身穿过漆黑的墓地，自己果然拍着胸脯壮着胆子而又毛骨悚然地穿了过去；又比如因崇拜某歌星而“发烧”，苦苦守候在剧院后门等伊卸装出来好一睹芳容并请其签名，结果一无所获却得了一场重感冒……在步入中年以后，倒都不失为可资回味的人生橄榄，在苦涩中还有某种稚气的清香。

但对青春期的荒唐是不能无限度地宽容与原谅的，无论对别人，还是对自己。

目前我们正处在一个转型期的社会中，各种诱惑纷至沓来，健全而细密的游戏规则不可能迅即确立，许多事全凭我们自己本着良知判断，倚仗意志坚持，因此，倘若对自己心中的本能骚动完全不设防，一任其尽情发泄，则很可能导致“更向荒唐演大荒”的不良行为，酿成“一失足成千古恨”的后果，那可能就是人生的大悲剧了！

我就知道，有那本来好端端的青年，禁不住别人的引诱，先是出于好奇，想知道一下“吸毒究竟是怎么一回事”，又觉得“反正我只吸一次，试试就行，怕什么呢”。结果便轻率跨进了全世界不同社会制度国家全都列为禁区的吸毒黑圈，一吸，便中了邪毒，在为时短暂的错乱性精神快感之后，紧跟着便是难耐的疲惫、空虚与酸痛。因此便不得不再吸，而每吸一次，那快感时间都在缩短，而吸毒期间的痛苦便成倍增加，从此形成恶性循环，难以自拔，引诱者便又将其进一步拉进贩毒集团，贩毒在全球范围内都是列为重罪的，那陷入毒阵的青年，最后也随贩毒头子而被捕，导致了毁灭。

在一个转型期的社会中，青年人尤其要清醒。在纷至沓来的种种诱惑面前，要适度控制自己的欲求。不要以为社会未及建立细密的游戏规则便可以肆意胡来，在最粗疏的规则面前，越轨的行为也可能遭受到沉重的打击。要努力使自己的心性稳步走向成熟，架构起一种即使不那么崇高也属于良性的终极追求，并自觉地维系一种即使不那么严格也毕竟设有雷池的道德规范，驾驭住自己那往往是野马难驯的青春期心理骚动，从而使自己能身心双健地成为社会中一个超建设性作用的成员。

我曾收到过数封从监狱里寄来的信函，那些青春未逝而自己失足的犯人在信中向我诉说了他们的悔恨，祈求我给予他们教诲与安慰。老实说，我实在不知道该怎样才能切实地帮助他们，但他们的信函使我想起了一首大约2 000年前就有了的古乐府诗："枯鱼过河泣，何时悔复及；作书与鲂鱮，相教慎出入！"那不知名的民间歌者，从丰富奇诡的想象力，假借一条已然被钓捕且已干枯的亡鱼之口，以沉痛的追悔莫及的口气，告诫那些尚有自由的同类，千万不要荒唐行事！

人在青春期中，如花开在枝，往往并不能清醒地认识到青春的弥足珍贵。青春于我们每个人都仅有一次，犹如每朵花都仅能开放一次而已；花谢了，应有果的生长，人的青春逝去了，应有事业的成就，哪怕是平凡的事业；青春期的浪漫，青春期的荒唐，犹如花在勾蜂引蝶中怒放，在劲风中摇曳喷香，千万不要果未孕成花先谢，青春未逝罪已铸，"枯鱼过河泣"，那悲声在青春的心中应如警钟长鸣啊！

1992年11月

人在风中

一位沾亲带故的妙龄少女，飘然而至，来拜访我。我想起她的祖父，当年待我极好，却已去世八九年了，心中不禁泛起阵阵追思与惆怅。和她交谈中，我注意到她装扮十分时髦，发型是“男孩不哭”式，短而乱；上衫是“阿妹心情”式，紧而露脐；特别令我感到触目惊心的，是她脚上所穿的“姐妹贝贝”式松糕鞋。她来，是为了征集纪念祖父的文章，以便收进就要出版的她祖父的一种文集里，作为附录。她的谈吐，倒颇得体。但跟她谈话时，总不能不望着她，就算不去推敲她的服装，她那涂着淡蓝眼影、灰晶唇膏的面容，也使我越来越感到别扭。事情谈得差不多了，她随便问到我的健康，我忍不住借题发挥说：“生理上没大问题，心理上问题多多。也许是我老了吧，比如说，像你这样的打扮，是为了俏，还是为了‘酷’？总欣赏不来。我也知道，这是一种时尚。可你为什么就非得让时尚裹挟着走呢?”

少女听了我的批评，依然微笑着，客气地说:“时尚是风。无论迎风还是逆风，人总免不了在风中生活。”少女告辞而去，剩下我独自倚在沙发上出神。本想“三娘教子”，没想到却成了“子教三娘”。

前些天，也是一位沾亲带故的妙龄少女，飘然而至，来拜访我。她的装束打扮，倒颇清纯。但她说起最近生发出的一些想法，比如想尝试性解放，乃至毒品，以便“丰富人生体验”，跻身“新新人类”，等等；我便竭诚地给她提出了几条忠告，包括要珍惜自己童贞、无论如何不能去“尝尝”哪怕是所谓最“轻微”的如大麻那样的毒品……都是我认定的在世为人的基本道德与行为底线。她后来给我来电话，说感谢我对她的爱护。

妙龄少女很多，即使同是城市白领型的，看来差异也很大。那看去清纯的，却正处在可能失纯的边缘；那望去扮“酷”的，倒心里透亮，不但并不需要我的忠告，反过来还给我以哲理启示。

几天后整理衣橱，忽然在最底下，发现了几条旧裤子。一条毛蓝布的裤子，是四十年前我最心爱的，那种蓝颜色与那种质地的裤子现在已经绝迹；它的裤腿中前部已经磨得灰白，腰围也绝对不能容下当下的我，可是我为什么一直没有遗弃它？它使我回想起羞涩的初恋，同时，它也见证着我生命在那一阶段里所沐浴过的世俗之风。一条还是八成新的军绿裤，腰围很肥，并不符合三十年前我那还很苗条的身材；我回想起，那是我费了九牛二虎之力，才讨到手的；那时“国防绿”的军帽、军服、军裤乃至军用水壶，都强劲风行，我怎能置身于那审美潮流之外？还有两条喇叭口裤，是二十年前，在一种昂奋的心情里置备的；那时我已经三十八岁，却沉浸在“青年作家”的美谥里，记得还曾穿着裤口喇叭敞开度极为夸张的那一条，大摇大摆地去拜访过那位提携我的前辈，也就是如今穿松糕鞋来我家，征集我对他的感念的那位妙龄女郎的祖父；仔细回忆时，那前辈望着我的喇叭裤腿的眼神，凸显着诧异与不快，重新浮现在了我的眼前，只是，当时他大概忍住了涌到嘴边的批评，没有就此吱声。

人在风中。风来不可抗拒，有时也毋庸抗拒。风有成因。风既起，风便有风的道理。有时也无所谓道理。风就是风，它来了，也就预示着它将去。凝固的东西就不是风。风总是多变的。风既看得见，也看不见。预报要来的风，可能总也没来。没预料到的风，却会突然降临。遥远的地球那边一只蝴蝶翅膀的微颤，可能在我们这里刮起一阵劲风。费很大力气扇起的风，却可能只有相当于蝴蝶翅膀一颤的效应。风是单纯的、轻飘的，却又是诡谲的、沉重的。人有时应该顺风而行，有时应该逆风而抗。像穿着打扮，饮食习惯，兴趣爱好，在这些俗世生活的一般范畴里，顺风追风，不但无可责备，甚或还有助于提升生活情趣，对年轻的生命来说，更可能是多余精力的良性宣泄。有的风，属于刚升起的太阳；有的风，专与夕阳作伴。好风，给人生带来活力。恶风，给人生带来灾难。像我这样经风多多的人，对妙龄人提出些警惕恶风的忠告，是一种关爱，也算是一种责任吧。但不能有那样的盲目自信，即认定自己的眼光判断总是对的。有的风，其实无所谓好或恶，只不过是一阵风，让它吹过去就是了。于是又想起了我衣柜底层的喇叭口裤，我后来为什么再不穿它？接着又想起了那老前辈的眼光，以及他的终于并没有为喇叭裤吱声。无论前辈，还是妙龄青年，他们对风的态度，都有值得我一再深思体味的地方。

2000年

长吻蜂

去年，我远郊书房温榆斋的小院里那株樱桃树只结出一颗樱桃。村友告诉我，树龄短、开花少，加上授粉的蜜蜂没怎么光顾，是结不出更多樱桃的原因。今年，樱桃树已经三岁，入春，几根枝条上开满白色小花，同时能开出花的，只有迎春和玉兰，像丁香、榆叶梅什么的还都只是骨朵，日本樱花则连骨朵也含含混混的，因此，樱桃树的小白花灿烂绽放，确实构成一首风格独异的颂春小诗。今年，它能多结出樱桃吗？纵然花多，却无蜂来，也是枉然？

清明刚过，我给花畦松过土，播下些波斯菊、紫凤仙的种子，在晴阳下伸伸腰，不禁又去细望樱桃花，啊，我欣喜地发现，有一只蜂飞了过来，亲近我的樱桃花。那不是蜜蜂，它很肥大，褐色的身体毛茸茸的，双翼振动频率很高，但振幅很小，不仔细观察，甚至会觉得它那双翼只不过是平张开了而已。它有一根非常长的须吻，大约长于它的身体两倍，那须吻开头一段与它身体在一条直线上，但后一段却成折角斜下去，吻尖直插花心。显然，它是在用那吻尖吮吸花粉或花蜜，就像我们人类用吸管吮吸饮料或酸奶一样。并非蜜蜂的这只大蜂，也能起到授粉作用，使我的樱桃树结果吗？我自己像影视定格画面里的人物，凝神注视它，它却仿佛影视摇拍画面里舞动的角色，吮吸完这朵花，再移动、定位，去吮吸另一朵花，也并不按我们人类习惯的那种上下左右的次序来做这件事，它一会儿吸这根枝条上的，一会儿吸那根枝条上的，忽高忽低，忽左忽右，或邻近移位，或兜个圈移得颇远，但我摄神细察，发现它每次所光临的绝对是一朵新花，而且，它似乎是发愿要把这株樱桃树上每朵花都随喜一番！

手持花铲，呆立在樱桃树前的我，为一只大蜂而深深感动。当时我就给它命名为长吻蜂。事后我查了《辞海》生物分册，不得要领，那上面似乎没有录入我所看到的这个品种，于是，我在记忆里，更以长吻蜂这符码来嵌定那个可爱的生命。于我来说，它的意义在生物学知识以外，它给予我的是关于生命的禅悟。

我是一个渺小的存在。温榆斋里不可能产生文豪经典。但当我在电脑上敲着这些文字时，我仿佛又置身在清明刚过的那个下午，春阳那么艳丽，樱桃花那么烂漫，那只长吻蜂那么认真地逐朵吮吸花心的粉蜜，它在利己，却又在利他——是的，它确实起到了授粉的作用，前几天我离开温榆斋小院回城时，发现樱桃树上已经至少膨出了二十几粒青豆般的幼果——生命单纯，然而美丽，活着真好，尤其是能与自己以外的一切美好的东西相亲相爱，融为一体！常有人问我为何写作？其实，最根本的一点是：我喜欢。若问那长吻蜂为什么非要来吮吸樱桃树的花粉花蜜？我想最根本的一条恐怕也是“我喜欢”三个字。生命能沉浸在自己喜欢、利己也利他的境界里，朴实洒脱，也就是幸运，也就是幸福。

我在电话里把长吻蜂的事讲给一位朋友，他夸我心细如丝，但提醒我其实在清明前后，“非典”阴影已经笼罩北京，人们现在心上都坠着一根绳，绳上拴着冠状病毒形成的沉重忧虑。我告诉他，唯其如此，我才更要从长吻蜂身上获取更多的启示。以宇宙之大、万物之繁衡量，长吻蜂之微不足道，自不待言，它的天敌，大的小的，有形的无形的，想必也多，但仅那天它来吮吸樱桃花粉蜜的一派从容淡定，已体现出生命的尊严与存活发展的勇气，至少于我，已成为临“非典”而不乱的精神滋养之一。莫道生命高贵却也脆弱，对生命的热爱要体现在与威胁生命的任何因素——大到触目惊心的邪恶小到肉眼根本看不见的冠状病毒——的不懈抗争中。我注意居室通风，每日适度消毒，减少外出，归来用流动水细细洗手……但我还有更独特的抗“非典”方式，那就是用心灵的长吻，不时从平凡而微小的事物中吮吸生命的自信与勇气。

2006年

小颗颗

1950年，我8岁，随父母从重庆乘轮船顺长江而下，过三峡，出夔门，开始了盆地外的人生跋涉。

父亲原是旧重庆海关的职员。新海关创建后，他被留用。留用不久，重庆海关撤销，父亲被北京的新海关总署调去任职，这就连带着使我们全家从此成了北京人。

父亲那时对新社会的新生活，特别是分配给他的新工作，充满了喜悦与热情。他要求全家跟他一起轻装进发，到北京开创一种崭新的家庭面貌。所以，由他做主，除了最必要的衣物，我们家几乎把所有原有的家当都抛在了重庆。我的玩具，当然更在弃置之列。不过临到上船以前，我固执地把一盒“小颗颗”抓到了手中，任凭父母劝说、兄姐讪笑，硬是不松手，当然，后来大人们也就随我去，因为严格地计算，那时我毕竟才7岁半。我所谓的“小颗颗”，是一种现在仍在生产的玩具，也就是插画积木，在扁盒子里，是一个有许多均等小格子的插盘，刚买来时，插盘里左边约三分之一的格子里，会满插着染成红蓝黄绿几种颜色的长方形小木柱；在附带的说明书上，有若干种样板图案，教给你如何挪动那些彩色小木柱，变化出有意义的画面，如在海上行驶的巨轮、在天上飞翔的凤凰，等等；当然，你更可以发挥自己的想象力，也不必一定要用上所有的小木柱，自由自在地插出种种你向往的事物。这种玩具现在无论从制作材料上和设计创意上都有了很大的改进，并且已属于比较落伍的品种了吧，但当时于我来说，摆弄它，那真是无可替代的极乐。

我把那玩具变着法儿插了个心满意足之后，便开始了我个人的一种独特的玩法：我把那些彩色的小木柱称作“小颗颗”，而且，在我眼里，它们一个个逐渐地都变成了有生命的东西。有时候，我就取出若干“小颗颗”，把它们放在盖好的盒盖上，把它们——不，是他们或她们——排列组合，挪来挪去，嘴里还念念有词，或想象着那是在举行一场婚礼，红的“小颗颗”扮新娘，蓝的“小颗颗”扮新郎，其他一些“小颗颗”则分别是父母带我参加过的婚礼上的，我所能理解的其他角色；又或者是想象出在幼稚园里，黄的“小颗颗”是阿姨，许多绿的“小颗颗”则是小朋友，有的乖，有的不乖，乖的得到很甜的糖吃，不乖的被一边罚站……亲爱的“小颗颗”们啊，我怎么舍得把你们抛下？即使那时我也很兴奋地闹着要快点去了不起的北京城。

在驶出重庆的轮船上，除了吃饭睡觉，我几乎总跟我的“小颗颗”形影不离。

由于“小颗颗”是我最钟爱的东西，所以按说玩了那么久，那么多的小木柱，总有百来个吧，任是爱惜，也难免弄丢几个吧；我却始终一个也不缺少。记得在重庆家里常常是不慎将盒子打翻，“小颗颗”滚了一地，我便会极认真地将它们一一拣拾清点。有一回有一颗怎么也找不到，我竟急得哭了起来，但晚上我终于还是爬到棕绷子大床底下，找到了“她”（那是红色的一颗），我高兴得就仿佛肩膀后面长出了肉翅一般！

好像是在宜昌，船要停靠比较久的时间，父母便带我们上岸去玩。我竟还是固执地带着我的“小颗颗”随行。比我大8岁的姐姐讥笑我说：“哪个会偷你的‘小颗颗’啊！怕是送给别人，人家还懒得要呢！”我和姐姐之间再没别的兄姐，所以她算是最接近我的玩伴了，也只有她还有心嘲笑我，家里其他大人早就失却了议论我那“小颗颗”的兴致。

那天从宜昌城里玩完，到码头登船的时候，具体是为什么，我已经说不出来了，反正，轮船是改停在了江心，归船的旅客们，不是像下船那样，从跳板即可上船，而是要乘小木船，渡到那大轮船边上，再爬舷梯登船。

我们全家和另一些旅客，同乘一只木船，往那大船而去。我清楚地记得，母亲牢牢地把我揽在怀中，她的体温，传递给我一种安全感。也许是船上人多，船舷压得低，江上的浪波，似乎随时要涌进船舱；我那时的身躯，应不及现在的一半大，因之我眼里的江景，便格外地雄奇。记得那已是黄昏时分，天色晦明，耸起的浪头，仿佛是露着牙的狗头，一浪接一浪，又似朝船里咬来，又似朝远处跑去；而更高的，简直是望不到顶的青黛真山，在那边承接着连绵不断的江浪，令我小小的心，充塞着神秘与惊恐……

就在那一天，那个傍晚，那条木船上，在母亲的怀抱里，我做了一件事：我取出了一粒绿色的“小颗颗”，将它抛到了江浪中……

那是真的，还不满8岁的我望着那抛出去的“小颗颗”，默默地在心里说：这就是我！我要看你，“小颗颗”，会怎么样……

怎么样了呢？记得，那“小颗颗”开头总在船边的一个浪峰上，显得很渺小，很害怕地，晃荡着……后来，它就被运到了另一个浪头上；再后来，它越过一个又一个浪头，离我远去；没多久，便不见踪影……

当时，我为什么要那样做？至今我仍不能完全地解释自己。

然而这个小小的举动，这江上的一幕，那瞬间的记忆，历经几十年了，至今鲜活于我记忆的空间。

后来我才懂得，“小颗颗”是木质的，它排开水的那份重量，大于它的自重，因此它不下沉，然而，那“小颗颗”，也便是我，能在江浪中壮游多久呢？世界是那么大，生活是那么复杂，前途是那么诡谲莫测，而它自身是那么渺小，那么脆弱，那么单纯，能适应么？能成熟起来么？能坚强起来么……

“小颗颗”，绿色的“小颗颗”，它后来究竟哪儿去了？它会被一条鱼吞进肚子里，最后那鱼被人捕获，破肚开膛时，吓那家庭主妇一跳，或博餐馆厨师一笑么？它也许根本没有荡远，没过几时，便被抛到了岸边的沙滩泥涂里，夹杂在卵石中，烂掉……当然，它也有可能，顺江而下，历经曲折艰险而又威武雄壮的途程，最后竟终于跟随着那泱泱江浪，奔入浩瀚的海洋……

当然，这都是我告别童年时代以后，在我生命历程的某个得以沉思默想，特别是从记忆深处拎出一些仍有营养的“草料”来反刍的间隙里，常有过的叩问与思绪。

是的，现在我坚信“小颗颗”没有被吞噬也没有委身泥沙，它应当仍在潮流中挣扎，既因渺小而不能不随潮飘荡，却也因它是有心灵的存在物而拼命地朝着自己寻求的方向涌进；随着时代的主潮而终于进入大海，于它来说并非是一种妄想，乃是一种值得赞许的既甜蜜也酸辛的努力……

到了北京以后，那盒只少了一粒的“小颗颗”的玩具，我还保存了很久。大约是在1960年，我父亲调往张家口解放军外语学院任教，父母把北京的家撤了，搬往那塞外古城，他们只给我准备了一只人造革包皮箱子，还有一个被褥卷，让我住进学校的集体宿舍，去独自生活。大概那时我才终于抛弃了我所保存的那些童年与少年时代的杂物，包括那盒“小颗颗”。

人在一生中，是必得一再地做减法的。整盒“小颗颗”的减去，实在也只是微不足道的一件事。我后来减掉过更多似乎是很有纪念意义的东西，都不足惜。

只是心灵深处的记忆不能减掉。永远记得那个傍晚，我把一粒“小颗颗”抛进浩荡江浪中的情景。我与那“小颗颗”，是一是二?

忆及此，我心中充溢着对命运的敬畏，也勃动着与命运抗争的激情。

硬木棍

上小学的时候，有一回老师发了火，要打我和另一位男孩子的手心，但他忘了带戒尺，于是乎大喝一声：

“滚出去！自己找一根棍子来！”

我们就滚出教室去了，各自找棍子。

教室后面是一个废园，杂草之中有丛丛灌木。我认认真真地找棍子。最后认定了一丛灌木的一根枝条，那根枝条捋掉了叶子后光光的、圆圆的、直直的，符合“棍子”的定义。然而我怎么也撅不断它——它那饱含汁液的枝干和相当坚韧的外皮就是不肯完全断裂，我几乎使尽了全身力气，并且沁出了满额的汗珠，还蹭破了手上的肉皮，最后一个屁股墩跌下去，才总算让它断离。

我拿着那根枝条回到教室，发现老师正在打那位与我同罪的男孩，用的是一根很细很脆的树枝，随着击打连连断落，引得满室同学发出强忍不住的笑声。当那位同窗哭丧着脸走回座位时，我上前将自己找来的棍子递到老师手中，前排的几位女同学先忍不住“嗤”地笑出声来，结果迅即地引出一个哄堂——因为大家都看出来，我为自己挨打找来了一根货真价实的硬木棍！

至今回想起来，我还为自己的这一行为感到莫名的惊诧——我为什么会那样呢？

倘是写小说，我往下写时或许会这样设计：老师接过那根硬木棍棍，望了望，忽然改主意，不打我了……然而那天存在过的事实是，老师毫不含糊地就用那根硬木棍抽打了我的手心，足足20下，使我疼得钻心，并且手心肿起老高，很多天后才平复下去。

上中学的时候，有一天班主任老师严肃地说：“全班同学必须每四个人组成一个家庭学习小组，每天晚上集体复习功课，哪位同学家里有条件开展小组活动，请举手！”

我毫不犹豫地举起了手。因为我想我家有一张八仙桌，正好四个人围着复习功课。

老师派定了三位同学到我家。晚饭后，我把八仙桌拖到了屋子当中——它原是靠墙放的；并且准备好了四杯热茶。三位同学到了，他们的眼神也许有点异样，但当时我没注意到；我以为我们小组的活动开展得很好。

第二天他们也来了。正讨论数学习题，忽然一位男同学小声问我：“刚才那倒茶的，是你家保姆？”

“哪里！”我告诉他，“是我妈！”

我心里头有了点不愉快。我记得我当着他们的面叫过“妈”的。我妈妈当时穿得比较差，因为她每天要给爸爸和我做三顿饭，而我家是很注重吃的，她大量时间泡在厨房里，烟熏火燎的，所以没必要穿好看的新衣服，其实她是有那样一些衣服的，去亲友家做客时她才穿，我知道的。

复习完数学，一位女同学又小声问我：“你们家怎么连沙发都没有呢？”

是没有沙发。我也不知道爸爸妈妈为什么不买沙发。那是他们的事。

临到他们都走的时候，另一位男同学又小声问我：“你们家怎么不养点鱼呀什么的？”

这我就更答不上来了。

后来知道别的家庭学习小组都没能坚持搞下去，我们小组也就散了。班主任说话仍然那么严肃乃至于严厉。但对于这些小组解体，他并没有追究。

我很少到同学家串门。过了挺长一段时间，我才去了那三位同学家。一位男同学家是个独门独院，他自己有独立的住房，在他家不仅可以开展小组活动，甚至可以把全班同学请去聚会。另一位男同学家光客厅就足有28平方米，并且有好大的一个“水族箱”（当时还不知道这种称呼，我叫成“大方玻璃鱼缸”），里面有百十条五颜六色、形态各异的热带鱼在欢快地遨游。那位女同学家有整整一圈皮沙发，坐在那些皮沙发上讨论功课是非常惬意的，聊闲天更是神仙般的感受。然而当班主任老师问“哪位同学家有条件开展小组活动”时，他们都懂得谦虚谨慎，只有我狂傲地举起了手来——仅仅因为我家小小的两间屋子里有一张陈旧的八仙桌。

中学最后一年的头一个学期，班主任老师说要召开一次家长会，发给每个同学一张通知单，我回到家就把那通知单交给了我妈妈。

那次家长会定在一个星期日召开。我妈妈去了。她很胖，走路移动步子很迟缓，可是她一步步地挪到学校去了。结果那一次家长会只到了两位家长。本来定在教室开，人太少，班主任老师便把两位家长请到他宿舍中去坐着聊。那位家长似乎并没聊出什么，主要是我妈妈聊。我妈妈说话很慢，同她走路一样地迟缓，然而她一句跟着一句地对班主任倾诉，倾诉我在家里闹脾气的种种情况。

回想起来，我在那一阶段，内心莫可名状的骚动确乎超出了同龄人，爸爸妈妈不理解我，连我自己也不能认知自己。我在学校里面，当着老师、同学，是安静的、温柔的、羞涩的、不引人注意的，然而在家里，我却会无端地烦躁、粗暴、哭闹，以至于弄得邻居们也都怪讶我的表现，使爸爸妈妈除了承受我直接给予的刺激外，还要承受邻居们的鄙夷目光、窃窃私议乃至于当面讥评，所以妈妈主动积极地去赴家长会，并且不以到会人奇少而生遗憾，反以能同班主任老师尽兴倾诉而感荣幸，就一点也不奇怪了。我妈妈是一个天性良善、毫无城府的人，并且她一生中从未减退过对我的挚爱，我知道她向班主任老师倾诉一切绝无“告状”心理，她纯朴地认为班主任老师可以帮助我克服存在的问题。

谁想妈妈的这一行动给我带来了毁灭性的后果。班主任老师从此认定我是一个“两面派”。那位当时在场的家长回家后自然把听到的情况当作一桩新闻，学舌给了她的儿子，她那儿子即我的同窗自然很快又把我的笑话和丑态传达给了别的同学，这就不仅使我从此后脊梁添了遥戳的手指，并且使班上的团干部认定我绝无资格入团，其中情绪最激烈者甚至认为我“品质恶劣”。这就导致了我毕业时的操行评语十分不雅，并影响了我在高考中的命运。

现在回想起来，也实在没有什么好抱怨的。我那时在家中确实有过若干荒唐的表现，比如我非要把八仙桌四边蒙上布单，自己钻进去独坐，想象自己是在一个深邃的地洞中，可以派生许多的奇遇；爸爸妈妈觉得我幼稚不堪，让我出来，我不干，他们撤布单，我就跟他们吵闹，等等。当时的班主任和团干部们，不可能从生理、心理、性格、气质等角度出发，理解我疏导我，他们一律归结为思想意识问题、道德品质问题，那是很自然的。

现在仍令我自己惊讶的，是我明明知道妈妈去开家长会可能会暴露出我的另一面目，我怎么会毫不犹豫地将家长会通知书交给了她？并且她去赴会时乃至赴会回来后，我为何一直麻木不仁？倘是编小说，我不会把那次家长会写成只有两位家长到会的——那会被认为“情节设计不合理”——然而事实就是那样的，可见当时并不存在着一种压力，使同学们觉得必须把通知书交给家长——我敢说一定有许多同学根本就没把通知书交给父母，而有不少家长，看到通知书也并不以为应当来开那次的家长会，因为离毕业还有差不多一年呢；总之我又成了一个大傻帽，就同那回找了一根硬木棍交给老师打自己手心一样，也跟那回只因为家里有一张八仙桌便举手让人家来我家搞小组活动一样。

这些往事，不知怎的在脑海中浮现了出来。

我感到害臊。但，无悔。

羞涩

上小学的时候，我曾登台表演过一次打腰鼓，当然不是单人节目，而是同一队同学集体表演。登台之前，辅导我们的老师一再地嘱咐说："要大胆地表演！不要害臊！"但当真的登上那似乎变得特别阔大、光照也灿烂得令人惊心的舞台，特别是一瞥之中发现台下的"多头怪物"模模糊糊、格外神秘时，我便不禁心动神摇地羞涩起来，我宁愿自己是在一间没有别人的屋子里摸着黑儿打我心爱的腰鼓……万没想到那天演出结束，不少老师和家长都夸赞我表演得最好，说我一派天籁，很乖，很帅。

到上中学的时候，我和另外两个同学排演了一出独幕短剧，我既当导演又兼演主角，演出前轮到我同那两位合作者说："要沉着、大胆！演戏就得厚脸皮！"结果一开演，同我有关键对手戏的那位老兄不知怎么的，让我觉得特别地放不开。那是一出讽刺喜剧，我拼命地夸大着特意设计出的木偶式动作，并期盼着他按我导演时的规定动作去表演，但他临场反更不能同我默契，显然他是在众目睽睽下羞涩起来……演出结束后，我意外地听到了对我演出的如下评论——那不是故意逗趣更绝非讥讽——演得最“入木三分”的，是害臊的那一位！

我后来没有成为一名演员，更没有成为一名导演，但我后来有幸接触到某些成熟的演员，及某几位蜚声中外的大导演。我没有同他们讨论过羞涩在艺术创作中的作用问题，但依我个人对他们的从旁观察和尽可能深入的理解，我隐约感到，倘若说大胆是杰出的艺术品的催化剂，那羞涩便可能是非凡的艺术品的心灵伴侣。

人在羞涩时总是美的。倘若能将羞涩蕴于内而不形于外，那便更美。羞涩是良知的产物，是一种自我控制，也是对外界事物的尊重。因此羞涩常能使人适可而止、恰到好处。作为一种润滑剂，羞涩能够使人与人之间的接触和交流不至于粗鄙、卑下、猥琐、丑陋，故而羞涩又是一种创造美的心理工具。

在我的艺术世界里，羞涩几乎无处不在。我羞涩地画水彩和油画，不仅是因为我没有受过扎实的基本功训练，也不仅是因为我害怕别人对我的画作鄙薄，而主要是因为我对以色彩、明暗、笔触、韵味去亲近世界充满了虔诚。对于我来说，那相当于宗教信徒走进教堂。我画出来的东西在家中也很少陈列，偶有亲友完全是出于鼓励与情谊问我要画，我迄今几乎一幅未予（自绘的贺年卡除外）。我羞涩地弹奏钢琴，那当然主要是因为我三十八岁以后才拥有了钢琴，才得以从最简单的练习曲弹起，自然可想而知是无望达到任何一种最低标准的水平的。但我之所以羞涩，比如说我独自一人（最多还可有妻子、儿子二人在室）弹奏《致爱丽丝》时，主要是因为我心中充弥着大敬畏、大喜悦——这也许竟与世上杰出的钢琴演奏家十分地接近——我的眼睛会湿润起来。我惭愧自己的低能，然而我珍视自己的领悟。

我羞涩地一个人独自欣赏从旧唱片翻制出的程砚秋京剧录音带，或羞涩地一个人独自欣赏从电视节目中录下的李世济演出的《锁麟囊》或赵荣琛演出的《荒山泪》，那并不是因为我怕真正懂得京剧的作家同行对我的半知半解撇嘴摇头，而是因为我对程派唱腔的那种茧中抽丝、幽谷泉咽的妙音有一种难与人言的灵魂悸动。或许只有一个人，在他面前我能稍敛羞涩地畅言梅程荀尚之类的话题，那便是我的哥哥刘心化。他在北大念书时曾有“北大梅兰芳”之称，多次登台献艺，一时名噪未名湖畔。他一直有邀我为他在《宇宙锋》装疯一折里配扮哑奴的动议，而我也确实羞涩地怦然心动过——我们两人曾多次详细品析过梅兰芳所饰赵艳蓉和张蝶芬所饰哑奴那严丝合缝的配合，我想梅兰芳是众所周知，而张蝶芬恐怕就罕为人道了，但哥哥和我偏能把张扮哑奴的一招一式细加褒贬……

写到这里我又不禁羞涩起来。然而这也确证着我心中的艺术世界是一个相当缤纷的空间。五十岁的时候，我还曾羞涩地聆听了台湾业已告别歌坛的“小虎队”演唱的一曲《再见》，那羞涩倒不是因为害怕有高雅之士对我齿冷：“你怎么有闲工夫听那种高中和大学低年级女生迷恋的玩意儿？”是的，我有闲工夫听，正如我有闲工夫羞涩地聆听勋伯格的交响乐或多明戈演唱的《尼伯龙根的指环》一样，在我的艺术世界里，“小虎队”使我同流逝的少年时代在一个白日梦里迎面相撞……

我更常常羞涩地面对着大自然。更具体地说，是常常羞涩地面对着大自然中最琐屑的细部。我几乎从未像某些人那样，站在高山之巅或大海近旁举臂傲啸，却多次独坐在小小的一个角落，面对着草丛中一株半球已然飘散、另半球依旧存留的蒲公英，或一株被夕阳镀上金边的兔尾草，默默地为自己竟然也是宇宙中的一个存在物而庆幸。我曾写过一篇题为《家门口的风景》的散文，描述我有一次从远处游览归来，突然发现其实家门口那小小的一片草地、寥寥的几株凡树，竟有着惊人的内在魅力。还曾写过一篇题为《生活赐予的白丁香》的散文，讲到有一次我发现一株丁香树不仅满树花盏，它的根竟从地皮中直接蹿出了一个花枝，并烂漫地开放着……这都说明我对自然的审美也是取着一种羞涩的、精微的、内向的、知足的态势。虽然不知道别人到底如何，但对于我，艺术与羞涩不仅同在，还大有相辅相成的那么一种微妙关系。

写作是我的本行，是本职而非业余爱好，也是我用诚实劳动换取社会酬劳以养活自己和家人的一种手段，因而既是一种艺术世界里的遨游，也是一种世俗的存在方式，所以我写作时反倒少了几分羞涩，这也许恰是我的写作尚未真正进入佳境的重要原因。不过，每当我铺开稿纸提笔为文时，即使爱妻宠儿，从我肩后哪怕只窥视一眼，我也是决计不能忍受的——这似乎又在证明着我写作时毕竟还是相当羞涩。我想，心灵中的大胆和羞涩相激相荡，正是我还能源源不断写出作品来的一个因素吧。

五十自戒

算来今年要满五十了。参加工作以后，听惯了“小刘”的称呼。后来专门搞创作，也很享受过一番“青年作家”的头衔。现在年届五十，渐渐有人叫我“老刘”，无论如何再不能划归青年行列了。

据孔夫子立下的标准，五十岁时应达到“知天命”的境地，我能么？实在没有信心。

但也不甘自暴自弃。我曾说过，自己以往十多年写的小说，对人性善的挖掘，比较执着，但对人性恶的探微发隐，就比较薄弱了。现在我想说的是，对人性的探索，无论是善的一面，还是恶的一面，以及善恶难辨乃至善恶杂糅与相激相荡的一面，还有不能以善恶概括的其他侧面，包括那些微妙的、神秘的、深隐的、混沌的、基本粒子般难以把握和天体星云般难以穷尽的种种构成，固然需要沉淀到社会生活中去做不懈的体验，同时，勇于以自己的心灵做探究的标本，把自己“皮袍下面的小”，乃至心底最深处的污垢做一番扫描、剖析、化验与涤荡，恐怕也是必不可少的。

清夜扪心，便感到自己心灵深处至少有两种恶，在五十将临时有蹿动膨胀之势，不能不引以为戒。

一是对同辈人的嫉妒。据说嫉妒之心，人皆有之。又据说嫉妒心是有规律可检的——几辈人之间，差辈间的交叉嫉妒，相对要弱于同辈间的平行嫉妒；同性之间的嫉妒，相对要强于异性之间的嫉妒；同行间的嫉妒，亦相对强于隔行间的嫉妒；渐进者对暴发者的嫉妒，却又往往弱于暴发者对一贯顺利者的嫉妒……又听到过一种理论，是说嫉妒之心不可无，但不可太强，适度的嫉妒是人奋发向上的心理原动力之一；社会的良性竞争中，实需适度的嫉妒心做润滑剂……

我对这种种说法都没有做过深入的研究，但就我个人而言，冷静自视，那心底里咬啮着灵魂的对同辈人的嫉妒，却无论如何是一种即使不能涤除也必须自觉压抑的人性恶。

在同辈人里，我一度算是幸运儿。情况众所周知。但在知足的心理层面下头，我不得不汗颜地承认，竟仍然时常蹿冒着对同辈人的嫉妒。对人家才能方面、成就方面、名方面和利方面、实惠方面、实力方面、前景方面、眼眉下方面……种种超过自己的地方，总有一种针刺般的隐痛。从而不仅在暗中巴不得人家或自然衰竭停滞倒退或触个霉头栽个跟头，甚至也还有一种隐藏得很深连自己也死活不愿承认说出来写出来要鼓起老大老大勇气并且脸上不禁火辣辣——可那又是千真万确存在着的恶浊想法——一旦有机会，少不得要臊一臊他的面皮，扫一扫他的兴头，坏一坏他的声誉，阻一阻他的前程……年届五十，面对自己的心灵我不禁自问，会有那么一天，我由于自己竞争力的衰竭而进一步发展到借助于“拉大旗作虎皮”，以冠冕堂皇的符号系统，掩护着我那对同辈人的嫉妒毒焰去达到“卧榻之侧，岂容他人酣睡”的目的吗？

另一种蛰伏于我灵魂深处的恶，便是对年轻人的嫌厌。其实也还是一种嫉妒。所谓对年轻人，是含混其词。干脆更坦率些说吧，针对的是比我年轻的作家——当然，那对他们的嫌厌度，是与他们的走红程度成正比例的。我走上文坛那阵，有多艰难，他们现在多容易！我从茅盾手里领过头名奖状时，他们还在哪儿窝着哩！看他们那狂放劲儿，知不知道天高地厚？他们见到我的时候，居然没有足够的礼貌，没有应有的微笑，没有引出我谦让之辞的必要恭维，没有征求我的批评指正，甚至没有最低限度的敷衍……他们写得太多因而太滥！写得太快因而太粗！写得太轻松因而太浅薄！写得太新潮因而太危险！写得太火爆因而太讨厌！他们应该沉下去！应该暂停！应该知趣！应该安于寂寞！……我心灵深处的恶啊，其实，恐怕是我自己难耐寂寞吧？因为不能将我的高峰期、我的走红期、我的轰动期加以延长、发展、上扬，所以，我不能承认年轻一代超过跨越我的现实！我希望改变这个现实、抹杀这个现实、倒退个现实！……从心底深处挖出的这些黑臭的“意识流”，如一堆蠕动的蟑螂般令我自己恶心，天哪，难道迈进五十岁，走向六十岁，我会变得把骂年轻作家，渐渐当作我的日常功课吗？我再写不出像样的作品，甚至连不像样的作品也写不出来，剩下的事情便是坐在客厅里，同一二同辈相投者叹息年轻一代作家的不肖，或者出席一些这样那样的会议，满足于在有关报道的一串名单里见到自己的芳讳，又或者在会议上，做出气急败坏的发言，抨击年轻作家的所作所为——当然在我所使用的符号系统里，我会频频嵌入诸如“多数”“大多数”或“少数”“极个别”一类字眼显示出自己并非“以偏代全”，但最要命的是，无论是“多数”还是“少数”的年轻作家的作品，我其实都不耐烦阅读，或简直根本不读，我对他们的义愤大多来自“听说”，有的是同辈人辗转告知，有的则仅仅来自餐桌上子女的议论——并且还是赞赏的议论……天哪，我会变得那样吗？会吗？

一身的冷汗在慢慢干掉。值得庆幸的是自己还能自信说一句“江郎并没有才尽”，灵感仍时有爆发，创作冲动涌起时似乎也还虎虎有生气，短至一二百字的极短篇，长至几万字十几万字几十万字的小说，也都还能写，并且在散文、随笔的写作方面更有空前的兴致与产量，下笔绝无枯涩感而有汩汩流淌之势，并且写出来的东西也还大都能找到地方发表，也还能出书，还有竞争力，没有衰竭，所以迈进人生的第五十个年头时，占据着心灵大部分空间的，似乎也还是些光明的、向上的、健康的、善良的、美好的、有益的、宽容的或至少是平实的、无害的、中性的、庸常的东西。

但搞一搞自我的心理卫生，挖一挖自己灵魂深处的恶浊，给自己提出一点警戒，确实不仅是必要的，也是及时的。把它公布出来，自我示众，也是企盼前辈、同辈、后辈能助我一臂，使我能更有自知之明，要能踏实精进，并且能抑制住乃至荡涤那心灵深处时不时往上拱动的恶浊，使我五十岁后至少还是一个正常的作家。

1992年2月2日

有杯咖啡永远热

因为城里家事烦冗，多日未到乡间书房，那天抽空去了，还没走拢，就发现书房外的小花园呈现荒芜状态，灌木长疯了，玉兰树被牵牛花藤缠绕，野草丛生，仿佛提醒我今夏雨水是如何丰沛。

走拢栅栏，吃惊不小。实际是我让里面的一个生命吃一大惊。那是一只猫。它吃惊，是因为不曾想我的出现。我吃惊，倒不是因为在意野猫进入我的小花园，而是瞬间以为那是一种灵异现象——难道，狸狸竟然复活了吗？

我家两只爱猫，一只纯白蓝眼长毛波斯猫、一只脸部和前后身花狸其余部分纯白的短毛猫。前者名睛睛，后者名狸狸。前些年相继去世后，都以锦匣葬在了这小花园里。眼前的这只警惕地趴伏着瞪视我的花狸猫，酷似狸狸啊！它怎么不马上跑开呢？啊，明白了——我发现它身后有四只小猫，显然，那是它的子女，大概还没断奶，作为一个母亲，它不能丢下小猫自己逃开。我更加吃惊，因为那几只小猫，两只纯白，一只浑身花狸，一只与母亲相同是身上除了花狸毛还有纯白部分。这就说明，它们的父亲，应该是一只纯白的公猫。呀，难道睛睛和狸狸全都复活，而且婚配，在此产下了后代吗?

我蹑手蹑脚离开小花园，绕到另一面进入书房，立即往城里打电话，告诉老伴所看到的异象，她激动不已:“你怎么光看到狸狸？睛睛呢?”我对她说:“我们的睛睛狸狸应该还都在地下安息，你别忘了，它们都是公猫。一定是有只酷似睛睛的公猫，跟这酷似狸狸的雌猫，生下了四个宝宝，而公猫对小猫不负责任，早不知跑到哪里去了，只剩下猫妈妈带着猫宝宝在那小花园里安家。不过，巧合得实在神秘！”老伴感叹之余，立即给我几条指示:“不要吓走它们！不要清理花园！立刻去给它们准备猫窝、猫粮和饮水盆！”我很快一一落实，可喜的是猫妈妈看出我的善意，没有带着猫宝宝转移。

入夜，我从窗隙朝外望，不见小猫，但猫妈妈在吃猫粮，心中祈盼它们能长久在花园中定居。

用音响放送出柔曼的曲调，我在落地灯光圈里翻阅女作家苏葵寄给我的散文集。苏葵多次到世界各地“自由行”，我非常羡慕。“自由行”需要一定的经济条件以及兴致和体力自不必说，最好还具有外语对话的能力，苏葵不仅这几个条件全都具备，还有一颗敏感的心和一支绣花针似的笔，我最欣赏她抛开一般游记介绍名胜古迹或做些中外对比的套路，而从“凡景”“琐事”里勾勒出人情之美的那些细腻舒缓的文字，比如她写到佛罗伦萨小巷中一对老人牵手同行停下轻吻的场景，感悟人生中“相依”的易与不易。苏葵把这个集子命名为《咖啡凉了》，在最后一篇文章里对世道速变发出惆怅的喟叹，我虽有所共鸣，却不由得产生了逆向思维。

我在灯下想到窗外“复活的狸狸”，想到狸狸的来历。二十一年前，我遭遇人生中最大挫折，这挫折被中央电视台新闻联播以一条“刚刚收到的消息”向全世界昭示，并且刊登在第二天所有报纸的头版。我作为主编为杂志惹的祸理应担负全责。确实有许多杯咖啡立马凉了，甚至凉咖啡也拿走了。这很正常，不应抱怨。但就在这样的时刻，有杯热咖啡送到了我的眼前：同事带来一个纸盒，说是杨学仪师傅送给我的，纸盒里是一只幼猫，后来被取名狸狸。杨师傅知道我爱猫，知道我在遭遇挫折后因为心烦意乱，家里走失了爱猫，他就用送猫来表达他那热辣辣的安慰。

那时杨师傅已因病休养。他在杂志社为主编开车，几年里是越开主编年龄越小，先是接送李季，那时候六十多岁，比他大，后来是王蒙，五十出头，比他小，到我坐进车里时，他奔六十而我只有四十四岁，开始我们俩都感到尴尬。他为王蒙开车时，西服革履十分气派，而那时的王蒙穿着还很随便，有时到了某场合，他下了车，人家就簇拥上去把他当主编往里迎，他忙摆手指向王蒙，竟还有人坚持觉得他就是王蒙而在幽默。我不记得是在哪一天，经过我们双方努力，杨师傅跟我说：“咱爷俩可以交朋友了。”他竟为惹了祸的朋友送来了无言的温暖。那以后没几年杨师傅因病去世。

世事多变，咖啡会凉，但有一杯咖啡永远是热的，那里面满盛超越世态炎凉的宽厚与善意。

给心房下一场雪

人生途程，难免遭遇干旱，有炎夏的干旱，也有冷冬的干旱，相比而言，冬旱更令人气闷，会导致心房里淤塞着猬刺般的焦虑，这时候，你该自觉地，给自己的心房下一场雪。

是的，人们都在说，现在进入了一个竞争的年代，每个人都该不畏竞争，应勇于投入竞争，争取在竞争里成为赢家，跻身于所谓“成功人士”行列——这些话并没有说错，但说得并不全面、并不准确，全面而准确的说法，应该在强调竞争、奖励赢家的同时，还必须强调要建立起保障。因为并非违反了竞争规则，而成为弱者、输家的那些社会成员，他们也能获得为人的尊严，并享有社会财富基本配额的权利。这是在竞争的旱季里，整个社会应该落下的透雨、飘飞的瑞雪。

但我们自己，不能只是消极地等待社会的雨雪，我们自己，要在心房里给自己下一场雪。那飘飞的雪花，以自知之明凝成，也就是，不要对自己苛求，不必在竞争中给自己定下那么高难的名次指标，需深深地懂得，冠军、亚军、季军固然可喜可贺，能跻身前八名也相当荣耀，而能在前一百名里，亦足可自豪；就是仅仅及格，只要自己尽了心努了力，也无妨为自己干上一杯！

那心房里的雪花，如自然界的雪花一样，营造出一个洁白的世界，去掉嫉妒，摒弃狭隘，对他人的成功，只要那确是其努力的成果、才智的发挥，即使不必为之鼓掌欢呼，也大可一旁为其高兴。深知这世界不可能人人第一，个个拔尖，不可能一律成功，不可能统统获得等量的财富与名声。差别是永远存在的，层次是难以抹平的，我们所应感到义愤填膺、坚决反对的，是不在一个起跑线上开跑，是竞争规则的不合理，是竞争过程里的不公平裁决，是黑箱操作、违规乱来，而并不是冲过终点线有先有后，以及社会对先到者的奖励。这样的心房雪花，能使我们化解掉因落后而生出的焦虑，使我们经过一段拼搏后，能接受呈现于面前的，不那么令我们满意的现实处境。

人生对于我们，只有一次。个体生命不能脱离群体而生存，而群体共存的较佳规则，是公平竞争，这是我们应该认同，并投身其中的，人类的文明积累，也因此而日渐丰厚；但我们生存的意义并不仅仅局限于此，我们还应自觉地享受群体竞争之外的人生乐趣，那是超越名次地位，超越学历职称，超越金钱财富，超越所谓成功与失败的界定，超越他人的评价，并且也超越自我评估的。那至为宝贵的，属于自己的人生乐趣之一，也是给自己的心房来一场白蝶飞舞般的瑞雪，那些雪花可能是亲情、友情、爱情的回味，可能是童年往事的追忆，可能是生命历程中许多琐屑却璀璨的闪光点，可能是唯有你自知之明，或者竟暧昧莫名的某些隐秘情愫……

不要喟叹人生途程中遭逢冬旱，快，快在自己心房里下场滋润生命的瑞雪吧！

一切都还来得及

有时候，人会觉得一切都完了，阳光不再灿烂，绿树不再青葱，花儿不再美丽，歌声不再悦耳……会不想吃饭，不想睡觉，不想多谈，不想继续做事，甚而会有灰色乃至黑色的阴冷念头涌上心尖——这就是那样的一些时候：考试不及格、应聘不录取、竞赛中败北、竞争中落伍……以及遭逢异性的拒绝而失恋，错过难得的机会而失悔，等等，等等，总之，顿觉我生何趣，万念俱灰。

这种挫折感、失落感、耻辱感、空虚感，针刺般地折磨着灵魂，那真有如在一座脆弱的吊桥之上，身后是一派天真烂漫而已无法回首，身前是可望而不可即的诱惑而只觉脚下的桥体已在嘎吱吱地断裂。朝下望，则黑黝黝的深渊似乎正在发出狰狞的恶笑，张着密布利齿的大口只待你的沉沦……

这时候，人最迫切需要的，是一种最单纯的信念，即——不要紧，没关系，只当生活刚刚开始，不回头，朝前望，一切都还来得及！

是的，不要停下你的脚步，但要把下一个步子走得更好，调整得更加合适，不要为原来的失败和挫折而过分地责备自己，更不要为客观的不利因素而无谓地怨天尤人，走你的路，并坚信一切都还来得及——从脚下这新的一步重新开始！

一位年轻的朋友在他们那个企业的优化组合中被“优化”出去了，他痛不欲生。他跑来对我说，倘若他真是一个低能的调皮鬼，那么就是将他彻底开除他也绝无怨言，而万没有想到那优化组合的过程犹如一面无形的镜子，照出了他人际上的一贯疏离，那却是他以往从未深刻意识到的。现在人们都礼貌地婉拒与他合作，才令他雷轰电掣般地猛醒——原来他的孤僻与固执，在他人眼中竟达到了那般不被容纳的程度！

我握住这位年轻朋友的手，诚恳地劝慰他：冷静地面对这确实令人发窘的境遇，不要恐慌，不要灰心。是的，你的生活面临着一次危机，但“危机”可以分解为“危险”和“机会”两个要素。“危险”决定了你必须避凶趋吉，“机会”意味着你有了对生活做出重新抉择的可能，不要对这一处境发怵，而要把这一处境视作激活自己潜在生命力和创造性的良性碰撞，要知道你毕竟还年轻，一切都还来得及！……

年轻的朋友皱着眉头说：我性格如此，从小如此，而且在人们眼中心中也已定型，现在我就是想从头做起，也万难变易性格，改变人们对我孤僻内向、寡言难通的印象，你说一切都来得及，不过是激励我的一句空话罢了，事已如此，哪里还来得及！

是的，缺点好改，性格难移，而要将他人眼中所定型的你，再重塑为新的形象更谈何容易。但是——我劝那位年轻的朋友——你也无妨再仔细地想一想，你那人际上的问题是不是也不能都推诿为性格，有没有对世界和社会认识上的欠缺？比如说，你以往是否未能清醒地认识到，随着当代科技、经济、生活方式的发展变化，个体生命越来越不可能超脱于群体，因此，与他人特别是与创造物质财富和精神财富的群体的亲和趋向，应成为当代社会中个体生命的自觉意识之一。借助于这一回的为群体所筛汰的危机，你无妨从理性认识上来一个跃升，增强自己心理上、意识上与群体的亲和力，并扎扎实实地身体力行。相信经过努力，群体对你的认同和容纳，是一定可以增强的。

年轻的朋友想了想，说：是的，我想自己除了性格因素以外，搞不好人际关系也确实还有认识上的原因，以及不掌握与人沟通合作的种种人际技巧；但是，我还是觉得一切都晚了，现在再来提高、改变这一切都太艰难了……

我为这位年轻的朋友对待人生的严肃态度所感动。他并不轻率地靠泛泛的鼓励而忘却挫折的创痛，并努力地寻找着克服挫折的途径。我替他想了想，便又对他说：是的，说一切都来得及，并不意味着干一切的事情都还来得及，而是意味着有包含在“一切”中的许多种可能性可供我们慎重抉择，做出这种抉择是完全来得及的！比如你遇到的这个情况，除了做出改变自己的为人处世态度以求再被组合进那群体而外，也还可以做出另外的抉择，比如：（1）跳槽到另外的一个群体中，那类群体共同工作时不需要成员之间有过密过细的人际勾连；（2）毅然改换另一种更具独来独往独当一面特点的职业，将自己的慎独性格从劣势转换为优势；（3）随遇而安，蛰伏一时，在此期间加强自修，并从容调节心理，特别是增强对世界和人生的认识，以待新的机遇……

怎样在这充满考验与筛汰的世界和人生中应付预料中和预料外的挫折？那是一番话一篇文章都难说透的，但至少我们可以在挫折面前先对自己说上一声：不要慌，一切都还来得及……

1992年7月

曲径通香处

03

导读

人世百态，尽在其中——如何塑造普通人物

“曲径通香处”这一辑，选材都来自日常生活中的平凡人，有相处多年的老保姆，有走街串巷的铁糖阿伯，有田间地头的老农……或为街坊邻居，或为贩夫走卒，没有非凡的功绩，没有显赫的名位，但作者却用细致的笔触写出了他们的闪光点，让人沉思，值得回味。

《雾锁南岸》中的刘娘，是作者幼年时的保姆，她有着善良热忱的天性，对刘幺有着不逊于慈母的疼爱；刘家遭遇困窘之际，她慷慨解囊，拿出自己多年积攒的工钱周济刘家。文中记叙了关于刘娘的许多小事，这些小事似乎不起眼，例如刘娘如何抱起鹅群前的孩子，刘娘赞赏刘幺喝水时的谨慎，刘娘夸赞刘幺的学舌，刘娘临走时留赠的鹅毛扇……但一桩又一桩的小事的叙写，就如同画素描时一笔一笔添加的线条，最终为读者勾勒出了一个丰满的形象。

《坐在门槛上的送煤工》写了一位被乐曲吸引的送煤师傅：“忽然，我

直腰抬头之间，瞥见了那送煤师傅，他被录音机传出的乐曲吸引住了，以至于点燃的烟吸了一两口后再没有去吸，慢慢地站在我家屋外的洋槐树下，显现出一个出自内心的略带惊讶的愉悦表情。”作者请送煤工进屋，“他却并不进屋……淡淡一笑，脸朝外，坐在我家屋门的门槛上了”，腼腆的形象跃然纸上。而文章中“在初夏的洋槐树下，树荫铺洒在我家屋门前，露出团团闪烁的光斑。洋槐花盛开着，漾出阵阵清香，《船歌》那柔曼的曲调越过坐在门槛上的送煤工那厚实的身板，送进他的耳中，传到院里……”的叙写则构建了一个充满诗意的图景，让读者似乎也沉浸到这样的画面中。

《喜宴娃》这篇，可以理出小主人公心理的跌宕变化来解读作者的写作构思：吃酒的“高兴”，得到绢花的“得意”，受到端盘娃奚落后“面无喜色”、不开心又不服输，争取到端盘机会后的“顶顶得意”——沿着这样的情绪变化，作者塑造了一个富有童真的农村孩子的形象，也展现了独特的民俗风情。

……

对这些篇目中的平凡人物，作者在塑造时运用了丰富的语言描写、动作描写、神态描写，写出其性情中的闪光点。作者的写作基础在于两方面：

一是热爱生活，平等待人，具有同理心，笔下饱含深切的同情。只有对尘世充满热爱、对他人怀有平等关爱之心，才能“看见”这些平凡人物——如果不是心怀热诚，哪怕与他们打交道，也不会“看见”他们，不会留意，不会发生情感的交集，不会产生心灵的碰撞。例如《铁糖阿伯》，来送书的快递小伙子讲述了走街串巷制作铁糖的父亲的故事，可以想见，作者与他的相处有着平等的态度，没有因为自己是名作家就摆谱、忽视他人的感受，这才引出这一段倾心的闲聊，留下这一篇文字。

二是以前者为基础，细心地观察其言行、体味人心。《八渣儿》中描写:“可老头忽然皱起眉头，那表情仿佛被什么东西蜇了一下。”“他的脸一下子红了，红得怕人，仿佛全身的血都涌到了他脸上。他愣愣地瞪着我，嘴角哆嗦了半天，才勉强说出两句……”这些细节的描写来自观察，来自对人心的体味，准确地刻画出角色的心理变化。

当然，对平凡人物的塑造，也是有一定的技巧可循的:

其一，欲扬先抑，先写其平凡，再袒露其不平凡；先写“我”对小人物的忽视或平淡，再写小人物让人不可小觑之处，写出“我”的态度的变化，烘托小人物的形象。例如《八渣儿》一文即此类的代表:

文首以一句“我本来不想同他攀谈”展开下文，对修鞋师傅的攀谈，“我”只是“有一搭没一搭地回答着他的问题，眼睛只望着街上来往的车辆”，让“我”的态度发生转变的是，一个老头来找师傅修鞋，商谈价格的过程中，“我”看清师傅的两个手指头竟然是残缺的——但是“动作灵巧麻利而且颇有节奏感”，“我开始愿意同他攀谈了”。两人相交很久以后的一天，师傅将要离开，最后一面中两人发生了误会，“我”去寻找师傅而不得，留下一份永远的怀念。

其二，烘云托月，用他人的言语与评价揭示平凡人物的独特之处。如本辑中的《埋果核》一文，通过来客“快嘴李翠莲”之口，揭开老祁的另一面:“您说他幼稚？……老祁埋果核，是因为他总觉得每个果核都是一条命啊，他这‘惜命’的‘癖好’，更体现在他几十年社会风雨里，对身边人们的态度。”“老祁总是忍不住要凑拢‘倒霉’的人跟前，撂下他琢磨好的话，有人听了他这锅炉工的话，没反应；有的听了当时感动，后来也就忘怀；但像她这样的，因为祁师傅埋下善意鼓励的‘果核’而度过心理危机、人生困境，永铭心旌的，光单位里就很有一些。”通过李翠莲的这些言语，我们认识了一个怀有赤子之心的老祁。

其三，用他人的言行映衬平凡人物的高大。例如鲁迅先生的《一件小事》，写“我”与车夫在老女人倒在车前之后的所做所想，以车夫扶起老女人送去巡捕房，与自己一心赶路、暗思可恶相对比，“觉得他满身灰尘的后影，霎时高大了，而且愈走愈大，须仰视才见”，“以至于要榨出皮袍下面藏着的‘小’来”。本辑的《竹排嫂》里，新手的偷工减料，与竹嫂坚持返工相对比，竹嫂们的形象就“立”了起来。

翻阅这一辑的作品，这许多个平凡人物构成了一幅充满正能量的图卷——平凡人物不平凡，平凡人物中有大爱。

上海市教育科学研究院 张云娇

雾锁南岸

随着记忆回到童年，我的空间比例感立即变更，我的视平线离地面不足一米，跟我个头平齐的是家里那几只大鹅，我混在它们里面一起朝花台那边摇摇摆摆而去，它们欢快地叫着，我觉得听明白了它们的话语，是在鼓励我朝前走，不要怕会从花台里爬出来的菜花蛇。

那时候只有大人将我抱起，我才会注意到大人的面容，当我自己在地面上跑来跑去时，我觉得亲切的面容主要是那几只大鹅。我觉得自己跟它们没多大区别，它们似乎也把我视为同类。

“刘幺！莫让鹅啄了你！”一个大人走近我身旁，记忆里没有她的面容，只有她的大手，很粗糙，很有力，握住了我的胳臂，将我拉往她的怀抱，几只鹅兄鹅弟抱怨地扇着翅膀，摇晃着让到一边。

抱起我来的，是我家的保姆彭娘。我在她怀里挣扎着：“鹅才不啄我哩！我要跟它们耍嘛！”彭娘道：“是有点怪吔，这些鹅啄这个啄那个，就是不啄幺娃！不过谨慎点为好啊！”说着彭娘就把我抱进灶房去了，把我放到小竹凳上，哄我说：“幺娃儿乖，帮我剥豌豆，我摆个龙门阵给你听……”

所忆起的这些，都在重庆南岸，那时我家的居所。

那是1946年到1950年，我4岁到8岁期间。我家那时所住的，是重庆海关的宿舍。那栋房子，是两层楼，下面一层，住的是另一家，那家的院门，在下面的一个平面上。我家的院门呢，则在山坡的另一平面上。院门由木头和竹子构成，进了院门，是个小院子，这小院子的右手边，是个几米高的坡壁，坡上有路，从那路上往下跳，按说就能跳进我家，但我家在那坡壁下面，布置了一个花台，花台上种的蔷薇，长成一米高的乱藤，一年里有三季盛开着艳红的蔷薇花，那些粗壮的藤茎上，布满密密的尖刺，令任何一位打算从坡壁上跳下的人望而生畏。就这样，我家右边形成了自然的壁垒。左边呢，我家这个院子的平面，与下面那个平面，又形成了一个落差更大的坡壁，于是安装了篱笆。那栋两层的小楼，下面一层与我们上面一层原来有楼梯相通，因为分给两家，堵死了。那楼耸起在我家的这个小院前面，二层正与小院的平面取齐，但楼体并不挨着坡壁，楼体与坡壁之间，是一道深沟，雨后会有溪流冲过，平时也有深浅不一的沟水滞留，那么，我们家的人怎么进入自己的住房呢？那就需要通过一座木桥，桥这头在我家小院，桥那头伸进楼上的一扇门，穿过桥，进入楼里，则是一个比较大的空间，充作饭堂，饭堂前面有门，门外则是一个不小的阳台，从阳台上可以望见长江和嘉陵江的汇合，山城重庆的剪影历历在目。从饭堂往右，有条走廊，走廊里面有三间屋子，有间是摆着沙发的客厅，有间是父亲的书房，尽里面最大的一间，则是卧室，我虽然有自己的小床，但常常要挤到父母的大床上去睡，夜里做噩梦，拼命往父亲脊背上靠，结果给他捂出了大片痱子。那时大哥、二哥都常在外地，小哥和阿姐在重庆城里巴蜀中学住校，父亲每天一早要乘海关筏子过江到城里上班，晚上才回来，因此，大多数时候，那个空间里，只有母亲、彭娘和我。小院尽里面，有三间草房，墙是竹篾编的，屋顶是稻草铺的，一间是灶房，一间彭娘住，一间是搁马桶的，大人要到那里面去方便，我是不用去那里的，我在屋子里有罐罐，彭娘每天会给我倒掉洗净。草房再往里，高高的坡壁下，有一片菜地，彭娘经营得很好，我家吃的菜有一半是在那里自产的。

彭娘到我家帮佣，有很长的历史。大约在1936年父亲从梧州海关调到重庆海关任职，她就从老家来到我家了。据二哥告诉我，那时候我家生活很富裕，住在城里，每晚开饭，要开两桌，除了自家一桌，总有一些同乡坐成一桌来吃饭。那时给彭娘的佣金，是相当可观的。但是1937年抗战爆发以后，生活艰难起来，特别是日本飞机轰炸重庆，使得父亲不得不将母亲和孩子们先转移到成都，再转移到老家安岳。彭娘在我家经济上衰落时，依然跟我母亲兄姊转移各地，相依为命。阿姐告诉我，那期间父亲偶尔会来成都看望家人，但来去匆匆，留下的钱不够用，战时薪酬发放不按时，加上邮路不畅，母亲常常面临无米之炊的窘境，她就记得，有天在昏暗的煤油灯光里，母亲开口问彭娘借钱，彭娘就从她自己的藤箱里，翻出一个土布小包袱，细心打开，好几层，里面是她历年来攒下的工钱，都兑换成了银元，她对我们母亲说："莫说是借。羊毛出在羊身上。甜日子苦日子大家一起过。只是你莫要再生那个从桌子上往下跳的心！"

彭娘规劝母亲不要从桌子上往下跳，是因为那时候，1941年冬季，母亲又怀孕了，那时候父母已经有三子一女，而且还有一个年纪跟大哥相仿的，祖父续弦妻子生下的小叔，跟着母亲在抗战的艰难岁月里颠沛流离，父母实在不想再度生育，只是那时候没有什么避孕措施，不想父亲从重庆往成都短暂探视母亲的几天里，竟播下了我这个种，母亲找来不少堕胎的偏方，可是吃进去就会很快呕出来，于是跟彭娘说起，不如从桌子上猛地跳下，也许就把胎儿流出来了。有天母亲又让彭娘去为她买堕胎药，彭娘从外面回来，跟她说："这回我给你换了个方子！"母亲说："莫是吃了又要呕出来啊！"彭娘热好了那东西，端过去，母亲吃了一惊："这是什么啊？我怎么觉得分明是牛奶呀？"彭娘就说："是我给你买的牛奶！你这么一天天乱吃药，正经饭不吃几口，看你身子还能撑几天！你带着这么一大啪啦娃儿，不把身子保养好，怎么开交？给我巴巴实实喝了它！"母亲说："只怕喝了也要呕出来！"但是她喝下那牛奶，却不但没呕，还实话实说，"多日没喝过这甘露般的东西了。只怕上了瘾没那么多钱供给！"

于是到了1942年6月，在成都育婴堂街借住的陋宅里，母亲再一次临盆。母亲非常紧张，她对彭娘说："以前都是在医院，那里边什么都是现成的……"彭娘就"赏"她——四川话把批驳、斥责、讥讽、奚落说成"赏"——"说不得什么以前现在了，抗日嘛，大家紧缩点是应当的！再说了，现在怎么就不现成？七舅母当过护士，我自己也生过娃儿，一锅干净水已经烧滚在那里了，干净的毛巾，消过毒的剪刀，全齐备了，你就安安逸逸生你的就是了！"凌晨，母亲生下了我，接生的是我七舅母，助产的正是彭娘，彭娘后来说："原准备你出来后拍你屁股一下，哪晓得你一到我手里就哇哇大哭，你委屈个啥啊？"

我的落生，虽在父母计划之外，但既然来了，他们也就喜欢。父亲给我取名，刘姓后的心字，是祖上定下的辈分标志，只有最后一个字需要父亲定夺，父亲那时候支持蒋介石的武装抗日立场，反对汪精卫的所谓"和平路线"，就给我取名刘心武，据说彭娘听了头一个赞同，说："要得！我们幺儿生下来就结实英武，二天当个将军！莫去舞文弄墨，文弱得像根麻秆儿！"她哪里想得到，几十年后，恰恰是这个名字里有"武"字的，没成为将军，倒混成个文人。其实要说名字的"文艺味儿"，二哥刘心人、小哥刘心化，都远比我更适合作为作家的署名。

彭娘似乎比父母更宠我。她说我命硬，从小就懂得自卫，才几个月，她把我放在盆里洗澡，我站在盆里，一只手死死拽住她的衣角，不使自己跌倒："哟吔，这个娃儿，好大气力哟！"多年以后，彭娘说起，还笑得合不拢口。又夸我天生谨慎，说是他们老家乡里，有个娃儿，养活四五岁了，有天口渴，跑到饭桌前，欠起脚，抓过茶壶就对嘴喝，没想到壶里是大人刚灌满的滚水，满壶滚水不容他躲避咕咚咕咚灌进了他食道胃肠里，好好的一个娃儿，竟然就活活烫死了！因此，她到我家帮佣以后，对我哥哥姐姐，从小不忘提醒：吃喝先要弄清冷热，尤其不能把住茶壶嘴就往嗓子眼里灌。但是我呢，彭娘说，怪了，从很小开始，她喂我水喂我饭，明明她已经尝过冷热，是正合适的，那勺子到了我嘴边，我总会本能地用舌尖轻轻地试着舔一下，在确认不烫以后，才肯让她将水将饭喂进我的嘴里；长到四五岁自己能倒茶壶里的水喝了，见到茶壶，总要先小心翼翼地用手指尖触一下，再轻轻摸几下，确证不烫，这才倒在杯子里，小口小口地喝。"哟吔，这个娃儿，心鬼细哟！"彭娘所肯定的我生命的本能，也许确是我存活世上的先天优势。

但是彭娘对我的宠爱，有时达到溺爱的程度，由此引出母亲与她的争议。有一回，我家那几只鹅不断怪叫，彭娘走出灶房去看，我随在她身后，只见我家那篱门外，有个人抛进绳套，要套走最前面的那只鹅，彭娘就冲过去，大声呵斥詈骂："龟儿子！砍脑壳的！"篱门外的人只好收回绳套一溜烟跑掉了，我见状也冲到篱门边，朝外面大声骂："龟儿子！砍脑壳的！"母亲听见人声，这才从屋里出来，站在桥上问怎么回事，彭娘且不报告有贼套鹅的事，而是极其兴奋地向母亲报告说："好吔！刘幺会骂人了吔！"她那样眉开眼笑地赞我大声骂人，令母亲十分诧异。其实我那次骂人，完全是鹦鹉学舌，"龟儿子"还勉强能懂，何谓"砍脑壳的"，实在梦梦然，后来长大了，才知道是咒人遭遇杀头死刑的意思。母亲对我们子女，家教严格的一面里，禁止“撒村”即骂人是头一条，尤其不许说那些涉及性交的污言秽语，这种语言洁癖是否有些过分？依我后来的人生经验，是判定为过分的，使得我在少年、青年时期，因此被一些其实本质不错的同学疏离，我是那样地不能口吐脏话，也使得我在自我宣泄时失却了一种偶可使用的利器。后来阿姐告诉我，母亲有次就跟彭娘说，莫教刘幺骂人，他学舌你的“村话”，你要制止他才是，彭娘完全不接受母亲的批评，她有她的道理：“村话村话，村里人说话，就那么直来直去，有啥子不好？我看你是离开村子当太太久了，一天洗几遍手，还不是喷嚏咳嗽的，哪里有我经得起打磨！我虽跟着你们也离开村子好久了，到底还在种菜养鹅，时不时说几句村话，心里岂不痛快许多！”母亲听了，也只是笑笑，不过彭娘自己该“撒村”的时候照旧泼辣地“撒村”，却不再怂恿我学舌“撒村”。

彭娘深深地融入了我们这个家庭。她和母亲，亲如姊妹，我看惯了她们一起制作泡菜、水豆豉、罐肉肠、晾腊肉，两个人合拧洗好的床单再晾到绳子上……母亲会到灶房和彭娘一起做饭，彭娘会到我们住房里跟母亲一起收拾箱笼、拆旧毛衣、织新毛衣，她们有时会头凑头压低声音说话，一起叹息，或者相对嗤嗤地浅笑。彭娘爱护我们家的每一个人。父亲和大哥是一对爱恨交织的冤家，我在别的文章里写到过，也以他们为原型，将那父子冲突写进了我的长篇小说《四牌楼》里。一次彭娘煮好了打卤面，大家围着八仙桌吃，大哥顶撞父亲，父亲气得将一碗面摔到地下，喝令大哥：“滚！”大哥搁下面碗，摇摇肩膀，取下椅背上的外衣，冲出屋子，果然一去不返。父亲盛怒，母亲也不敢马上劝解。那天小哥阿姐都在家。到晚上小哥要找锥子修理什么东西，阿姐要拿剪刀剪劳作（那时有门课程叫劳作课）老师留下的剪纸作业，却都没在以往放这些东西的地方找到，母亲也觉得锥子和剪刀的失踪不可思议，最后还是彭娘供认，她早发现父亲和大哥都像打火石，说不定什么时候就会撞出火花燃起大火，她怕父亲一怒之下会做出不理智的事情，确实，父亲恨大哥恨得牙痒时，放过类似《红楼梦》“不肖种种大受笞挞”那回里贾政那样的狠话，大哥上小学时惹祸被学校开除，父亲曾气得用锥子扎他屁股，所以为以防万一，就把锥子、剪刀等屋里的利器在晚饭前都藏了起来。第二天、第三天……几天以后大哥也没有回来，母亲急得哭泣：“他连吃饭的钱也没有，可怎么办啊?”彭娘就悄悄告诉母亲，她预见到大哥可能离家出走，因此，在大哥那搭在椅背上的外衣口袋里，装了好几个银元，“他一时是有钱用的，再说了，他是条能挣到钱的汉子了，你放心，二天他回来，父子和好，你高兴的时候会有的！”母亲说要还她银元，她生气了：“难道他们不也是我的儿女吗?”

彭娘确实是我们子女的第二个母亲。她最宠我，但其他的孩子也都疼。那时候小哥阿姐每星期五晚上会从城里回南岸，小哥比我大一轮，玩不到一块儿，阿姐比我大8岁，勉强可以充当我的玩伴。每次阿姐到家前，我都会把一只大橘子，用一只大碗扣住，等她回家以后，让她掀开大碗，感到欣喜。但是次数多了，阿姐渐渐不以为奇，她到家后忙着别的事情，我几次唤她，她都懒得去掀碗，这情况让彭娘发现了，于是，有一次我缠着阿姐催她找橘子，她漫不经心地依然做别的事，彭娘就过去跟她说：“妹儿，这回刘幺给你扣了只活老鼠哩！”阿姐不信，马上去掀那只碗，谁知碗一掀开，阿姐和我都惊呆了——碗下扣的是几只艳黄喷香的枇杷果！阿姐高兴得跳起来，彭娘笑道：“老鼠变成了枇杷果！”我老老实实地说：“咦，我扣的是橘子呀！”阿姐才知道，彭娘用枇杷换去了橘子。那枇杷是头些天客人送给我家的，父母分了一些给彭娘，彭娘说该给我小哥和阿姐留着，母亲说这东西不经放，你就吃掉吧，那时候家里没有冰箱，天气热得快，确实很容易把枇杷放烂，但是彭娘自己舍不得吃，她想出一种土办法，就是把鲜枇杷埋在米缸里，小哥阿姐回家前取出来，果然都还新鲜。那天阿姐觉得有意外收获，小哥得到彭娘为他留的那一份也很高兴。

彭娘给予我小小的心灵，以爱的熏陶。她有“砍脑壳的”一类的骂人的口头禅，也有“造孽哟”一类表示同情、感叹的口头禅。来给我家送水的大师傅，是个哑巴。那时我家没有自来水，吃饭洗衣所需的水，都依靠拉木头大水车的师傅按时供应，大约每隔几天师傅就要来一次，先把那装水的车子停在院子里，再用水桶一桶桶地将水运进灶房间，倒进三只比我身子高许多的大水缸里，水缸装满后，要盖上可以对折打开的木盖子，往往是水注满后，彭娘就拿出几块明矾，分别丢到水缸里，起消毒、澄清的作用，当然，那是我后来才懂得的。送水师傅来了，母亲也会出来招呼，除了付钱，还让彭娘给他盛饭吃，彭娘会给他盛上很大一碗白米饭，米粒堆得高高的，那样的一碗饭叫“帽儿头”，彭娘还会给他一碗菜，菜里会有肉。有回送水的师傅吃完要走，彭娘让他且莫走，师傅比比划划，意思是还要给别家送水，彭娘高声说：“你看你那腿，疮都流脓了，也不好生医一医，造孽哟！”就跑到木桥那边住房里，问母亲要来如意膏，亲自给那师傅在创口上抹药，又把整盒的药膏送给师傅。这些我看在眼里，都很养心。只是很长时间里我都想不通，为什么要用“造孽哟”来表示“可怜呀”。

彭娘使我懂得，不仅要爱护人，像我们家养的狗小花、猫儿大黑，还有那群鹅，都是需要怜爱的。小花本是只野狗，被我家收留，它虽然长得很高大，其实胆子很小，彭娘笑话它：“贼娃子来了它只知道喘气，贼娃子跑了它倒汪汪乱叫！”虽然小花如此无用，彭娘还是耐心喂它。猫儿大黑一身光亮的紧身黑毛，眼珠常常是绿闪闪的，它的存在，使得我们屋里没有鼠患。鹅儿里最高的那只，我叫它嘟嘟，为什么那样叫？没有什么道理，就喜欢叫它嘟嘟，我跟嘟嘟走到一起，彭娘说我们就像两兄弟。原来我家那蔷薇花台上，甚至三间草房里，常有蛇出没，自从嘟嘟它们长大，蛇都不敢到我家那个空间里活动了，我就亲眼看见，嘟嘟勇敢地把从蔷薇花台上蹿出的蛇，鸽得蜷曲翻腾最后像绳子一样死在那里。

当我在重庆南岸那个空间里度过我的童年时，中国历史正翻动到最惊心动魄的一页。蒋介石在大陆的政权被推翻了，他带着一些人飞到了台湾。在内战爆发以后，我家忽然来了彭娘的儿子，我叫他彭大哥。后来知道，他是为了逃避被驱赶到内战战场上厮杀，躲藏到我家来的。他和彭娘住在草屋里，很少出屋，更很少开口说话。但还是有住在附近的海关人士发现了他，于是父母决定干脆让他大方露面。那时候我已经上了小学，原来读的是不远处的海关子弟学校，父母特意将我转到离家颇远的一所私立小学去读，父亲告诉海关同事，彭大哥是特意雇来接送我上学的。这当然说得通。于是，有一段时间，彭大哥就每天带我去远处上学。

1949年入秋，重庆城开始呈现真空状态，国民党政府和军队撤离了，共产党的解放军还没有开过来。于是发生了“九二大火灾”，我曾有专门的文章描述过，从南岸我家望去，重庆城的大火景象非常恐怖，炙热的火气随风扑向南岸，为了防止意外，彭大哥就拿大盆往我家阳台那边的墙壁上泼水。“造孽啊！”彭娘不让我往江那边多看，将我抱到她住的那间草屋里，搂着我说：“刘幺莫怕！有彭娘就烧不到你们家，伤不到你！”

那段日子，有若干恐怖记忆。除了目击对岸的旷世大火，还有国民党溃军的散兵游勇，时不时乱放枪。有一天彭娘去外面找难买的菜肉去了，家里只有我和母亲，一个穿道士装的人走进我家院子，母亲站在木桥上应付他，他反复指着母亲身后的我说：“太太，你快把那娃儿舍给我吧，兵荒马乱的，你留下是个累赘啊，舍了吧，舍了吧……”我听懂了他的意思，害怕到极点，一只手紧紧地攥住母亲的衣角，只听母亲镇定地说：“师父你快去吧，莫再说了，那是不可能的，请你马上离开。”那道士后来终于转身离开了。彭娘回来，母亲说起这事，彭娘把我揽到怀里，大声“撒村”，骂那道士，我这才哇的一声大哭起来。长大了读《红楼梦》，读到甄士隐抱着女儿在街上看过会的热闹，忽然有道士和尚过来，那癞头和尚指着他女儿说：“施主，你把这有命无运、累及爹娘之物抱在怀内作甚？……舍我吧，舍我吧……”我就总不免忆起自己童年时的那段遭际，真乃“阳光之下无罕事”，在惊叹之余，又不免因后怕而脊背发凉。

1949年10月1日那天，北京宣布“中央人民政府成立了”，我家那时父母小哥阿姐头靠头挤在一台电子管收音机前，听声音不甚清晰的广播。我毕竟还小，不知道就在那一刻，我已被定位为“随时准备着，为实现共产主义而奋斗”的“革命接班人”，必须“好好学习，天天向上”，努力使自己能尽早戴上红领巾、尽早佩戴上共青团的徽章……

但是直到那一年的10月底，四川才算解放，再过些时候，新政权才接管了重庆海关。父亲被新政权的海关总署留用，调往北京，重庆海关则被撤销。

我完全没有意识到，那是我离别彭娘的时刻。而就在那些天以前，我刚跟彭娘闹过别扭。因为她竟把包括嘟嘟在内的鹅们都宰杀了。我大哭，不肯吃她烧出的鹅肉。彭娘试图用讲童话的方式化解我的愤懑，让我想象嘟嘟它们其实是变成了云朵飘在了天上，但那时我已经8岁，上到了小学三年级，她骗不了我。

全家都兴奋地准备迁往北京。狗儿小花由邻居收养，猫儿大黑由姑妈家收养。我们先要渡江离开南岸，到重庆城里，在姑爹姑妈家里暂住几天，然后会坐上大轮船，抵达武汉后，再乘火车去往北京。我不记得是怎么在大雾弥漫中离开南岸的，也记不清在姑爹姑妈家都经历了些什么，只记得终于跟大人们上了轮船后，我问母亲：“彭娘呢？我要彭娘！”母亲告诉我："彭娘和彭大哥都回安岳去了。你这个没良心的，现在才想起彭娘！那天我们离开南岸，彭娘望着你哭得好造孽，你竟连头也没回，径自蹦蹦跳跳地随小哥阿姐他们往渡轮上去了！"我这才意识到，彭娘的体温，再传递不到我小小的身躯上了！望着滔滔江水，我号啕大哭起来。

我被劝回船舱，阿姐走过来，递我一样东西，跟我说："彭娘留给你的，你的嘟嘟！"我用迷离的泪眼一看，是一把鹅毛扇。接过那扇子，在南岸那个空间里跟彭娘度过的那些日子，倏地重叠着回落到我的心头，我哭得更凶了。

什么叫生离，什么叫惜别，我是很久以后，才懂得的。可是对于我和彭娘来说，一切都难以补救了。

在北京，上到初中，学校里举行作文比赛，题目是《难忘的人》，彭娘当然难忘，我准备写她。可是，恰巧我构思作文时，小哥和他的戏迷朋友，在我家高谈阔论。他们谈起拍摄京剧艺术影片的事情，说拍完梅兰芳，要拍程砚秋，程砚秋自己最愿意拍摄的，是《锁麟囊》，这戏演的是富家女将自己装有许多金银珠宝的锁麟囊赠给了贫家女子，后来遭遇水灾破了家，沦落异地，无奈中到一富人家当保姆，结果那富家女主人，竟恰巧是当年的那贫家女，而之所以致富，正是那锁麟囊里的金银珠宝起了奠基作用，二人说破后，结为金兰姊妹。这出戏故事曲折动人，场面变化有趣，特别是唱腔十分优美，其中的水袖功夫也出神入化。但是，没想到当时指导戏曲演出的领导人物却认为，这出戏宣扬了阶级调和，有问题。结果就没拍《锁麟囊》，给程砚秋拍了部场面素淡冷清得多的《荒山泪》。后来程砚秋在舞台上演出，被迫把这戏改得逻辑混乱，演成富家女赠贫家女锁麟囊后，贫家女只收了那囊袋，将囊中的金银珠宝当即奉还给赠囊人了。听了小哥他们的议论，我对写不写彭娘就犹豫起来。后来我请教小哥，他叹口气说，现在一切方面都要强调阶级，彭娘虽然在咱们家就是一个家庭成员，她自己也这么认为，可是，搁在现在的阶级论里衡量，咱们父母是雇主，她是帮佣，属于劳资关系，是两个阶级范畴里的人。你最好别写这样的文章，让人家知道你曾有保姆服侍。再说，就是咱们不怕人家说闲话，听说彭大哥回乡以后，土改里是积极分子，当了乡里第一任党支部的书记，人家恐怕也忌讳提起跟我们家有过的那段亲密相处的关系。于是，我不仅那时候没有写过彭娘，以后也只把对南岸空间里关于彭娘的回忆，用浓雾深锁在心里。

直到改革开放以后，我才打听彭娘的消息，据说她在临终前的日子里，念叨着她的一个个亲人，其中有一个是“我的刘幺”。

南岸的那个空间啊，你一定大变样了！不变的是彭娘胸怀传递给我的那股生命暖流，我终于写出了这些文字，愿彭娘的在天之灵能够原宥我的罪孽——在多变的世道里我没能保留下那把她用嘟嘟羽毛缝成的扇子，但可以告慰她的是，我心灵的循环液里，始终流动着她给予我的滋养。

2012年1月26日　温榆斋

铁糖阿伯

一口气从网上订购了七本书，送书来的小伙子戴个眼镜，原来是个大学生，我请他坐，主动跟他聊天。他说勤工俭学的主要手段是家教，但插空也跑外卖，送过比萨饼和猫粮猫砂。我给他倒杯热茶，又递给他一块包玻璃纸的精制米花糖，他道谢接过，发出一声感叹："铁糖啊！"

我不免问他怎么把米花糖叫做铁糖？他说：铁糖就是他的故乡，就是他的亲人。

原来，他家乡在皖南。他们那里每到腊月，家庭主妇就会先用大木桶蒸出很多米饭，熟米饭放在大笸箩里，把板结的饭团细心捏散，冻几天后，放在太阳底下晒干，最后笸箩里就全是微微膨胀的有些透明的米粒，这些特殊的大米会被放在米袋里，等候铁糖阿伯的到来。

一般是在祭灶前十多天，村口传来摇拨浪鼓的声音，孩子们闻声就会往家门外跑，跳着颠连步，朝摇拨浪鼓的那几个大人奔去，大声喊："先到我家！我家！”

来的一般是三个男人。一位背着一只大铁锅，一位背着筛子和模子，第三位背着一袋沙子和一捆工具。

他们是来制作铁糖的。

率先请到他们的那家的孩子，会非常得意，在门外向别的孩子炫耀：“我妈备的米细，我家的糖稀好香，还有大罐白糖，好多好多的花生米和芝麻仁！”

他们到了邀请的人家，就支上锅，先把那家备的米和沙子混在一起炒，那家多半备好了足够的干棉花秸，燃起的火很红很亮，棉花秸噼啪响，大锅铲响叮当，炒够火候，就把米粒和沙子倒在筛子上，筛子摇呀摇，那些变黑的热沙子，很快全都漏下，于是最激动人心的时刻来到了——糖稀入锅搅匀，炒米均匀撒入糖稀，还有白糖、花生和芝麻，一股热腾腾的香气，就会弥漫在这家屋里，氤氲到屋外，孩子们瞪圆了眼睛，看下一步——起锅了，黏稠的米花糖浆倾入了木模，不待完全冷却，已被师傅用刀划成了许许多多小方块——铁糖制成啦！几个孩子争着吃鲜，几个孩子急着呼唤：“该去我家啦！快呀！”

送书来的大学生告诉我，他的父亲，每到腊月，就会带着两个徒弟，背着家伙，走乡串户，去制作铁糖。那是他几十年的重要副业。制作铁糖的时间虽然就是腊月里二十多天，挣的钱却接近全年种稻子棉花总收入的一半。

他的父亲在家乡，是名声很大的铁糖阿伯。

因为所制作出的米花糖手感像铁块般硬，所以那里的孩子都管它叫铁糖。但铁糖放到嘴里却很酥脆。往往是，农家母亲会请铁糖阿伯制作出几十斤来，搁在米袋或瓦缸里，当作孩子的零食，足够那家的孩子吃上几个月乃至半年。大人也吃，农村汉子喝酒，有时会拿来下酒。

他父母在他之前，生下过两个女孩。两个姐姐长大后，相继嫁了出去，婆家都不富裕，两个姐夫都是憨厚的农民，一直留在乡里种田，到了腊月，就跟着岳父，一个背锅，一个背沙子和工具，摇着拨浪鼓，走乡串户，去制作铁糖。

父母，两个姐姐，加上姐夫，都把上大学的希望，寄托在他的身上。他上高中、上大学的费用，可以说，大部分是父亲制作铁糖挣钱供给的，两个姐夫还经常放弃自己应从岳父那里得的工资，比如说，在得知他必须购买自用电脑的时候。

他说，我递给他的米花糖，是食品厂生产的，米粒大概是先过了油，那味道，他吃不惯。他是吃家乡炒米铁糖长大的，他笑问我：他身上是否有土制米花糖的特殊气味?

我问他父亲身体还好？他说没有什么病，只是脊背弯了。他说这几年他们家乡经济发展很快，镇上有了超市，巧克力等新式糖果流行到了村里，每年邀请铁糖阿伯去家里制作铁糖的主妇都在减少，今年已经不再走家串户，只在中心村租一处地方，设固定点，让需要加工的主顾带着炒米、糖稀等物品来，制作完了带回，生意不旺，收入也就不多。

大学生告辞，我往外送，正好两人从楼窗望见下面，人行道上有伙刚来到城市的农民，扛着铺盖卷，他就说："里头真像有我两个姐夫——铁糖阿哥。他们说了，也打算进城来挣钱呢。"

他走后，我许久都没翻他送来的书。他让我读到了意外的书页。

2008年

埋果核

傍晚散步，不知不觉又走到老祁的小院边，他那农家小院里的杏树，把一大片树冠伸出墙头，春天我不好意思用“红杏出墙”揶揄他，现在嘲他句“无果也狂”倒也无妨，微笑着扣他那并未掩实的朱红门扇，他在院子里大声呼我名字，笑我礼多，我进院就看见他又在那边墙根底下埋果核，不等我评论，迎过来的祁嫂就说：“猜猜他又犯什么傻呢？埋的是那回你从海南带回来的人心果的果核！”我忍不住大笑。

老祁比我大两岁，退休以后迁到这村里常住，我因在村里辟了间书房，渐渐结识了些村里的老村民新住户，老祁是近来走动得比较勤的一位。头回被他邀进院里，坐在杏树荫下闲聊，他告诉我：“初见面人家总免不了问我两句话，一句是‘您原来是哪个单位的？’再一句是‘您在那儿干什么？’我答出第一句，人家多半是肃然起敬，有的还大惊小怪；可我答出第二句来，人家多半就露出个‘真没想到’的表情，多半也就不言语了。”原来他打从小伙子那阵就入了一个重要的科研机构，工作单位一直没变动过，具体工作么，是当锅炉工。他奇怪我跟他聊了半天，却没提出这两个问题，只是问他有什么爱好。他说他好下军棋，感叹现在连小青年都少有下这个棋的了。正好祁嫂端来沏好的香片，跟我笑道："听他的呢！军棋那不是他的头号爱好，他的爱好呀，怪得谁也想不到猜不着：他爱埋果核！”

确实，老祁最爱埋果核。也许把这说成是癖好甚至怪癖更合适。据他自己说，大概是结婚不久的时候，有回他吃完一个桃子，也没深想，顺手就把那桃核埋在一个光有土的花盆里了，没想到过了些日子，他都忘了这事了，有天爱人忽然问他："你往这花盆里栽的什么啊？”他过去一看，乐了，赶紧把那桃树苗移栽到窗根底下的花槽里，那桃树一天天长大，也开花，也抽叶，就是没正经结过果子，但看着那果核变出的新生命，心里头透着痛快，从此他就埋果核埋上了瘾，从平房搬到楼房，阳台上总准备着一溜填满土的花盆，家里无论吃什么水果，剩下的果核，他总要挑出肥大茁实的，晾干后，就往花盆里埋，出了苗的，有的留在花盆里长，有的移到宿舍大院旷地上，有棵枣树后来成了大院里的一宝，年年结出青白长圆的大甜枣，秋天孩子们打下装在大盆里，挨家挨户分，哪家也不嫌弃，都说那是“祁公枣”；但大多数他移栽的果树苗不仅结不出果子，也活不长久；他家阳台花盆里更长期有株埋下甜橘籽结出丑酸枳的小树，不用客人笑话，他自己也常对着它咧嘴；但无论如何，他就是改不了埋果核的“手痒”之癖，特别可笑之处，是他连那些明明知道是不可能在这北方以如此简单的方式栽种的果树，绝对出不了苗的，比如荔枝、橄榄乃至人心果的果核，他也还是要挑些往土里埋。

我正在心里琢磨，老祁这怪癖是不是一种心理疾患？祁嫂过来留我吃饭，笑说是请你当个陪客，你干的那行不是最喜欢听人讲故事吗，今天的主客可是个“快嘴李翠莲”哩！老祁也强留，我就进屋去吃他们的家常便饭。原来比我先来的客是他们单位一位还在岗上的女会计，“徐娘半老，风韵犹存”，似乎是过分地讲究卫生，吃饭的时候也戴着白绸手套。那“李翠莲”是特意从城里来看望他们的。席间也未觉得是“快嘴”。后来我和她一起告辞，老祁两口子非要把她送往公共汽车站，我说我顺路就送了她，老祁他们也就没有坚持，只嘱咐她下回跟爱人孩子一起来玩。我和“李翠莲”一路走，主动说起老祁埋果核的爱好，说你看他们那小院里的杏树，那杏核埋下才五年，居然长得这么高，只是光开花抽叶不正经结杏儿；还有那埋下的葡萄核长出的葡萄秧子，盘在他们屋外菜地篱笆上，好看是真好看，可那些葡萄串上的果实几年都只有绿豆般大小；这老祁如果真喜好园艺，为什么不买些专业书籍看看，找果农问问，超越这单纯埋果核的幼稚状态呢?

“您说他幼稚?”“李翠莲”很不满意地望望我，然后忽然问，“您知道我为什么大热天也总戴着这手套吗?”我未及吱声，她已经褪掉了手套，啊，她缺失了右手的中指！跟着，她果然“快嘴”，告诉我她对老祁的理解：老祁埋果核，是因为他总觉得每个果核都是一条命啊，他这“惜命”的“癖好”，更体现在他几十年社会风雨里，对身边人们的态度。比如，二十年前机关大搬家，她在参与抬办公桌的过程里失手，造成了这样的伤残，那时候她还是花朵般年龄，这打击该有多大！谁还愿意娶她？正当她情绪低落到不想再活的程度时，有天老祁特意走到她跟前，跟她说：“这不算啥。心里啥也不缺，以后日子准甜！”老祁总是忍不住要凑拢“倒霉”的人跟前，撂下他琢磨好的话，有人听了他这锅炉工的话，没反应；有的听了当时感动，后来也就忘怀；但像她这样的，因为祁师傅埋下善意鼓励的“果核”而度过心理危机、人生困境，永铭心旌的，光单位里就很有一些。一位新近当选为工程院院士的，十几年前被诬陷，在食堂里吃饭都没人理，祁师傅就偏过去跟他坐一处，分香烟抽，跟他说："黑煤烧红了才好看哩。"例子之多。怕要超过祁师傅埋过的果核……

送走了"李翠莲"，我没马上回书房，在渠边柳林里徘徊了许久。

2003年

小炕笤帚

他们是大二男生，一天在宿舍里，引发出了一个关于小炕笤帚的故事。几个舍友里，只有两位备有扫床工具，一位富家公子有个非常漂亮的长柄毛刷，一位来自穷乡的小子有个高粱穗扎的小炕笤帚，其余几位收拾床铺时会跟他们借用，一来二去的，都觉得还是那小炕笤帚好使，最近就连那富家公子，也借那小炕笤帚来用。

那天熄灯后，都睡不着，各有各的失眠缘由，绰号“蜡笔大新”的叹口气提议：“夸克，随便讲点你们乡里的事情吧。”其余几位也都附议，绰号“唐家四少”的富家公子更建议：“从你那把炕笤帚说起，也无妨。”

因为物理考试总得高分，绰号“夸克”的就讲了起来：那年我才上小学。村里来了个骑“铁驴”的，“铁驴”就是一种用大钢条焊成的加重自行车，后座两边能放两只大筐，驮个二三百斤不成问题。那骑“铁驴”的吆喝：“绑笤帚啊！”我娘就让我赶紧去请，是个老头，他把“铁驴”放定在我家门外的大榆树下，我娘抱出一大捆高粱来，让他给绑成大扫帚、炕笤帚和炊帚。他就取出自带的马扎，坐树下，先拿刀把高粱截了，理出穗子，然后就用细铁丝，编扎起来了…… “大新”叹口气说 :“不好听，来个惊人的桥段！”上铺的一位问 :“会闹鬼吗？我喜欢《黑衣人》的那份惊悚！”“夸克”继续讲下去： 你们得知道，高粱有好多种，其中一种就叫帚高粱，它的穗子基本上不结高粱米，专适合扎笤帚炊帚什么的，我娘每隔几年就要在我家院里种一片帚高粱，为的是把以后几年的扫帚、炕笤帚、炊帚什么的扎出来用，扎多了，可以送亲友，也可以拿到集上去卖。那是个星期天，午饭后，我在屋里趴桌上写作业，我娘忽然想起说： 你去问问那大爷，他吃晌午饭没有？他大概是转悠了好几个村，给好多家绑了东西，还没来得及吃饭呢。我就出去问，那老头说 :“不碍的。我绑完了回家去吃。”我进屋跟我娘一说，我娘就从热锅里盛出一碗二米饭，就是白米跟小米混着蒸出的饭，又舀了一大勺白菜炖豆腐盖在上头，还放了两条泡辣椒，让我端出去…… “四少”说 :“情节平淡，你这分明是个‘尿点’，我得去趟卫生间。”“夸克”就提高声量说： 呀！出现情况了！我娘忽然叨唠 :“七十不留宿，八十不留饭啊……”就往门外去，我跟着，只见那老头已经从马扎上翻下地，身子倚在榆树上，翻白眼……他是被饭菜给噎着了，喉骨哆嗦着，嘴角溢出饭粒和白沫，但剩的半碗饭并没有打翻，显然是刚发生危机时，他就快速把那碗饭菜放稳在地上了……我娘赶紧把他的手臂往上举，指挥我用手掌给那老头轻轻拍背抚胸，没多会儿，那老头喉咙里的东西顺下去了，松快了，娘让我去取来一碗温水，让那老头小口小口喝，老头没事儿了……讲到这儿“四少”去卫生间了，回来时候只听“大新”在感叹 :“哇，两毛！两毛能算是钱吗？”原来，那老头绑扎东西，大扫帚每个收五毛钱，炕笤帚、炊帚只要两毛钱。绑扎出一堆东西，“夸克”他娘才付他四块钱。那老头说 :“你们真仁义，给我饭吃，还救了我。这些剩下的苗苗不成材，可要细心点，多用些铁丝，也能扎成小炕笤帚，今天我没力气了，让我带走吧，过几天扎好了，我给你们送过来，不用再给钱。”“夸克”娘说：“连那些高粱秆，全拿走吧。扎的小炕笤帚，你自用、送人，都好。甭再送来了。”

从上铺传来评议：“不是大片。小制作。表现些民间微良小善。比《纳德和西敏：一次离别》浅多了。”“夸克”说：没完呢。过了几天，本是个响晴天，不承想过了午，也不知道怎么的忽然下了场瓢泼大雨，放学回家路上，听人说下大雨的时候有个骑“铁驴”的老头栽沟里了，路过那沟，“铁驴”挪走了，只留下痕迹，还有一把小炕笤帚，落在沟边，脏了。我心里一动，捡起那小炕笤帚，回家拿给娘看，娘说，一定是那大爷要给咱们家送来的。那年月乡里有绑扎笤帚手艺的人，大都跟我爸一样，进城打工了，剩下的，有的扎出来的东西没用几时就散了，可这老头扎的又结实又好用，除了铁丝，还都要再箍上一圈红绒线。我们听说摔断腿的老头被卫生院收治了，娘儿俩就去看他……“大新”评议：“诚信，很健康的主题。”“夸克”继续讲：到了医院，见到他，我们就慰问，道谢，可是，那老头当着医生说，他不认识我们，他那“铁驴”里的小炕笤帚，不是带给我们家的。我跟娘好尴尬。我们只好退出，在门口，恰好跟那老头赶过来的家属擦肩而过……最后，我要说明：这小炕笤帚当时就洗净晒透了，一直搁在躺柜里，没舍得用，来大学报到前，娘才取出来让我裹在铺盖卷里，带到这儿来以前，我进行过消毒，请放心使用。

宿舍里安静下来。

2012年

喜宴娃

这个暑假俊杰好高兴！大表姐结婚，爸爸带他去参加喜宴，他问妈妈为什么不去？爸妈都笑，说是咱们这儿农村的规矩，大表姐回娘家的时候，姨妈才上桌呢。到了八里路外大表姐嫁的那家，哟嗬，宴席从堂屋一直摆到院里，爸爸去了，人家就给他胸前别了一朵带燕尾签有绿叶陪衬的大红绢花，签上写着“贵宾”，俊杰就跑去问新娘子：“大表姐，我怎么没那花呀？”新娘新郎听了都笑，有人来引着爸爸和俊杰去堂屋，安排在炕上第二桌，跟着就有人笑嘻嘻送来大绢花，给俊杰别在胸前，那签上写的是“弟弟”，俊杰好得意！

开席了！炕桌和炕下各桌，原已摆好凉菜，上热菜了，头四样是鸡、笋、鱼、肉。俊杰正吃得上劲，忽然发现来上菜的，竟是同班的聪发，忙放下筷子，把胸前的红花点给聪发看，聪发并不理他，只是专注地摆放那盘炒菜。席上有人议论：“咱们这儿啥时候又兴起了这个，除了大人，还专找九岁的童子来当喜宴端盘娃?”爸爸说:“看哪，请了三个娃吧?小细胳膊，端那么大的盘子，穿行在那么多桌子当中，真跟演杂技似的。可他们一脸认真，腿脚麻利，也不见洒出了什么，好娃娃!”一位长辈就说:“这应该跟西洋人婚礼上用儿童牵婚纱提花篮一样，又好比如今足球比赛运动员牵娃娃走出场一样，不是用童工，是借娃娃添喜。就是端盘娃洒了掉了，喜庆家也只当是‘潇潇洒洒’‘岁岁平安’。”

菜上齐了，俊杰去撒了泡尿，路过厨房，见聪发跟另外两个娃站在里头，各自端个大碗，里头有饭有菜，站着吃，吃得好香。那两个娃不熟，但也是一个学校的。俊杰走进去，本想再显摆一下胸前的大红花，谁知六只眼睛里全无羡慕，聪发更笑出声来:“你白吃白喝，我们自食其力，这是最好的暑假作业!”

回家以后，俊杰面无喜色，妈妈吃惊:“你吃撑啦?”俊杰闷坐一阵，忽然问:“村西建业哥是不是十八号结婚?我要去。”妈妈说:“他家跟咱们家无亲无故，素无来往，你爸跟我都不去，你去咋的?你这张嘴吃出痨病了不是!”俊杰就说:“我不也九岁吗?你们去跟建业哥说说，我去他家端盘!”于是道出在大表姐喜宴上见到聪发受到的刺激。爸爸就同意他去，妈妈不同意:“你以为端盘容易!又不是在自己家，那是十几二十桌的喜宴，一回兴许要端两盘菜，左右手不得闲的，我还见过两只胳膊各放两盘菜往席上送的呢，就你，不得砸人家多少个盘碗，赔钱事小，不吉利是不是?依我说，你还是老老实实在家写暑假作业是正经!”

可是，俊杰执意要完成这项自己选定的暑假作业，他自己跑到建业哥家报了名，人家热烈欢迎，回到家，他就拿自己家的盘碗练习，爸爸鼓励，妈妈挑刺:“你那是空盘，人家那可是有实打实的分量!”俊杰就在妈妈蒸出一笼包子以后，自己装出四盘，两只胳膊托着，在屋里跑圈儿，把爸妈都笑喷了。

当完建业哥新婚的喜宴端盘娃，回到家里，俊杰把装有一百块的红包交妈妈，然后，就把那放在柜子上大表姐婚宴得来的那朵大红花，收到抽屉里，在大红花原有的位置，摆上了从建业哥那里得到的一本童话书，望着，脸上绽出顶顶得意的笑容。

2014年

手捻陀螺

别墅女主人为了某种考虑，要把女儿的钢琴从一楼挪到三楼去。女主人早就知道，有“要想平安换琴房，必得请来钢琴梁”一说，钢琴梁是个搬运工，起先受雇于一家搬家公司，他五短身材，膀大腰圆，络腮胡子，超厚嘴唇，堪称大力士，遇到钢琴，总是以他为主，带着另外三四位师傅一起搬运，从未有过闪失，有了口碑后，就脱离那家搬运公司，自己注册了一家专门挪移钢琴的小公司。

那富家太太打通了钢琴梁电话，约第二天来，钢琴梁提出，他儿子这几天放假，媳妇在超市上班，怕他也走了，孩子在租借房那边乱跑，因此，他带三个师傅来的同时，还想捎上他的儿子梁勇，希望能给他儿子提供一个做作业的地方，富家太太问他儿子多大，原来，跟她宝贝女儿一边大，都上小学五年级，就爽快地同意了。

那天钢琴梁带着三位师傅来了，富家太太忘了那孩子的名字，就笑称他钢琴小梁，又唤过女儿薇薇，安排在一楼大客厅落地窗旁的麻将桌那里写作业。

那边富太太给钢琴梁提要求，钢琴梁拿出卷尺，量楼梯的尺寸，拐弯的地方，量了好几次，精确到微米，量完直嘬牙花子，甚至提出："您干吗非挪楼上去呢？"富太太也不解释，只表示她会多给劳务费。

这边钢琴小梁和薇薇坐在麻将桌边，各自摊开自己的课本作业本，钢琴小梁认真地做算术题，薇薇却尖着耳朵听那边的动静，生怕她妈妈改主意，冲那边大声嚷："就搬楼上！就要搬嘛！"她想的是，这一搬，还得请调琴师再调音，也还要再调整从音乐学院特聘的钢琴老师来家教的时间，她可以松快好几天了，啊呀，夜里做梦该不再有那些钢琴谱上的"蝌蚪"乱蹦乱跳变成癞蛤蟆的怕人情景了！

薇薇问钢琴小梁上的哪个学校？小梁道出那借读学校的名字，薇薇撇嘴："连区重点都不是呢！"就告诉小梁自己上的是什么名牌学校，每天有雇的司机接送，那车可是宾利啊，听说过吗？小梁不懂什么是宾利，但是也很自豪，他指指窗外："我爸新买的！"那是一辆国产小面包，薇薇笑了："那也算是车？"做完三道题，小梁说："我要玩玩了。"薇薇说："好呀！我们地下室有游泳池，你想游吗？"小梁说："爸爸定的规矩，我做完三道题，可以轻松三分钟。"就从衣兜里掏出个木头削的手捻陀螺，在那麻将桌上玩了起来，薇薇也玩，总不能让陀螺久转，就愤愤地问："你会弹钢琴吗？"小梁摇头，薇薇用手指划脸皮："还钢琴小梁呢！叫你琴盲小梁还差不离！"这时候就听楼梯那边有钢琴梁号令另外三位师傅的声音，小梁就说："你家这台琴是奥地利生产的蓓森朵夫吧？比德国产的斯坦威还贵还重。"薇薇双手一拍："哇，你懂钢琴啊！"

那天那时候，薇薇的爷爷先坐在客厅沙发上打瞌睡，后来醒了，招呼薇薇："宝贝儿，我的报纸呢？"薇薇很不耐烦："不就在茶几上吗？"小梁就过去，从茶几上拿起报纸，双手递过去："爷爷，您看报。"薇薇爷爷接过去，惊讶地望着他，问："你是哪家的孩子？"薇薇就大声说："他是钢琴小梁！"薇薇又告诉他："爷爷平时不住在这儿。他自己也有大单元。他要过生日了，多少岁呀？你猜。"小梁问："爷爷过生日，你送他什么礼物呀？"薇薇说："我画张画儿送他，他准特别高兴。"小梁说："我爸下月过生日。我要买个钥匙链送他。现在保密呢。"薇薇说："买什么呀！我有好多钥匙链，外国的，我去拿一堆来，你随便挑。"小梁说："我拣饮料瓶卖废品，攒十来块了。我要买个他最喜欢的。"后来他们又写作业，又玩陀螺。

钢琴挪窝成功了。那辆小面包车开走了，富太太发现薇薇手里捏着个东西，忙问："那是什么脏东西？扔了洗手去！"那是钢琴小梁送给她的，钢琴梁亲手雕出来的陀螺。薇薇把紧握陀螺的手藏到身后，宣布："我要跟钢琴小梁做朋友。我会邀请他再来跟我一起做作业！"富太太两条眉毛快飞出脑门，张开嘴巴半天合不拢。

2014 年

曲径通香处

楼盘一隅，一排高高的梧桐树后，沿着院墙，出现了一长溜花园，当然不是刻板的布局，花丛中所设的小径弯曲有致，入夏后，墙上的攀缘植物，地上的高矮花木，轮番开出形态、色彩各异的花朵，更令人惊喜的是，香气氤氲，沁人心脾。住户们都赞物业请了位好花工。花工荀师傅五十多岁，高瘦结实，喜欢穿中式扣襻的上衣，夏天就是那种两旁布条连接透气的无袖衫。他把整个楼盘的树木花草都侍弄得很好，但是前几年没有开发出这么一片，去年他开始经营，不过效果还不那么明显，今年春夏，繁花盛开，成为一大景观。

楼盘里住的两位艺术家，在那花园步入处，奉献了一个石碣，上面朱漆填刻着“曲径通香处”，为什么把唐诗里那句“曲径通幽处”改了？他们解释，因为前方并无禅房，而这片花园的特点，不在幽而在香。

楼盘里居住的，老人孩子虽然不少，但更多的是白天需要去上班工作的中年人，他们回家以后，重视健身养性的，晚饭后会到庭院绿地散步，这个夏天，牵着孩子，陪着老人，到这“曲径通香处”去放松一时的，渐渐多起来。楼盘别的区域，花草树木的配置，与其他楼盘雷同，但这片花园，在品种选择上，侧重的是从傍晚到夜里陆续开放，而且大多散发出迷人香气的灌木和草花。紫茉莉又名洗澡花，当人们在家里淋浴的时候，它们就灿烂开放了。往墙上攀的，有月见草，也叫待宵花，顾名思义，应该是当月光初现时纷纷开放，一直开到黎明来临，还有夜来香、剪秋罗、花烟草、夜丁香、夜光花、忘忧草、麦瓶草、玉簪花、丝兰、曼陀罗……

有的人对花香过敏，有的家长强调曼陀罗有毒儿童不宜，他们不怎么去那里，但也都觉得物业公司做了好事，花工荀师傅劳苦功高。有的业主懂得，这里面许多品种，种活护养都比较麻烦，特别是，要想让花香起来，施肥十分要紧，一般的无机肥，难以催出那么浓酽持久的香味，需得施用有机肥料，说穿了，就是需要经过处理的粪肥，而粪肥又会散发出不雅的气味，“辩证关系啊，肥不臭花难香”，一位大学副教授边散步就边议论，于是旁边的人们不禁抖动鼻翼，只有花香啊，可见荀师傅确实是优秀的花把式，他从哪里弄来有机肥，又如何稀释处理得恰到好处，让人们完全不受到不雅气息的困扰？听到业主们纷纷夸赞，问他有何窍门，荀师傅竟然有些害臊似的，说：“我哪有什么窍门？功劳是别人的。不过，我不能说啊。”这话不好懂。不过人们在香径里漫步非常舒畅，谁真要懂得什么窍门呢！

有位女士，即使在炎热的夏日，也总穿着宽松的长襟外衣，在庭院里活动，傍晚，也会到那香径中散步。她会和荀师傅站在一起，柔声细语地说话。没什么人特别注意她，只是有回有个大婶望见了跟他老公说：“这位大妈怕比我还大几岁吧？眉眼还那么清秀，可身子怎么跟怀胎七八个月似的？”那老公就说：“文明人不议论人家体型。”那大婶也就笑笑算了。

那位女士，是个退休的工程师。丧偶后没有再找伴儿。她的女儿女婿对她都很孝顺。女儿女婿带着外孙子住别处。她独居。她是个非常旷达的人。前年查出结肠癌，及时做了切除手术。切除后，给她安装了人工排泄系统。本来，医生要求她在体力恢复后，再把肠子给她接上，她却谢绝了，决心就那么带着人工排泄系统生存。女儿女婿都劝她听医嘱，她心平气和地说："我是深思熟虑过的。我不要二次手术，更不要化疗、放疗。请你们尊重我自主选择的生存方式。你们只要能招之即来，给我送必要的生活用品，陪我去医院复查并更换这套系统，逢年过节来跟我一起享受天伦之乐，我就很满意了。其他亲友们，第一轮关怀慰问一律深谢，但此后我轻易不会接听电话，更不会参加聚会。我会很愉快地打发属于自己的日子。"她确实每天都活得很愉快。把以前来不及细读的书，没听够的音乐，看不腻的老电影光盘，穿插着一一欣赏。她很快能麻利地处理自己身体的问题，自我保洁，怡然自得。她就发现，自己那人工排泄系统接收的排泄物，会有一种有别于直肠粪便的气息，虽然也不雅，但作为有机肥料，十分有利于花卉的培植，她将其施加在自己阳台的盆栽植物，叶茂花艳，于是，她在庭院散步时，就向荀师傅提出栽种营造出夜香花园的建议，所需的有机肥料，完全由她提供，但对于她的参与，必须保密。

月光如水，曲径芬芳，一个腰部显得臃肿的女士，在晚香玉花丛前伫立，深呼吸着。珍惜光阴，余生有香。

2015 年

果疼

远郊那条公路两边，有许多果园，门外全都竖着“欢迎采摘”的大牌子。儿子儿媳妇轮流开车，拉着我们老两口，进入那条公路放慢车速，大家边往外张望边讨论：去哪个果园呢？一家果园门口有醒目的广告：“请来采摘火龙果！”儿子说：“火龙果长在树上还是藤上啊？去看看也好呀！”儿媳妇说：“那一定得进棚里摘，爸妈还是喜欢在阳光下的露地上采摘的。”我说：“采摘之意不在果，能在苹果树下走走就好。”老伴看见一家门口大字写着“美国布朗”，兴趣陡发，说：“如果里头人不多，那就摘点布朗吧。”于是儿子把车开进了敞开的大门里。

车子可以穿过两片果林，驶进果园深处。露出了红瓦灰砖的房子，有狗跑出来，不是狂嗥，而是欢叫，紧跟着露出了果农的身影，乍看简直像个非洲黑人，露出两排白牙，指点停车的位置。那里已经停了两辆车，果园深处，有欢笑的人声。

“你们，头回吧？”果农问。

儿子说：“怎见得？”果农也不答，只是说：“有四种苹果、三样梨，还有大枣、柿子，可以混着称。”老伴就问：“不是有布朗吗？”果农说：“有哇。您摘吗？那可要贵上好些。”他分别报了价，说着递过装果子的塑料袋，又指指屋檐下靠着的一摞马扎，意思是可以随便取用，摘累了坐下歇气。

儿媳妇张望着，说：“比超市的贵那么多呀！”果农就说：“您采摘不是有个乐子吗？”我们就一人拿了一个塑料袋，又都取了个马扎。

果农说布朗树只有五棵，在果园深处，他领我们去。穿过许多苹果树和梨树，有时需要弯腰前进。我见一棵苹果树只有我那么高，也没张开树臂，却缀满了滚圆的红果子，就伸手去揪其中一个，没想到果农大喝一声：“您别！您那样，果子他疼！”我们全愣住了。果农站到我跟前，指点着说：“您得先来回瞅瞅，瞅准了那熟的，再轻轻先摸摸他，他冲您乐呢，您再这么把他摘下来……”他示范着摘下一个来，儿子说：“这个又不大，也不是最红，您怎么偏说他熟了？”果农就笑说：“熟不熟，看果把儿啊。”老伴评价：“您这么摘果子，跟相亲似的。”果农大表扬：“您心里亮堂。可不是跟搞对象似的。”我现在记录他的话，说到果子全不用“它”，只是不知道究竟写成“他”还是“她”更恰切。

终于走到布朗树下。紫红的布朗有的已经似乎快要胀破，但是我们都没轻易下手，因为懂得，首先要看果把儿。可是又怎么对果把儿下判断呢？围住果农，再听他解说，说实在的我也没太听懂，只记住他嘱咐“这样果子他就不疼了”“那样果子可就疼坏了”的语音。儿子问他：“那我们吃果子的时候，果子不更疼吗？”果农严肃地回答：“那不。果子离了树，就是另外的事情了。果子疼不疼，全在下树的那一刻。疼过的果子，吃起来总欠点味道。所以头一回来我这果园采摘的，我都这么说一回。有的没听完，扭头走了，那是没缘分，走了好。二回再来的，全是懂得疼果子的。有那真比我还疼果子的，我就连钱也不收他的，晚上睡觉时候想起来，念叨给媳妇听，由她笑话，我心里头那个痛快劲儿，别提了，比喝了天宫的神酒还痛快！"

回到家里，大家围着餐桌清点采摘来的果子，老伴把布朗逐个拈起检验，拿一只对着灯光细看，跟他道歉说："真对不起，让您疼着了！"都听见了，都没笑，心里都有回音，我心里有个声音在呼应：凡世上能称得上果实的事物，从今后，都不该让他疼呀。

2008年

八渣儿

我本来不想同他攀谈。

我对修鞋师傅没有很多新鲜感。我至少在三篇作品里已经写过修鞋师傅。

然而那修鞋师傅却一边修着我的鞋，一边主动同我攀谈起来："我看这位同志，你身体像是不太好呢。你哪儿不舒服？去医院瞧过大夫没？抓什么药吃着呢？"

我有一搭没一搭地回答着他的问题，眼睛只望着街上来往的车辆。

一个老头儿打我眼前晃过，停步在鞋摊前，我不由得转过脸去，只见他拿着一双运动鞋，礼数周全地招呼修鞋师傅。

那是双杂牌运动鞋。修鞋师傅接过一看，告诉他这种"一槽烂"的鞋干脆别修了，买一双新的穿，不过二三十块钱。但那老头显然是精于算计的，他还是求修鞋师傅给"妙手回春"，只要修理费在六块钱之内。修鞋师傅轮流端详着那两只鞋的鞋底，告诉他一只需要镶补，另一只需要粘贴，最后，两只还得打齐厚薄，要求他给七块钱。可老头忽然皱起眉头，那表情仿佛被什么东西蜇了一下。我顺着老头的目光望过去，也不觉打了个激灵，原来，这才看清，修鞋师傅的右手的中指和无名指是残缺的，具体地说，中指只剩指根，而无名指缺掉半截。

正当这时，附近卖冰棍的一位白衣白帽的老大娘举着个“雪人”过来，送给修鞋师傅吃，见老人迟疑着，仿佛看出了他的心思，便甩着大嗓门说：“您别看瘪了我们八渣儿师傅，他那双手巧着哩！补出来的鞋比新的还好哩！越是杂牌鞋，经他手出来就越好！”

这样，那老头就以七块钱的工价把那双杂牌鞋留在摊上了。

我这才把目光集中到修鞋师傅的双手的动作上。他修理我那双皮鞋时动作灵巧麻利而且颇有节奏感。

我开始愿意同他攀谈了。

鞋摊离我们住的那栋楼自然不远，下楼散步时我就绕到他那鞋摊去，顾客不多时，我就坐在小马扎上同他聊天。他和左右卖冰棍、卖水果的妇人汉子，以及摊后食品店五金店的售货员们，都十分相熟，他的修鞋工具和折叠的箱、凳，晚上就都存在那家五金店里。

他陆陆续续告诉了我他的种种情况。他叫石本先。算来他比我大一岁。他家在延庆县。早年自然是在家种地，有好几年是在水库工地上修水库。后来他在村里开拖拉机，再后来开汽车，并且同小学时的一位女同学结婚，生了两个闺女一个小子，日子挺美满，可是十几年前的一天，他媳妇在院子里洗衣服时，突然栽在洗衣盆里死掉了，这件事很古怪，来得又突然，对他的打击实在太大了——后来县医院鉴定说是突发性脑溢血造成的，可他无论如何想不通。那以后，有一段时间他说不清自己的情况。总之，他被送到了特殊的医院里，有一天他趁人不备，把手往电门上捂，被人家及时救下了，却坏掉了两根手指头。一年以后他渐渐清醒过来。不能开汽车了，他就磨豆腐、卖豆腐脑，后来又宰过猪，卖过肉，再后来就经人介绍进了北京，租了东直门外一处农民房办了一纸执照，在这儿摆摊修鞋。这附近的熟人都叫他“八指”，这绰号加以儿化，表示亲热，结果就成了“八渣儿”。“八渣儿”就“八渣儿”，他不在乎，虽说充当的是“修破鞋的角儿”，但挣下的每一分钱都干干净净。他早上在东直门小摊上吃早点，中午在摊上啃个馒头，喝瓶啤酒，就点熟食，凑合一顿，晚上自己慰劳自己“小炒”，喝不多不少一两半“二锅头”，夜里睡个没干亏心事不作噩梦的好觉，第二天一大早起床，骑上自行车来摊位“上班”。他每天多的时候能挣到五十元，少的时候也总有二十元左右。自然攒了一笔钱。为谁？没想过“续弦”的事，为三个儿女啊。当年差点急死还不是为了他们。那时候都还小呢，现在可好了，大闺女在延庆县城关一家国营食堂当服务员，二闺女进城在京棉三厂大食堂当炊事员，都挺孝顺。他几个月去看她们一次，她们都懂得给他叫上几个菜，打上二两酒，坐在一边瞧着他慢慢吃，慢慢喝，什么都乐意听他说，尤其是当司机时候的那些事儿。就是不大乐意他讲修鞋的事儿，他自然也不主动提，偶尔说走了嘴赶紧自觉地收住；儿子却还在村里，天天走五里路在镇子里上中学，眼下初中快毕业了，爷爷没了只有奶奶在身边，他天天在这边操着心，只盼那小子初中毕业以后能考上县里师范学校，当老师挺不错，再说上师范吃饭不收钱是不是？等闺女出阁和儿子娶媳妇的时候，他就一人给他们一笔修鞋修出来的钱。那时候找不找老伴？再说，反正这么多年一个人也过惯了。

“八渣儿”把他的这些隐私全都讲给了我。可对我，他只问到我的身体，看样子他对我的病容确实非常上心。他甚至建议说：“你别光迷信这城里的医院大夫，我们县里关厢可有好中医哩！要不我回去给儿子张罗考师范的时候，你跟我去延庆，我陪你去找那中医大夫，你就住在我家，我家有炕也有床，我有一张大木床，自己打的，你能睡得惯哩！药吊子也是现成的，你先在我家吃几剂试试，见效就再抓几服带回来，要不光带方子回城里也行。”

我很感动。其实我的医疗条件很好，也请中医教授给开着方子。我就对他说："谢谢你啦。跟你去行呀，不过我现在就找中医开方子抓药吃着呢——”我一边说一边拿起他摊上的一块圆柱形磁铁，那上头吸满了鞋钉，像只刺猬，我以前写到的修鞋师傅也有这么个东西，但我现在深切地体会到，修鞋师傅与修鞋师傅并不像两滴水般相似。我顺口对“八渣儿”说："只是我老把药方子弄丢。对了，要是我有那种吸铁石就好了——人家国外的光那种薄薄小小的吸铁石，外表上看着就跟小玩意儿似的，像个米老鼠，要么像个唐老鸭，再么像个铃铛像朵花儿，往冰箱上一贴，就吸住了，用来压便条、账单、药方子什么的，特好！”“八渣儿”就细细地再问我几遍，要把那种吸铁石弄个明白，他笑着一偏头，再脖颈一甩把头正过来说："我这人还就喜欢听新鲜事儿！”笑着这样偏头甩头是他的一种习惯性动作，我很喜欢他来这种动作，我觉得挺美、挺帅。

奇怪的是，他和我相交很久了，却一直没问我姓什么叫什么。我们相见，总以一个笑脸算是又叫了名儿又问了好。

一天我在街上闲溜达，忽然“八渣儿”从我身后快步拐到我面前，大声地招呼我说："嘿，我说同志，可找着你了！你倒是去不去啊?”我见他一脑门子的汗珠，有点摸不着头脑。那地方离他鞋摊有好几十米，而且我走的方向是远离他那鞋摊的。难道他是从鞋摊那儿撂下摊子专来追我的吗?

可不。他几天来都等着我去鞋摊哩。他儿子眼看就要毕业考学了，他得回延庆去张罗，打算下星期走，他要领着我去延庆关厢找那当地有名望的中医给我治病，要我去他家住，睡不惯炕就睡他亲手打制的那张木床，并且他家有现成的药吊子，可以让我在那儿静养，并且每天煎药给我吃……

我面前的这条汉子一脸的认真，我却根本没有认真考虑过他的建议，况且——我忍不住问他："石本先啊，你还不知道我姓什么叫什么呢！你怎么就邀我去你家啊？"

他的脸一下子红了，红得怕人，仿佛全身的血都涌到了他脸上。他愣愣地瞪着我，嘴角哆嗦了半天，才勉强说出两句："你、你这人！我交的是、是你这人，不是你、你的名儿啊！"说完，一个转身，绕到我身后，脚步噔噔噔响，走人了。

我意识到自己深深地伤害了他，本想赶忙追上去，追到他摊上，向他道歉，但我知道，硬汉子的脾气不能马上扭回来，因此，我决定第二天再去鞋摊上找他。

第二天我感冒了。过了三天我才上街。我立即去鞋摊找石本先。鞋摊不见了。也不见了卖冰棍的、卖水果的。跑进五金店打听，说我们附近这条街道要整顿清理成一条没有摊档的漂亮街道，原有的摊档都让他们并到钟楼湾的综合农贸市场去了。我赶紧到钟楼湾去。在那个热闹的市场上我找到了那位同"八渣儿"相熟的老太婆，她现在主要卖冰糖葫芦。她说"八渣儿"没来这里摆摊，但她告诉了我"八渣儿"在东直门外的住处。

那天晚上我到东直门外去找"八渣儿"即石本先。多么遥远的地方我都去过，但这一次的跋涉却使我觉得异常的辛苦艰难。

老太婆告诉我的那个地址非常古怪，问来问去老问不准。绕来绕去，一直绕到个既不像城市也不像农村的地方，天都麻黑了，才找到一条狭窄的小巷，问错五六个门，才终于找到一处农民盖的新院落，总算有个矮胖子年轻农民兄弟迎出来，承认他们这儿有一位"八渣儿"，可他告诉我："'八渣儿'回延庆去了。"我问："他什么时候回你这儿来？"他说："他把行李全驮走了。他说他把照也退了，不再到城里修鞋了。他说回延庆以后再找别的事情干。”我听了心不由得往下一沉。该不是我把他气走的吧？我问：“他在城里不是干得好好的吗？”那矮胖子的年轻农民淡淡地说：“我也不清楚。好像是让他挪地方，挪到什么钟楼湾，他去瞅了瞅，那儿挤着好几个鞋摊，他说去那地方抢了人家行，自个也挣不上多少。”听了这话我心里才一松。我又问：“他延庆的地址，您知道吗？”他边把我往外送边说：“说不准。只记得他说过，离关厢二十里地。”

我都退出院子了，忽然院里一个女人追出来，看来是那矮胖子的媳妇。她追到我身前说：“‘八渣儿’临走时留下了这个，说万一有个知识分子模样的城里人来找他，就把这玩意儿给那人。”她说话时脸转向她男人，还有一句是专说给他的：“他留下这个的时候你还没来，我还没来得及跟你先说。”说着那媳妇便把一样东西交到我手里。我手心先是一凉——那是一块两面平滑的小铁块，制作成大肚子弥勒佛的形状，一面什么也没粘贴，一面粘贴着不干胶的弥勒佛贴画。看清了，我的心猛地一热，啊，那是一块可以在冰箱外壁上夹药方的吸铁石！

事情过去有半年了。不知在我的人生旅途上，还能不能同“八渣儿”再相逢。

1991年早

坐在门槛上的送煤工

那时候，我还住在小杂院的平房中，没能享用上煤气和暖气，做饭取暖都必须依靠蜂窝煤，预订好的蜂窝煤由附近煤厂的工人蹬着平板三轮车送来。记得那是初夏的一天，我一人在家，煤厂的师傅送煤来了。他把旧车轮剪成的皮条挎在肩上，侧身将装煤的竹筐用那皮条箍在腰侧，运到各家小厨房门外，便将煤饼颇有技巧地倒在地上。倘若哪家是老弱病残，他便帮忙将煤饼码好；倘若自己有劳动力，他便走人。我自然是可以码煤的人，师傅将煤倒下，我便道谢，请他进屋喝茶。他摇头说不喝了。因为送到我家小厨房门外是最后一站，他便站在那里点燃一支烟，用脖子上搭的已是灰黑色的毛巾擦着额上的汗，暂且喘息。

我埋头码煤。我家小屋里的录音机里正放着一盘西洋抒情小曲，我经常听那盘带子，喜欢，却多少已有点麻木。忽然，我直腰抬头之间，瞥见了那送煤师傅，他被录音机传出的乐曲吸引住了，以至于点燃的烟吸了一两口后再没有去吸，慢慢地站在我家屋外的洋槐树下，显现出一个出自内心的略带惊讶的愉悦表情。

我知道那三十来岁的运煤工小学毕业后再没有受过什么文化教育，生活不富裕，视野也绝不宽广，依我想来，他的欣赏趣味，也许只集中在比如说相声、评剧（那时还没有通俗流行歌曲出现）一类的品种上，因此，在一瞥之中，我也不免有点吃惊，他怎么会被西洋古典音乐所吸引呢?

我便主动招呼他："进屋歇，进屋听吧！"

他问我："这叫什么曲子?"

我告诉他："是原先俄罗斯作曲家柴可夫斯基作的曲子，叫《船歌》。"

他一脸入迷的表情，"啊"了一声。

"进屋坐，我把这曲子重放一遍，是好听，我也一直喜欢它。"

他却并不进屋。我明白他的表情身姿表达的含意：他一身工作服上满是煤灰——岂止工作服上，他脸上也有煤灰，淌下的汗水又在那煤灰上画出了不能平直的道子——他怕进去坐会儿把我家沙发弄脏；他淡淡一笑，脸朝外，坐在我家屋门的门槛上了。我便不再劝，赶紧调整录音带，重放那曲《船歌》。

在初夏的洋槐树下，树荫铺洒在我家屋门前，露出团团闪烁的光斑。洋槐花盛开着，漾出阵阵清香，《船歌》那柔曼的曲调越过坐在门槛上的送煤工那厚实的身板，送进他的耳中，传到院里……我永生难忘从他脸上所看到的那种由衷的审美愉悦感。

《船歌》放完了，他也便走了。烧完他那回送的蜂窝煤，我也便搬到很远的楼房里去了。我再也没有见过他，但我脑海里永远刻下了坐在门槛上听《船歌》的送煤工形象。多少回我想把那形象画下来，却总不能成功。

坐在门槛上的送煤工，使我意识到，进入一种自发的、非功利的、全身心的审美愉悦，哪怕是偶然遭遇、为时短暂，都是人生过程中最幸福的境界！

我年轻的朋友们啊，敢问你们，在你们的生活过程中，可有过这样的时刻？

或许，你整日被裹挟在熙攘的人流和事涡之中，简直没有静下来享受文学艺术和大自然的间隙，审美愉悦竟与你无缘！

或许，你总是被世俗的审美潮流牵着鼻子走，人家听什么你也听什么，人家看什么你也看什么，人家说好你即使并不以为好也跟着说好，潮来潮去，你在潮水中随涨随落，久而久之，你甚至面对着你跟随潮流所追逐的对象，已无多少真正的审美愉悦可言，你所获得的，也许仅是浅薄的“我总算不落伍”的心理满足！

或许，你确实不为潮流所驱动的，你能冷静、能抉择，但你是否又被一些功利性的前提所支配呢？比如，你总想自己也从事某种门类的文艺创作，你总在分析辨识、预估预测，这样的东西会“又叫好又卖座”吗？那样的东西舍俗就雅值得吗？太古典是否趣味太保守了？太新潮是否格调太粗野了？……结果，你尽管浏览了许许多多的文学艺术作品，却总不能使审美意识摆脱功利前提，因而，也总不能进入那坐在门槛上听《船歌》的送煤工的审美愉悦的佳境。

人生途程说长也短，说短也长；人生乐趣说多也少，说少也多。在毕竟有限的人生征程上，更多地享受人生乐趣吧——在诸种人生乐趣之中，那种凭借直感，摆脱世俗牵缚和功利前提，而全身心投入艺术世界和大自然魂魄的审美愉悦，是最宝贵的时刻、最瑰丽的境界！

1992年6月

淡黄的银杏

拨完他家的电话号码，我禁不住心跳加剧。

是他爱人接的电话，我急切地问："怎么样？好多了吧？"

他爱人说："他要自己跟你说话呢！……"于是我听见他爱人放下电话，扶他走到电话机旁的声息。他们家为什么不把电话挪到他枕边呢？啊，那会太惊扰他……可他也不必非挪过来接我的电话啊！……

我跟他是"总角之交"，并且从初中到高中，都在一个班里滚；我们一起经历了难忘的少年时期，并一起迈进了青春的门槛……以后的30多年里，我们难得一直保持着联系；直到现在我才意识到，人生中这样的一种关系是至为宝贵的。

他在中学时便是一名出色的体操运动员，并且从初一起就能从10米跳台上往下翻着跟头跳水……上大学时他曾在市级运动会上拿过冠军；然而，现在他却被查出了骨癌！这是我难以承认的事实……

是他本人，半个月前，在电话中把这一消息冷静地报告给了我。他知道我一定恨不得马上去看望他，并且估计我也一定会给他提些人们常给病人提去的东西，诸如水果、罐头、补品什么的，或者还配上一束鲜花……他便告诉我，一般的同事、朋友、老同学，他都不会主动通知，人家知道了，来不来看望他，看望时愿意往医院送些什么礼物，他都悉听尊便；但对于我，他的态度是十分明确的：当然应当去看他，但不要去医院，他现在每周一至周五都在医院里，主要是进行放射性治疗，但周六、周日他回家休息，他要我等到双休日，去相对来说离我住处要比去医院远上一倍的他家去见见；并且他嘱咐我一定要给他带些可以看着解闷的东西。到了周六，我当然马上去了他家。我和爱人给他提了一大兜子我认为可以让他开心、解闷的书报杂志，包括我新出不久的小说集。爱人本来坚持要提一堆补品去，后来我使她明白，我和他不是一般的交情，所以一定要“免俗”。我们给了他爱人600元钱，让她根据实际需要，来给他买些可以辅助治疗、调养身体的食品。他们极爽快地收下了。那天他居然兴致勃勃地倚在床上跟我聊了一个多小时，他爱人说他的精神气色是入院后头一回那么样的好！

他自己告诉我，查实了那长在骨盆上的骨癌后，他都下决心动手术“卸下四分之一的身体”了！可是医生进一步查实，他骨上的瘤子还并非原发的，而是从他肝部蹿移过来的！这样，就不能动手术，并且还要治肝！他笑着说：“奇怪！我从来没做过什么坏事呀！……”我当着他的面也只是跟他笑着插科打诨，心里却非常酸楚；他岂止是没做过坏事！他在平凡的岗位上，几十年如一日，做了那么多细微烦琐的好事，那在他们单位是有口皆碑的啊！

他不要我总去看他。但希望我至少每周往他家打一回电话。中学的同学们有时打电话到我这里，议起他的情况，总是些强作乐观其实更令我惊恐的话语。所以这个周六我打通电话后，心里非常紧张。特别是，我知道，对别人他和他的家人或许总要强作祥语，但对我却肯定还是直言不讳……

我听到电话里传来他的声音："哎，你好！……我问你呀，银杏树结出的果实，是什么样子呀！……"

我便说："是有人给你介绍了偏方吗？银杏就是白果呀！外头一层薄薄的壳儿，银白色，所以叫银杏啊！……银杏有小毒，所以不能多吃！不过，对于特殊的病人，它也许能起到'以毒攻毒'的作用吧？……谁给你介绍的偏方？其实你真的无妨试试呢！……"

他在那边问我："你在哪儿看到的银杏？银杏的果实结出来，那果肉是白色的吗？"

我有点糊涂了："我当然看到过啦！我在《笑星和我》那篇小说里，不是写到了五塔寺的银杏树吗？那儿有两棵好粗好壮的银杏树，恰好一雄一雌，所以每到秋天，就挂满了银杏，熟透了，还自动往地下掉……怎么，这对你的偏方很重要吗？"

他在那边认真地说："我记得银杏的果实，跟核桃一样，它外头是有一层果肉包着的，熟透了，应该是淡黄色的，而不直接显示出银白色……剥去那外果肉以后，才是银白色的果核，剥下果核，里头的果仁儿，是软和的，淡绿色的……对不对？"

我便问："你那偏方，是不是非要用外头的那层果肉呢？"

他说："我没说偏方，我说的是你小说里的描写，你行文时说：银杏树上，金黄的叶片中，缀满肥硕的白果……恍若银珠；这是不准确的啊！银杏的果实，熟后应该是淡黄色的呀！你应当准确地描写它才对啊！……"

原来他是在给我小说中关于银杏的描写郑重地提出批评意见！

我终于弄明白了以后，一种莫可形容的感动，如热浪般滚过全身……

我们一起度过的那些青春岁月，倏地，浓缩重叠放射迸星般地涌动在我的魂魄中……一个身患绝症的朋友，他此刻孜孜汲汲所关切着的竟是我的小说如何能把每一个细节都处理得天衣无缝！……我一时无语相对，只在心里默祷：具有如此率真与善美心灵的人，是应当享有其天年的！而那淡黄的银杏，将永远烙嵌在我的心灵中，昭示着我：生命固有终结，而对他人的无私关爱，却通向永恒！

1996年3月12日

冬日看海人

我偶然遇到一位来自大西北小镇里的小学教师。猛看上去他似乎已然年过半百，因为他脸上有那么几条很长也很深的纹路，并且头发也花白了；可是跟他交谈时，他那双眼睛却闪烁出很有劲的光芒，使我又觉得他实在还很年轻。原来他刚刚四十出头，正当壮年。他是从北戴河返回北京，即将再坐火车回到他那个离大海非常遥远的小镇。

我遇到他的那天，西北风正在北京久旱无雨的灰色天宇推磨般地号叫，在这样严寒的冬日里，人们一般总是尽量往温暖湿润的南方跑，可是，作为一个自费旅游者，他却偏偏去了北戴河！

他为什么去那儿？这算是什么样的癖好？

他告诉我，二十年前，他们那个小镇还没通电，可是他在教学生的课文里总是不断地提到电，举凡电灯呀，电线呀，电话呀，电视呀，电车呀……学生们常问他：老师，那究竟是什么样儿？他很惭愧，身为人师，却眼界狭隘，连真的电灯都没见过！有一天，是放假前一天，当又有学生问到“究竟电灯什么样”时，他便下定了决心。第二天天还没亮，便揣上干粮，往一百多里外的县城走去，他足足走到那天深夜，才抵达县里。当他敲开县教育局的大门时，那值班的人一开始以为他是个坏人。后来他见到屋顶上闪亮的电灯，激动得笑着流下了眼泪，别人又以为他是个疯子……第二天县教育局的局长亲自带他见识了电话、电唱机、电熨斗什么的，又请他到电影院看了一场电影，临走送他时，又送了他一只电灯泡，那只电灯泡后来成了他课堂上极珍贵的教具，一直细心地保留到若干年以后，他们那个僻远的小镇终于也通了电，于是他当着班上的同学，举行仪式一般，将那只灯泡旋在了教室的灯头上，当那盏电灯在孩子们热烈的掌声中放出电光，将那简陋的教室照耀得通亮时，他又一次笑着流下了泪……

后来他得到了进县城进修的机会，并曾到省城出席过劳模会议，他具有了正式的师范学校学历，还继续进修大学课程，他眼界大开，他那个学校也大变了样，现在他们那里经常有电影放映队去放映电影。虽然由于山区地势复杂，他们那个镇子如今还很难接收到电视转播信号，因此除了几户人家为显示阔绰已然置上了大彩电，看电视仍是一种大家所祈盼的超级享受。当然，他本人有更多的机会在电影和电视上看到几乎全世界的万种风情，可是，这两年常有学生问他：“老师，大海究竟什么样啊？”他总是根据自己从电影、电视上得来的印象，耐心地向学生们形容……可是学生们也从电影上看到过大海，他的经验并不能超过学生……

于是他决心亲自来看看大海。这回寒假一放，他便起程了。当他在县城教育局宣布这一壮举时，连局长也很羡慕，因为那已年近花甲的局长，也从未见过真正的大海！

他为什么不是在暑假时而是在寒假时跑来看海？原因很简单：冬日看海是可以省很多钱也省很多事的！并且，他两眼闪着异样的光，对我自豪地宣布："冬日的大海，别有一番雄奇的景象！"

他说他刚出现在北戴河时，一开始也曾被人猜测为坏人或疯子，可是后来受到了异常热烈的欢迎。他说，那些设备非常好的休养所，一到冬天如果揽不到会议等项目，那就冷落到极点，值班的人员总是非常寂寞……

他说这十来天里，把冬日的海景看了个够，从各个角度看，在各种光线下看，从容地看，哼着歌看，甚至跳着舞看……他把我说得也羡慕起来，不仅是羡慕，甚至是嫉妒，因为我虽然有很多次夏日观海的经历，可是，我年过半百了，却还根本没有过冬日观海的体验！仅从这一点上说，我的人生便没有这位西北高原小镇的小学教师丰富多彩！

冬日观海的人离开北京，坐硬座火车回那遥远的地方去了。他没有在北京久留，他只游览了天安门，没去颐和园、长城什么的，他说一来他没剩多少钱了（为了看海他花光了5年来所有的积蓄五千多元），二来他圆了看大海的梦，心满意足了！

我只是偶然地见了他一回。他走后，我甚至已不大能形容出他的相貌了，唯有他闪亮的眸子，还有一身大海的气息，长久地萦绕在我心头，使我憬悟：每一个最平凡的小人物，只要以敬业精神点燃执着追求的火把，都能使自己的人生闪烁出童话般的美丽灵光！

1996年

藤萝花饼

街口新开了家小食品商店，最显眼的标志是门口的大冷柜，柜面上彩绘着厂家的图徽字号。店主是下岗的小汪，我们在他下岗前就有来往。他爱人桂珍在公共汽车上当售票员，倒休时跟他一起照应生意。我傍晚散步有时拐到他们店里，如果正遇到中小学生放学，买冷食的多，我就给他们搭搭手，他们收钱，我出货。如果生意清淡，我就跟他们聊聊天。我去了，他们总要请我吃冷食，我总是坚拒。我说："你们小本生意，挣点钱不容易，朋友熟人来了，你们这个请一份冰激凌，那个请一瓶冰茶，还有什么赚头？"可是，任我不吃，每回见我去了，仿佛条件反射，小汪头一句总是："刘叔，来份什么？"倘若桂珍也在，她会更加热情，有一回就拿出一种江米红枣粽的冰糕，打开包装，直伸到我鼻子前，说："这个你一定喜欢！"我退后半步，依然没接，她就自己吃了，边吃边跟我透露，他们卖这些冷食，利还是颇丰的，每月除去交税、电费及合理损耗，他们这小店的收益，足以使他们过一种自得其乐的生活。难怪他们见朋友熟人来了，总愿那么慷慨招待，而一些朋友熟人，也就很自然地接过他们递上的冷食。

前两天我又散步到他们小店，那天奇热，傍晚时还觉得鼻息如蒸。我去了，他们小两口都在。生意热闹了一阵，天光敛去后也就清静下来。我们说说笑笑一阵，相处得跟往常一样融洽。但当我告辞，走在回家的路上时，心里却滋生出一种失落感，那感觉还挺迅速地在我胸臆里膨胀。我失落了什么？这一回，他们两个见了我，谁都没有了请我吃冷食的话。我在小店待了至少有四十分钟，而且这回我口干舌燥，很想用冷食润一润。我身边就是装满冷食的冰柜，里面有那么多可供选择的品种，但我与那些美味之间却隔着一道无形而坚韧的屏障。那屏障是以我的一贯坚拒他们的好意，以及我从不在他们那里买东西（因为如果我说要买他们一定不会收我的钱），也就是我自以为是的想法而形成的；看来他们也终于接受了那道屏障。

当我接近自己家门的时候，我才深刻地意识到，每回小汪与桂珍那真心请我品尝冷食的举动，我的心灵在默默地领受中习惯了，麻木了，甚至转而轻视乃至鄙夷了。现在他们“知趣”，自动中止了那一份虽然极为世俗却也极为真挚的友情表达，我却一下子承受不住了！

我常常沉浸在自我肯定的情绪中，总觉得在这个有着那么多触目惊心的腐败现象的世道里，我即使不能自诩高尚，也总算得上是个雅人吧。我还有些超功利的人际交往，不是吗？那天，我给很久没有联络的一位退休的朋友去了个电话，说想找他“臭聊”一通，他热情地欢迎我去。我去了，我们聊得欢天喜地，他留饭，我也不客气，吃了他老伴做的极可口的打卤面以后，见他老伴又搬来一个“黑森林”蛋糕，不禁脱口问道：“咦，今天谁的生日？”我那问话竟如雷击一般，使他和他老伴悚然相视，随即好几分钟默然。告辞离去后，我在街头迎风闷走。朋友以为我记得他的生日，才在那天去他那里叙旧；而我，不过是为了给忙中偷闲的自己，临时寻觅一个温馨静谧的港湾，小作休憩。

昨天傍晚忽然门铃响，从猫眼望出去，依稀辨认出是很久没见过的以前住杂院时的一个街坊，他来做什么？把门打开，那中年人对我说："母亲让我一定要给您送两个来……"递过一个"便当盒"，我把他请进屋，让他坐下，喝茶细道端详。他母亲，我唤作高大娘的，九十三岁了，现在住进医院，恐怕是难以回家了。高大娘家门前，有一架紫藤，每到夏初，紫藤盛开时，她就会捋下一些紫藤花，精心制作出一批藤萝花饼，分送院内邻居。当年我是最馋那饼的，高大娘在小厨房里烘制时，我会久久地守在一旁，头一锅饼出来，她便会立即取出一个，放在碟子里给我，笑眯眯地说："先吹吹，别烫了嘴！"现在高大娘在人生最后一段途程里，提出想吃藤萝花饼，晚辈已经不会她那手艺了，现在的做法，不过是把藤萝花裹上面粉，用油炸一下罢了，但给她送去以后，她非常高兴，回光返照中，脸颊像玫瑰般艳丽，尝了几口以后，她便想起了我，立刻嘱咐她老二把一些藤萝花饼——其实已经不是饼，而要称为"藤萝傀儡"——给我送来。说实在的，我已经多年没有过问高大娘的死活，然而，她却还记得我，在她生命的最后时刻，仍要与我分享那藤萝花饼的美味……

我没有对来客说更多的感谢话，我看出那老二只是急着完成母亲布置的这项任务，心里并不怎么太理解高大娘的情愫。送走了高家老二，我独自坐在餐桌边，望着那些"藤萝傀儡"，心中旋动着难以名状的感动。生在这个世界，活在这样的世道，有一种更高更美，属于永恒的境界，需要我不懈地去修理、提升自己的灵魂！

1998 年

刺青农民工

我常到马路对面一家咖啡馆约见熟人，那天聚完了已经天黑，独自回家。过马路的方式有两种，一是去跨越过街天桥；一是穿过马路下的桥洞。过天桥置身于万丈红尘，安全，但费时较多；过桥洞路径短，但那桥洞里没有路灯，摸黑穿过时总有些忐忑。自己曾多次夜里穿过那约五十米长的桥洞，秋毫无犯。那天图省时也便奔桥洞而去。

真是不怕一万，只怕万一。正值夏末，天气溽热，偏那晚云遮月、雾霾浓。迈进桥洞没几米，竟是完全漆黑一片，那边洞口只有模糊的微光，望去更觉瘆人。大约走了八米，我后悔不迭，毅然转身返回。毕竟已是望七之年，腿脚哪有当年麻利。匆促转身时，不禁一个趔趄，惶恐间，忽然右手腕被强力拽住，紧接着更有一只坚硬的臂膊将我从左边搂定，同时闻见一股体味，心中闪过一个念头：此生休矣！正巧桥洞那边来了辆小轿车，前灯打得雪亮，顿时使漆黑变为刺眼，本能地低头，恰望见那攥住我的大手之上的臂根处，有刺青，是一个“忍”字！

“老大爷，没崴了脚吧？没闪了腰吧？”在强有力的手与臂的护送下，我被扶出了桥洞。又走了十来米，在路灯下，我看清了紧贴着我的人，是一个精壮的赤膊男子。他见我无大碍，松开手臂，站开。我才发现，他还有个同伴，比他矮，身体单薄些，年龄应该略大些，与我目光相对时，微笑着问：“把我们当坏人了吧？”

误会当然马上消除，我连连道谢，又埋怨：“这桥洞真怪，一直不安灯。”年龄大些的就说：“大爷就住附近吧？既然常从这桥洞走，就该记着带个手电筒。”扶过我的壮汉则说：“他不安灯，你们就总忍着？为什么不投诉？不去告他们？”

这话让我马上想起他手臂上的刺青，不禁笑了：“咦！你那刺在身上的是什么字？怎么你要自己忍，不让我忍？”一来二去地，我们竟话语投机，双方都想多聊聊。

我告诉他们，其实可以不必马上回家，而且下次会从天桥上过去，也很安全，如果他们也不忙睡觉，无妨到那边小餐馆坐坐，一起喝点啤酒。没想到壮汉说，他已经五年不喝任何酒了。我灵机一动，就建议：“要不，到那边肯德基里坐坐，喝点软饮料，再聊一阵？”他们都朝肯德基那边望，脸上的表情很微妙。年龄大点的就说：“我们的人没进那里头的。”我说：“我也很少进。一起去坐坐有何不可？”我坚持，他们服从，于是一起坐进了肯德基。我去买来三杯可乐，看见壮汉已经套上了一件红色的T恤，小了起码一号，把他的胸肌箍得暴突，那T恤衫上印着一家陶瓷贴面厂家的名称与地址电话，估计是作为福利分发的。他们分别拿出十元钱给我，我推开道：“说好了我请，再啰唆就是不尊重老人。”

他们是那边街上正建造的体积庞大的商用楼的河南农民工。壮汉姓邓，年龄大些的姓张，他们说算是工程队里辈分大的，其实一个才临近四十，一个才四十出头。说起打工的日子，“平平淡淡，就是睡觉、吃饭、干活……再吃饭、睡觉、干活……晚上到街上转一圈，就算文娱生活吧……年关前结算工资，带回家去。”那为什么往身上刺“忍”字？邓师傅把另一只胳膊显示给我，那上头刺着两个并排的字：“爱恨”。字是五年前他自己刺上去的，先用墨水写好，再用针尖密密地扎。那时候外出打工，常少领甚至领不到工资，他领头干过好多事。他轻描淡写，我想象丰富，总之，最激烈的一次，他酒后发威，没领到欠薪，却进了拘留所。“那几年可不平淡。现在的平淡，是努力争来的。”听来现在平淡得也不错：工资不拖，给上保险，伙食绝对管饱，每月最多可以预支出一百五十元零花钱，年底回家或工程结束时，能有较为满意的收获，家里的旧房翻盖成了新房，能供得起儿子闺女上高中。邓师傅说现在想把两边胳臂上的刺青都去掉。张师傅就说：“那没法了。也算文物吧。”我想细问他们究竟怎么争到自己权益的，但实在已经很晚，大家都该休息了。他们送我过了天桥，才回工区。我想起邓师傅问我为什么能忍耐那桥洞无灯的状态直到如今的几句话，不禁憬然。

2007年

竹排嫂

这是山东莱阳的一个镇子，一个很大的院子里，住着来自福建的老板，他经营竹排生意。他进料加工所制的竹排，不是在水上运行的那种筏子，而是用于建筑工地，铺放在脚手架上，供建筑工人踩踏的承重物。福建人为什么跑到山东做这生意？莱阳哪有竹子，竹子要从南方进货，他为什么不就在福建经营？镇子里的人们，很少有人对此寻根究底，反正自改革开放以来，人员流动，离乡谋生，已是常态。镇子附近村里的男人，就多有到城市里当建筑工人的，留守的媳妇们，则有不少到福建老板这里来打工，造竹排。

竹排的原料，一是竹子，大货车运来竹子，卸下，先要破开，再截成一定的长度，然后在截得的竹板上打孔；再就是比较细的钢筋，用来将打好眼的竹板穿起；固定的方式有两种，一种是用能套住钢筋头的扳子，将露出竹排两边的钢筋头掰弯，箍定竹排；另一种是钢筋段两端有螺纹，然后将螺母旋进去箍紧。这是并不轻松的体力活儿，本应都由男子汉来干，但是如今镇子附近村里，留守的男子多是老弱病残，于是，形成了竹排嫂大军。她们生产出的竹排，隔几天就有大货车来装走，福建老板望着满载的货车远去，笑逐颜开，竹排嫂们则盼着运竹子的货车到来，那样，她们就可以继续挣钱了。她们挣的是计件工资，每天东方发亮她们就来，在露天干活，中午不回村，自带馒头，就着花生米，喝老板供应的开水，吃完喝完，稍稍说笑一阵，再接着干，直到天光模糊。收工时当着老板点数，算下来，每个竹排嫂平均能挣八十元，一个月下来，能有两千多元的收入。这收入于她们至关重要，在城里务工的男人虽然每天的工资比她们高许多，但是要等到春节前，才能领足工资，若是大小老板拖欠，还得抗争一番，才能把钱带回家。因此，竹排嫂们每月一结的收入，便是家中老小生活的切实支撑。

羊群有头羊，竹排嫂里有头嫂，她男人恰好姓祝，从老板起大家就都叫她竹嫂。竹嫂五官端正，身体健壮，皮肤黧黑，嗓门特大。她男人在北京建筑工地干钢筋工。往往是，下小雨了，竹嫂带领妯娌们退进简陋的檐棚下，继续制造竹排；雨下大了，有的人不干了，她套个雨披，还干，直到瓢泼大雨倾泻而来，她才罢休。她儿子上小学，放了学，就来工地找她，她让孩子趴在制造好的竹排垛上写作业，后来，另几位竹排嫂也让自己的孩子放学过来，几个孩子一起写作业。竹嫂有时会去院外小店，买来小瓶的奶发给孩子们吃。

有次老板进的竹子，破开后飞出粉尘，显然那竹子是让虫子啃过了，老板还让制成建筑工地用于蹬踩的竹排，竹嫂就抗议："不行！建筑工人踩上去不安全！"老板说："知道你男人是干那个的，可哪能那么巧，偏赶上他去踩呢？再说，这样的竹片也不至于就会踩折！"竹排嫂们的男人都是在建筑工地干活的，听了老板这话一窝蜂反驳，一个说："她男人没踩上，我男人踩折了摔下来你偿命！”一个说：“谁踩上也是个地雷！”竹嫂就跟老板说：“我们还给你拿它做竹排，不过不是做建筑工地用的，做成养羊的那种！”养羊的竹排承重不用那么讲究，而且，竹片之间要留缝，好让羊屎蛋漏下去，当然，批发价也就低许多。老板不愿意：“最近哪有来要那个货的啊！”竹嫂就做主：“姐妹们，这批竹子咱们就给他弄成养羊的！”又对老板说：“你不能黑心赚钱，你要有良心！做成的羊排给你码得齐齐的，早晚能销出去！”老板退让了：“好吧好吧，你个竹嫂，还真惹不起你！”

来了个新手，原来是在鞋厂打工的，鞋厂生意不好，被裁了，来做竹排。为了计件多得，她穿竹排的时候，本该在上好螺母以后，用锉子把露出的螺纹锉花，以防螺母在运送摆放中震松，她却省略那道工序，直到收工前，才被竹嫂发现。竹嫂不依，那媳妇说：“你倒比老板还狠，哪有那么巧的事，偏我做的就散架！”吵到老板那里，老板对那新手说：“你的男人，是在城里收废品吧？你要不跟竹嫂她们一条心，我也不敢用你了。我出的竹排为什么供不应求，口碑那么好？就因为我这里干活的媳妇们，男人全在城里建筑工地干活。她们的心思，是质量的保证，你想干下去，就得听竹嫂的，连我也得让她三分！”结果，那天竹排嫂们加班，把那新手做的竹排一个个找出来加工，她们不再争吵，而是一起唱起了流行歌曲……

2014年

叉车叔

如今脱贫的农村，乡里男人见面打招呼，不再是“吃了吗”而是“喝了吗”。在胶东靠近青岛的地方，这个问候的发音是：“哈了没？”

那个村里，有个男子，人们都叫他叉车叔，对面来的人问：“哈了没？”他含笑点头：“哈了哈了。”问的人跟他擦肩而过后，多半会捂嘴暗笑：“他那么个嘎咕人，真哈了吗？”有的会扭头朝他背影故意追问：“哈了几瓶呀？下蛤蜊哈的吗？”他当然不再理会。“嘎咕”在当地方言里等同于吝啬。人家没诬蔑他。叉车哥和他媳妇，在村里从来不“随份子”，是“嘎咕”得出了名的。

叉车叔在镇子里的水果冷库开叉车。其实，叉车叔年轻的时候，心气很旺的，也曾随离土赴城打工大潮，闯荡过不少地方。他的人生追求，一步步都是很具体的，也几乎一一加以实现了。最早，看见小老板腰上别着“蛐蛐机”，就是现在已经绝迹的那种传呼机，有人想跟你通电话，就会发出蛐蛐般的鸣叫声，显示出对方电话号码，你就可以找个公用电话，给对方打过去，自己没当成小老板，但成了工友里头一个置备了“蛐蛐机”的人。后来出现了手机，第一代手机比大号香蕉还粗，傻黑傻黑，羡慕死了，于是从牙缝里省下钱，攒起来，终于到手机只不过扑克牌盒那么大，而且售价也不那么吓人的时候，买到了一部，跟现在的媳妇搞对象，第一回见面，就握着那个手机。媳妇搞定了，就攒钱盖房，因为见识过城里的抽水马桶，盖起的小院里，一角的卫生间，就装了抽水马桶，外面投资建了化粪池，每年请两次抽粪车。之后儿子落生了，两口子决心把他培养成大学生，头些年他外出打工，媳妇从鞋厂领来半成品，在家给鞋编花，每编一只挣两毛钱，每天埋头编六百来只鞋，能挣下一百来块钱，家里母子的嚼用，足够了。他挣的钱，自己只花费很小的部分，其余的，全用来投资孩子的教育，从五年级起，给孩子上最好的寄宿学校，中学到市里上的重点学校。孩子终于考上了外省首府的一所很不错的大学。但就在那一年，媳妇因为常年在炕上埋头编花，颈椎病严重了，再难挣得日常开支；他在外地打工的那家企业转型失策，亏损严重。于是，一为回家照顾媳妇，二为有份相对稳定的工作，就回老家，用积攒的钱买了辆二手摩托车，在镇上水果冷库当上叉车工，每天骑摩托上下班。有时，人们会看到，他骑摩托，媳妇在后座上，搂着他腰，那一定是到城里的大医院，给他媳妇治那颈椎病。

儿子假期回家，常眼睛望着妈，道歉似的说：“申请奖学金，通不过。也是，家里比我困难的，好多。”他眼睛也不看儿子，不等媳妇开言，先说：“你就别申请了。往你卡上划的款，只会添，不会减。”

儿子还剩一学期就要毕业了，也就开始找工作，假期没有回家，但是快递回来一个大包裹，也同步打来电话，打到妈妈那个旧手机上，说从今以后就不要再往他的银行卡上续钱了，那卡上今后由他自己续钱，工作的事情有眉目了，面试情况很好，现在只等以后来通知。目前每天晚上到一家咖啡馆打工，已经能挣钱了；递的包裹里的东西，就是用第一笔工资买的，充气颈椎提升器是给妈的，鸭绒裤是给爸的。那天叉车叔回到家，媳妇先以为儿子也跟他通过电话，他说没接着，媳妇也没觉着诧异。他见到那鸭绒裤，抚摸着，就觉得儿子其实也跟他通了话了。

叉车叔在水果冷库里操作，活计并不太累，难耐的是库内库外的温度差。库里始终保持着零下五摄氏度左右，在里面需要穿棉裤、裹棉大衣。棉大衣库方提供，棉裤则需自备，他一直穿着条笨重的廉价棉裤，现在儿子寄来轻薄但比棉裤更保暖的鸭绒裤，他试穿后，微笑，脱下，叠起。媳妇看不下去，嗔他："都说咱俩是一对嘎咕，我看你才真嘎咕，咋的？明天去库，还要穿那旧棉裤？"他这才决定以后穿那鸭绒裤。

儿子工作落实，签下很不错的合同，回家来探望。那晚，媳妇睡西屋那铺炕，他和儿子睡东屋那铺炕。打上小学起，除了冬天三口挤在一张暖炕上睡，其余三季都是儿子跟他这么睡。关灯后，父子俩都失眠。叉车叔忽然问儿子："你还记得那晚上，你埋怨我的话吗？"儿子反问："哪晚上？什么话？"他叹口气说："十几年前了，那晚墨黑，我本该拉四回灯绳，可是，只拉了两回。"那晚，儿子才十岁，他们睡一铺炕，忽然有蚊子在他耳边叫，他拉开灯绳，找那蚊子，很快找到，一合掌打死，赶快拉灭了灯。后来，儿子唤他："爸，我要尿尿。"他们的厕所，在院子西南角，屋子和院子黑黢黢。儿子害怕。他却冷冷地说："你就尿去吧。"儿子磕磕绊绊地摸黑尿完尿，回到炕上，埋怨他说："你打蚊子舍得开灯，你儿子上厕所你舍不得开灯！"

叉车叔等候儿子回答。儿子迟疑了一阵，轻声回答说："爸，我偏还记得。"那晚月亮很圆很亮很大，月光照进窗内，炕上仰睡的父子，眼里都微微闪着泪光。

2014年

读书的四种方式

04

导读

目光敏锐的讲述者

本辑的四篇散文，介绍了作者自己阅读和写作的独特经验，如话家常，娓娓道来，态度很真诚也很谦虚。这些经验对于青少年的阅读写作具有很大的指导和启发意义。刘心武真是一个讲故事的高手，从这些生动有趣的故事当中，读者可以从一个个侧面大概了解到一个懵懂少年如何走上文学创作的道路，以及怎样成长为一位著名作家的过程。

《鸡啄米》写的是刘心武的文学启蒙历程，题目形象生动，既是对作者伏案写作时的动作情态的描摹，又是作者一步一个脚印矢志不渝地走上文学道路坚韧精神的表达。刘心武的文学启蒙首先来自家庭的濡染熏陶，无论是父母还是兄弟姐妹，都直接或间接地影响到他。其次是作者的情趣爱好能够正常自然地发展。比如文中提到的两个游戏，一个是"'编辑版'文艺杂志"，一个是"'自编自导自演自观'戏剧"，他都能乐在其中。孔子说过："知之者不如好之者，好之者不如乐之者。"兴趣才是最好的老师。作者说自己的两个游戏现在看来是多么的不堪一提，在有些家长眼中这可能真的是“不务正业”，可是，这对于一位儿童来说却是弥足珍贵的，因为文学的兴趣在玩耍当中渐渐生根发芽了。现在的家长太焦虑了，容不得半点读书以外的东西。为自己痴迷的事情坚持到底是作者成功的另一个因素，作者说到“我终于懂得，在事业的道路上，失败不仅不是羞耻，而且恰恰值得珍视”，所以他屡投屡败，屡败屡投，最终在高中的时候就发表了自己的文章。

《斧凿音响，熊熊火光》是作者向自己的文学偶像孙犁致敬的文章，题目就摘自孙犁的《铁木前传》。有时候文学作品打动我们的往往就是那么一两句话，十四岁的刘心武也不例外，他称孙犁的作品里有一种所谓“大时代里感到自身脆弱的小资情调”，这引起了少年刘心武的共鸣，对孙犁的崇拜景仰就是在这时候萌生的。其实两人的交往并不频繁，只有几面之缘，甚至最后因为小事而发生龃龉，但这并不影响刘心武对孙犁作品的反复研读和真正理解。

刘心武眼光敏锐，他研究孙犁的小说，琢磨他的写作手法，点评他的文章，都有独到发现。刘心武发现，同样是写革命，孙犁的作品却写得有人情味，没有宏大的叙事，而是通过塑造“吴召儿”“小满儿”这样普通平常、健康活泼的充满生命力的形象，一个个无法贴标签的概念之外的形象，从侧面、细微处为时代剪影。这些人物给刘心武一种“暂时从狂热与宣传中脱逸出来，嗅入文学真气息的舒畅感”。他认为孙犁避免了文学艺术创作的单一化，是具有人类大悲悯的作家，在面对社会变革时不忘给普通个体生命以关怀。孙犁作品中常常用复数描摹女性，这是刘心武的又一发现。他举《白洋淀纪事》《铁木前传》中的例子来证明孙犁这一写法的恰切高明，而且能与《红楼梦》中类似的写法进行横向对比，显示写法的弥足珍贵。这一发现，没有仔细真正的阅读，没有大量的知识储备，没有敏锐的文学嗅觉是不可能完成的。

刘心武在分析孙犁作品的过程中，从写作特色渐渐过渡到对孙犁人格品行的赞美，这个过渡非常自然，几乎做到了羚羊挂角无迹可寻。作者从孙犁在《白洋淀纪事》再版时的极简短的后记中，发现了孙的无奈与真诚。以此为突破口，刘心武在与同一历史时期的作家比较中，在回顾革命文学的发展中，在肯定孙犁在文学上的价值的基础上，赞美这位伟大作家对自己文学创作观念的坚守，而这种坚守都源自孙犁本人的能穿越时空的对人类的悲悯情怀。

《从打草工人在田野上默默行走讲起》讲的是对刘心武影响至深的十位中外作家，其中就包括刚刚提到过的孙犁。刘心武是讲故事的高手，从这篇文章就能充分体现出来。这十位作家怎么讲，顺序怎么安排，详略怎么把握，作者都是经过充分考虑的，文章虽然是由讲话录音整理而成的，但也能显示作者深厚的语言功底和谋篇布局的技巧。

首先看他是如何介绍英国作家托马斯・哈代的。按一般的方法，先说作者是谁，然后作品如何，是如何影响到自己的。但这个太套路化，吸引不了听众注意，效果势必很差。所以刘心武抛开这些不管，留下悬念给大家，先从作品的故事讲起，用故事把听众吸引住，讲一段之后再跳脱出来进行评论，故事讲到中间，书名出来了叫《卡斯特桥市长》，作者也出来了，叫托马斯・哈代，这一切都是水到渠成，不露痕迹的，在讲故事的过程中自然而然地就交代了。作者讲《卡斯特桥市长》里的故事，是用了很多悬念的，在剧情反转的时候，适当地进行设问，然后再开始讲述，真是一波三折，高潮迭出。哈代对作者的影响就是让作者学会了讲故事，也就是小说中的叙事，而刘心武讲故事的效果，其实恰恰印证了这个说法。

接下来作者要一口气介绍五位中国作家，这里就有一个详略的处理，曹雪芹、孙犁和林斤澜就比较简略，李劼人、萧红就相对详细些。曹雪芹成为影响作者一生的最重要作家，作者师从周汝昌，对《红楼梦》进行研究，续写《红楼梦》，在央视百家讲坛讲《红楼梦》，这些大家都有所了解，简单介绍了一下就匆匆而过了。李劼人的《死水微澜》教会作者写人的性格、写人生的诡谲，把时代背景巧妙地融汇在故事当中、人物关系当中、人物命运当中以及细节当中。所以作者在介绍的时候得先介绍作品的时代背景，这个手法和讲托马斯·哈代的方法恰恰是相反的，因为各自的特点不同。对女作家萧红，作者充满了敬意，认为她的文字平静自然，天然去雕饰，读《呼兰河传》让作者知道了什么是悲悯情怀。后面大量的讲萧红的恋爱婚姻，无非也是从另一个侧面表现萧红的人格魅力。林斤澜能写出人心人性的深处，在小说的布局、氛围的营造上给了作者很大的启发。孙犁则教会了作者怎么在这个时代写作，怎么样把政治稀释，与社会亲和，和现实讲和。这两个又是简略处理的。

作者回头又介绍了四位外国作家，这样的介绍有错落参差之感。概括来说，罗曼·罗兰的《约翰·克利斯朵夫》成为作者勇于面对困难、克服困难的精神宝库。安徒生的《柳树下的梦》让作者懂得了社会的复杂性，不能简单地用是非对错来评判人。契诃夫的《没意思的故事》教会作者做人，也就是探究生命的意义。海明威的《永别了，武器》让作者懂得小说叙事的克制，懂得如何驾驭文字。

《读书的四种方式：狼、蟒、牛、猫》介绍的是读书方法，作者用四种动物来比喻四种不同的读书方法，都举《红楼梦》和有关《红楼梦》的书籍，使得内容连贯，也通俗易懂，这里不再赘述。需要提醒的一点是，四种方法各有优点，可以综合运用，关键要保持一颗热爱阅读的心。

在中国当代作家中，刘心武是多产而且作品精良的作家，他的作品既有对生活的深刻感悟，又不乏深刻理性的思考，其中多篇作品被教育部编选入小学、中学教材。故要理解散文中的神韵意境，可以多读一读刘心武的作品。

陕西省语文教学能手、西安市远东第二中学教研室主任　张建成

读书的四种方式：狼、蟒、牛、猫

很高兴有机会到天津跟这么多的天津朋友一块儿聊一聊读书的事，我今天跟大家聊一聊我个人读书的四种方式，仅供参考。

第一种方式就叫做狼读。有人一听可能就皱眉头了，因为咱们打小大人就跟咱们说，吃东西细嚼慢咽，不能够狼吞虎咽，你要是接触大夫的话，更得这么跟你说了，因为狼吞虎咽你会消化不良，会产生各种不良的后果。但是那是说吃东西，读书跟吃东西有相同之处，也有区别，像咱们天津图书馆有多少藏书呀？你说你爱读书，你要读书，你能把它都读完吗？所以面对着这么多的书，咱们每一个读书人首先得懂得放弃一部分书，有的书恐怕你一辈子都不必读，也读不了，也没工夫读；还有一部分书可以狼读，狼吞虎咽，浏览，大体知道怎么回事就齐了，这是一种读书方式。我在自己的读书记忆当中有一部分书我就是狼读，一般过去是在什么情况下呢？一种情况就是说这个书很难得借到，那个时候哪有像天津图书馆这么好的借阅和阅读条件，当时的条件比较困难，比如问一个朋友借，这个书借给你了，人家跟你说好了，借多少天你得还我，在有限的时间之内你要读一部篇幅比较大的书，没有办法只能是狼读，耍赖到时候不还，那可不行，叫做有借有还，再借不难，一次你赖掉了的话以后就不能再借了。所以有的书我就是狼读，狼读也有收获，反正读那个书不是我自己从事专业的范畴，我大体知道一下就行了。比如说当时有一本叫做《第三帝国的兴亡》，它是讲希特勒上台，后来纳粹德国崩溃的这样一个历史书，它篇幅挺浩大的，人家借给我就借一周，我还有工作，不能光看这本书，我就是狼读，狼读到现在，我觉得它对我还是有用的。

底下为了讲起来内容连贯，也比较有趣，我举例我读的书就都举《红楼梦》和有关《红楼梦》的书了。

关于狼读我个人有这样的经历，就是我上初中的时候，我发现我父亲的枕头底下压着书，父亲上班了，我放学了，我放学当然比他下班要早，我就从枕头底下拽出书来，我一看是什么呢？叫做《增评补图石头记》，是一本很老的印本，分上下册，每一册都很厚，我就很好奇。其实它就是《红楼梦》，那时候分不清《红楼梦》版本，没有版本学的常识，反正就是觉得挺有趣，为什么有趣？因为它不但增评，而且它补图，它有好多绣像，什么叫绣像？过去中国的线装书前面有插图，或者是当中有插图，它都是木板雕刻的，木工在雕刻之前先用画工在木板上用线条画出这个图像，然后把它雕出来以后再印刷，因为这种图像好像绣花绣出来似的，它构图比较丰满，画得比较细致，所以叫做绣像。

我就先翻这个绣像觉得很有趣，因为我是一个当代的少年，里面的绣像都是一些古代的人物，差距感就产生了好奇心，我就来读。我的母亲对我比较溺爱，她可能也知道我从父亲枕头底下翻出这本书来了，但是她不吱声，因为她要操持家务，做很多事情，她对我读书带有一个朴素的心愿，孩子读书总是好事，她就没有阻拦。可是我怕父亲回来以后找我算账，他压在枕头底下可见他不愿意别人掏出来了解他看的什么书，属于他的隐私，所以每到他快下班的时候我就非常紧张，我就狠读，翻得很快，哗哗翻过去。那个时候我只有十几岁，我就通读了《红楼梦》，当然是一个程高本，现在叫通行本。一百二十回的本子，这个一百二十回的《红楼梦》这样读了以后，实际上为我打了一个童子功，虽然有的我也没看明白，有的我也记不住，但是呢，这样一狠读对我来说确确实实还是有好处。

所以如果问起来你读没读过《红楼梦》？那会儿到高中，后来成年人了，我说我读过，你什么时候开始读？我说我十三岁就开始读了，就是从父亲枕头底下拽出来的，就读了它。所以我跟《红楼梦》结缘应该是很早，那么这一部叫做《增评补图石头记》的一百二十回的本子是我读到的最早的一部《红楼梦》的书。

又过了一段时间以后，有一天我到我们家住的胡同外头去逛书店。我从小就喜欢逛书店，我一直住在北京嘛，我们家的胡同外头就有一家小书店，规模很小，但是他进书品种还比较丰富。有一天看见一本书，这个书跟天津关系太大了，是天津出来的学者周汝昌先生，就是他的书《红楼梦新证》，我一看那个书很厚，我就拿起来在那儿翻，这个书店的老板经营的是一个私营书店，当时他就来干涉我，他说这不是小孩书，他觉得我太小，不适合看这本书，可是我一翻我就觉得很好，为什么呢？因为我原来狠读过《石头记》，也就是《红楼梦》，我对这个书有印象，所以一看这个书跟《红楼梦》有关系，跟我看过的那部书有关系，我就特别感兴趣，特别吸引我的就是里面它有一幅图，叫做《红楼梦人物想像图》，这个想像图跟我看到的那个《增评补图石头记》里面的绣像图完全不是一回事，风格不一样，我就说怎么可以这么想像呢？我当年看的书里面人物不这样呀？我就好奇，所以我就跟老板说，我说这个书我买，他说你少年要买书？但是他能卖出一本书也挺高兴，他说你有那么多钱吗？我当时还有点钱，我妈比较宠我，我爱吃北京小吃，因为北京小吃不亚于天津，比如说有一种叫炒肝，知道吗？天津应该也有，其实就是烩肥肠，里面哪里有什么肝呀？第一它不是炒的，第二它里面没有几片肝，它是烩肥肠，到现在这个东西也叫炒肝，第一没炒，第二它里面没有几片肝，但是我爱吃那个。

北京还有一种叫灌肠的小吃知道吗？当年灌肠北京他们卖得很讲究，包括小摊，他都是用金属的，说是银叉子，也可能是锡做的，但是给你感觉挺讲究，还有他那个灌肠都是粉红色的，不像现在有的灌肠白颜色的。我好那一口，我妈就惯着我，上学放学让我存点钱吃零食，我就经常攒起来，攒起来以后那天我就恰好能把这本书买下来，我就把这本书拿到了，这本书的读法就是蟒读。

这是本学术著作，周汝昌先生这本《红楼梦新证》你现在如果拿来看的话，就会感觉到它是一部高端学术著作，确实不是少年读物，甚至青年读物都不是，不是一个通俗读物，可是我当时是一个狂妄的少年人、一个狂妄的文学青年，我开始尝试写作，所以我觉得我能读、我就要读，我既然已经看了《红楼梦》，又有一本关于《红楼梦》的书为什么不读呢？而且这本书是我自己买的，不是我父亲枕头里拽出来的，对不对？我大摇大摆在家读，所以这个我没有狼读，我还真是把它从头到尾读了一遍，有的字我不认识就跳过去，有的字不太懂，我就也读过去再说。后来有电视了，看那个蟒吃东西，看它没有四肢，它吃东西应该很困难，结果发现它的口腔一张开以后，它的喉咙特别粗，它能把整只的羊、小一点的牛都能吞进去，我就读这个《红楼梦新证》就是蟒读，我就愣把它吞下去再说。

那么蟒吞了一个东西以后可以很久不吃东西了，他就可以类似冬眠似的歇下来，慢慢消化，通过很长时间消化以后，他把消化不了的东西再排泄出来，最后这个蟒就变粗了，变长了。

所以我在十几岁的时候，我就读了周先生的《红楼梦新证》，这本书对我后来从事红学研究，它是一个重要的启蒙。后来我跟周先生有了交往，夸张点说我是他的弟子，我后来搞《红楼梦》研究走的路子就是咱们天津周汝昌先生他的那个路子，我就是蟒读了《红楼梦新证》。

那么什么叫牛读？牛有四个胃，咱们不从身体解剖学细说，但是都知道牛有反刍的饮食习惯，它吃饲料以后可以在胃里面储存很久，它四个胃可以分别储存，然后时不时把其中一部分拿出来重新消化一遍，甚至有时候还不止重复消化一遍，它还可以消化数遍，然后这样它就可以把饲料当中所有的营养充分吸收，然后再排泄。牛的反刍这种功能启发了我，你真的要进入一个喜欢的阅读的领域就不能狼读，也不能满足于蟒读了，你就要牛读，后来对《红楼梦》我就进行了牛读。在牛读过程当中，我狼读时期的阅读印象和蟒读吞下去的那个《红楼梦新证》那些成果，最后就都充分地进一步消化掉了，对我有特别大的滋养。

比如说牛读再读《红楼梦》，《红楼梦》有很多版本了，后来我也读古本的《红楼梦》，《红楼梦》按我的观点来说它有两个体系，一个是一百二十回的《红楼梦》，一百二十回《红楼梦》现在是最流行的，学界叫通行本，这是一个完全可以终身阅读的本子。

虽然我和周先生一样，我们认为后四十回是续作，和前八十回的原作是两回事，但是一百二十回的《红楼梦》流传很久了，它也是一部古书了，它也是一个有头有尾的故事，而且续作也有一些优点和长处，所以它流传到今天不是偶然的，那么一百二十回的《红楼梦》是《红楼梦》当中的一种读本。

但是我和周先生一样，我追随他，就是我们更重视的是另外一个体系的《红楼梦》。就是曹雪芹他创作的《红楼梦》，我们都认为曹雪芹是写完了《红楼梦》的，不是写了八十回他就没有往下写，就没写完，不是这样的，他写完了，只不过曹雪芹的《红楼梦》八十回后的内容遗失了，到现在找不到了。虽然找不到但是可以探佚，可以通过考据的方法研究出来他八十回后还有多少回，都是什么内容，我们认为他八十回后不是四十回，是二十八回，而且他八十回后的很多内容跟高鹗续的是不一样的。高鹗和曹雪芹并不认识，这两个人生命轨迹没有交集，不相干的两个人，高鹗出生也比曹雪芹晚很多，他和一个书商叫程伟元，他们两个人合作，最后出现了一个一百二十回的《红楼梦》，那么他们做这个事的时候，曹雪芹已经去世差不多有二三十年了，就是说它是一个后来产生的读物。曹雪芹的《红楼梦》叫做《古本红楼梦》，《古本红楼梦》最早是手抄的一种方式来流传，所以它里面还有很多的批语，所以是这样一个体系。

那么后来我就读这个《古本红楼梦》，像读一百二十回的《红楼梦》，前面八十回很多内容跟古本是基本一致的，书商程伟元和高鹗他们完成一百二十回的这样一个《红楼梦》的时候，他们不但续了后四十回，前八十回他们也做了很多改动，但是有的改动不是很大，基本还是原来曹雪芹的原笔的原貌，比如说第三回。我现在说牛读，原来第三回我就是狼读过，很快就读过去了，或者说也蟒读过，我一句一句把它读了，我就存在我肚子里，没有去仔细地反刍，没有消化。

那么后来我牛读，我再翻第三回就很有意思了，现在跟大家共同回忆一下，第三回写的什么？写的林黛玉进贾府，到荣国府去，林黛玉她父亲是在扬州，那么她母亲去世以后，她父亲就说不再娶了，因此就委托贾雨村、她的家庭教师，你把她带到京城，送到她的外祖母那儿，书里面就是贾母，就到那儿去了。

那么这个第三回就写林黛玉进府，很热闹，很多细节大家都记得，我就不重复了，但是呢，有些描写不知道你仔细考虑过没有？这个狼读你读不出来的，你蟒读存在你的胃里面，你也不一定是有收获的，但是牛读味道就出来了。

这个林黛玉呀进了贾府以后有点怪，怪在哪儿呢？她先去看她的外祖母这是合理的，因为她的母亲是这个老太太的亲女儿，她去先见她的外祖母，她们在血缘上非常亲，那么这一点《红楼梦》写得很明白了。荣国府的中轴线的主建筑群是府里面最重要的建筑空间，贾母不住在这儿，贾母住在中轴线主建筑群西边的一个豪华的院落里面。这个院落非常的华丽，有垂花门、穿山走廊，有大的正房，后来还盖了花厅，贾母住的还是相当舒服的，但是她不在府的中轴线当中，她是西边的一个院子。

那么她到了荣国府以后先去见她的外祖母，到了这个院子，这个写得非常合理，然后书里头说了，这贾母有两个儿子，书里这么说的吧？大儿子叫贾赦，二儿子叫贾政，对不对？那么这个荣国府根据书里面的描写，他跟宁国府一样，他们祖上对这个书里面所写的皇帝来说，那个王朝来说的话是有功的，他们是开国功臣，因此就是封的爵位，宁国公，荣国公，对吧？那么书里故事开始的时候，贾母的丈夫已经去世了，贾母是个寡妇，对不对？那么她丈夫是有爵位的，可能荣国公这个头衔一度就是由她的丈夫来继承，那么他死了以后呢？他的爵位就要由他的，根据那个时代贵族爵位的游戏规则，有两种游戏规则都是同时实行，一种就是说你特别有功，你封一个爵位，因此就永远可以继承下去，比如说你是个王爷，叫铁帽子王，你死了，你的长子仍然是王爷，你的长子死了，如果这个新的皇帝没有认为你有毛病、没有把你废掉的话，那么你的后代世世代代的长子都是世袭同样的爵位，这是一种游戏规则。

还有一个规则，你虽然也有功，也给你一个贵族头衔，但是你死了以后，你的长子也还袭这个贵族头衔，但是就要递减，爵位的规格就往下减。那么宁国府、荣国府属于第二种情况，书里面交代得很清楚。贾母的丈夫死了以后，他的大儿子贾赦就袭爵，就递减了，是不是国公级？不是了，叫一等将军，所以贾母的大儿子是一个有贵族头衔的地位很高的人物。那么书里面你再仔细读的话，牛读就是不断反刍，就是除了这一回以外，还拿别的回来做参考，那么现在问问大家，书里面写的荣国府分家了吗？他明确地写贾政和贾赦分家了吗？没分家，书里面后来还有明确的叙述文字，说他们并没有分家，没分家的话大家想一想，这个荣国府是贾母的丈夫袭了这个爵位以后住的一个府第，对不对？他死了，他大儿子又袭了一个爵位，大儿子是应该住在荣国府里面，荣国府主建筑群的中轴线的正房是不是应该贾赦和他的老婆，书里写当时的一个老婆是邢夫人，是不是应该由他来住呀？对不对？可是第三回怎么写的？好奇怪哟，你要是狼读就发现不了这个怪，蟒读的话，存在心里的话老不想这个事你也不觉得怪，你一牛读，太怪了！

书里就写了，说林黛玉虽然当时进府时很小，她很懂事，我见了我的北方叫姥姥、南方叫外婆的外祖母以后，我就应该去拜见我的大舅、二舅，她的母亲是贾政和贾赦的妹妹，对不对？我得拜见我大舅、二舅呀，那么书里就写了，就是说邢夫人说好，我带你去见你大舅吧，怎么写的？邢夫人带着林黛玉出了贾府的院，这不稀奇，贾母住在荣国府中轴线的西边嘛，那是不是往当中走呀？你大舅应该住在荣国府里面的正房里呀？不是！无论是一百二十回的本子，还是古本的《红楼梦》的本子，在这一点写的都是一致的，就是邢夫人把林黛玉带出了贾府院，又带出了荣国府，还坐了车！车在街上走了一段，停在一个宅院门前，进了这个院子才是贾赦和邢夫人的住宅，有人说小说反正可以虚构，就算曹雪芹虚构，你虚构成这个样子？不要说那个社会一个贵族的家庭，就是农村一个农户家庭，父亲死了，老母亲还活着，有大儿子，有二儿子，又没分家，这个大儿子是不是应该跟老母亲住在一起呀？这个大儿媳妇应该就近照顾你的婆婆呀，对不对？哪儿有说另立门户去住的呀？你小说虚构成这样子呀？按现代小说学的批评术语这叫做情节设置不合理，《红楼梦》第三回就是这么写，各种版本都这么写，你狼读、蟒读都读不出来，你牛读发现这是个问题，一反刍，这个值得推敲，这是怎么回事？不带这么写的，是不是？写得好怪哟，然后又写到了这个大院里面，才知道这个院子跟那个荣国府虽然挨着，但是当中没有门相通的，是完全隔绝的，而且大舅舅贾赦当时在家。他是一等将军，是一个头衔，你不要误会，有人读了往往说他会打仗，他是将军，这是个头衔，贾赦不要说打仗了，没有任何的技能技巧，也没有任何的能耐，他也不在朝廷做官，不是每个贵族有了头衔都去另外担任实职的，他就是享受贵族待遇的一个老爷。贾赦说彼此见了伤心，不见也罢。他对林黛玉一点感情也没有，如果是你的亲妹妹的女儿，怎么着你在家也得出来见一面吧？没什么感情，就不见，大舅不见你怎么办？就算了。

那么这个时候林黛玉说我还要去见二舅，她见二舅怎么见的呀？书里写得也很清楚了，邢夫人把她送出这个黑油大门的院子，再进入荣国府，她二舅住在哪儿？二舅住在这个荣国府的中轴线主建筑群的最重要的空间，正房是老二住，是贾政住。贾政有没有贵族头衔？书里交代特别清楚，而且根据过去封建王朝的有关的游戏规则，传贵族头衔只能传给老大，老大死了，那当然可以传给老二，老大又在，老二是不可能再有贵族头衔的。书里写得特别清楚，说当时的皇帝听说贾母的丈夫死了，就问有没有儿子？有儿子，有大儿子，就给大儿子了，贾赦就给他一个贵族头衔就是一等将军，说还有一个儿子，皇帝很高兴，因为这是开国功臣的后代嘛，于是就给贾政额外赏了一个可以安排官职的身份，后来给他安排了一个官职在工部，工部员外郎，就是贾政并没有贵族头衔，没有承袭他父亲的贵族世袭的荣誉，但是他大摇大摆住在荣国府的正房里，王夫人是老二的夫人，王夫人觉得自己应该住在这儿，你看书里的描写，一点没有任何惭愧感，也没有任何觉得不合适的地方，觉得住那儿名正言顺。林黛玉一进正房一看不得了，挂着匾，皇帝给题写的匾额。这个在各种版本都写的是一样的，电视连续剧也好，电影也好，都会有这样一幕。林黛玉抬头看见一个金匾，上面写着“荣禧堂”三个大字。我当时就觉得我这个牛读太有必要了，我得翻来覆去琢磨这是怎么回事。

我在北京没接触过荣国府、宁国府那么豪华府第的那些府主，我是新中国的少年，但是我也接触一些大宅门里面的人呀，对不对？哪有说没分家，老大跟老大媳妇在外头住，老二跟老二媳妇名正言顺住在正堂？曹雪芹写《红楼梦》写成这个样子？一开始我就有点失望，都说这是世界名著，四大名著，曹雪芹不得了，情节设置不合理呀，让我写，我也写不成这样，不带这么写的是不是？

这时候周先生的《红楼梦新证》对我来说就起到了关键性的作用，周先生的《红楼梦新证》就告诉我们，《红楼梦》这部书它是有家族史的成分在里面的，他为什么写成这个样子？他是有道理的！他是把他们曹家的一些情况，通过巧妙的方式记录在了这部书里面，他创造了一种全球绝对是空前、到目前为止应该也是绝后的写法，没有第二个人能够像他这样敢写，叫做“真事隐，假语存”，这是一个不得了的写作方法呀！

“真事隐”咱们都好懂，小说不是报告文学嘛，对不对？小说不是家史嘛，是不是？所以你真实的一些事情要把它隐藏起来，便于虚构，这个咱们好理解，但是曹雪芹这个人太古怪了，他的写作好古怪，他“真事隐”了之后，他还要“假语存”，“假语”就是一个小说文本，虚构的文本，在虚构的文本里，他故意把他家族里面的真实情况保存下来，这是一种很辛苦的写法，所以他叫做“字字看来皆是血，十年辛苦不寻常”，一种很特殊的写作方法。

周先生通过《红楼梦新证》把曹家的家史给捋了一遍，所以那会儿我蟒读以后存在胃里面很多年我都没有消化，应该过了一二十年之后再读这个《红楼梦新证》，我才把吞进去的整只羊消化掉，我就觉得豁然开朗，就全明白了！怎么回事呀？就牵扯到清朝，康、雍、乾三朝的情况。

清朝进关以后的第一代皇帝是顺治，顺治死了以后接班的皇帝就是康熙。当然康熙生出来以后他有他的名字，我现在说康熙，从小就叫他康熙，是借用他当了皇帝以后的号，这个一定要理解，咱们就把他叫做康熙。

康熙生出来以后他不是由他母亲把他抚养大，当时清朝那些宫里面皇帝身边的女人，生了孩子以后，孩子都不是由这个女子来抚养成人，这个女子的任务是随时准备皇帝再一次临幸她，你的任务是好好待着，等着皇帝下一次来找你，没有说你生了孩子就有养孩子的任务，你没这个任务，孩子拿到宫外去养。康熙也不例外，康熙是搁在哪儿养的？大家去过北京逛过故宫，紫禁城，紫禁城西边有一个南长街，南长街有一个庙，叫福佑寺，康熙当时拿到福佑寺去养。内务府派了很多人来伺候他，首先有一个奶妈，他小时候要吃奶，然后再大一点断奶以后就有一个教养妈妈，叫做保母的。这个保母呀，你看下面年轻人觉得保姆我知道，家政公司打电话可以约请的，不是那个保姆，这个母没有女字边，是一种代替母亲的角色，因为这个小孩是皇帝的儿子，皇族血统，他的母亲不抚养他的，谁来把他带大，就是有一种叫做保母的角色，可能这个保母不止一个，但是有为首的，康熙为首的保母姓孙，孙氏，从小他被孙氏带大。保母干嘛的？从小教育你，你要站如松，坐如钟，卧如弓，你见人要有礼貌，你要作揖，该磕头跪下要磕头，你吃的饭粒怎么办？粒粒皆辛苦，你要捡起来放在嘴里把它吃掉。保母干这个，就是教养妈妈，从小把他教养大。

所以像康熙这种皇帝的后代，他跟他亲生母亲之间见面的机会都很少，谈不上有什么感情，就是在大型的祭祀活动、宫廷活动的时候，他会和他的母亲见一下，有时候还只是远远地见一下，他生命当中的大部分时间，儿童和少年时代他是和他的保母在一起，这样度过每一天，感情深得不得了。

那么到后来他又再大一点，需要读书识字了，当然皇家就派一些大儒、一些学问高的人来教他，那么就得有陪读，对不对？谁来给他做陪读？孙氏的儿子当然是最佳的陪读的人才，孙氏的儿子，孙氏嫁给了曹家，孙氏的儿子曹寅就是曹雪芹的祖父，曹寅就是这个康熙皇帝小时候的陪读。你想两个小孩一块儿读书，一块儿玩耍，而那个时候儿童嘛，模模糊糊知道那个是贵族皇家的后代，可能今后要当皇帝，而这个是一个奴才，是内务府派来伺候我的，但是这个意识是淡漠的，儿童也叫发小，他们俩一块儿读完一段书以后，在福佑寺院子里跑动，追跑打闹，可能保母还得说几声，蹲在树底下看蚂蚁爬，感情非常好。

后来顺治死了，康熙继位当皇帝了，他当皇帝以后当然他需要有人来保卫他，要近侍，禁卫军，那么曹寅理所当然成为他最可靠的保卫者，对不对？你想这个搭档多好呀，从小一块儿长大的。

那么曹寅后来就当了江宁织造，曹寅他们这个曹氏家族是汉人，是汉族，但是在满军八旗兵打进山海关之前，在东北地区他们很早就被八旗军俘虏了，当时一开始俘虏的人数比较少，没有专门把汉人编为汉八旗，汉军八旗是很晚的事情了，那么最早最早被他们俘虏的这些汉人，就直接编入他们的满洲八旗了，曹家就编入了正白旗，后来八旗又形成了所谓上三旗、下五旗，上三旗就是正黄旗，然后镶黄旗，然后正白旗，那么曹家正好编在正白旗里面了，虽然他身份是包衣，就是奴才，但是他属于八旗的那一旗是上三旗之一，地位还是蛮高的。

所以满族后来在进关统治全中国以后，对汉人的使用，首先信任的就是最早投降他们的这些汉人，派他们去担任重要的职务，但由于种族歧视，对满族的人可以给予很高的官职，汉人给予的官职不会特别高，但是有一些重要的岗位会让信得过的汉人去担当，就像江宁织造这样的岗位，当时江南有三大织造，江宁就是南京了，有江宁织造，有苏州织造，有杭州织造，这个织造听起来觉得好像官不大，你一个织造官管什么呀？管给皇室提供纺织品，江南出丝绸、出蚕丝，当时那些皇族的那些纺织品使用的主要的原料还不是棉花，是丝，所以织造就设在江南，那么这个江宁织造是三个织造里面最大的一个织造，曹寅后来被康熙委派为江宁织造。

看起来这个官不大，但是当地的住在江宁的一些总督、巡抚都害怕曹寅，为什么呀？都知道他从小跟皇上一块儿长大的，这不是秘密，全知道，而且也都知道他表面上为皇室提供纺织品，但实际上他是康熙的特派员，是一个大特务。

现在故宫档案里面可以找到很多曹寅写给康熙的密折，他向康熙提供各种康熙所需要的情报，比如说当时明朝灭亡没多久，还有属于明朝的遗老遗少，就是明朝的遗民，这些人有没有谋反之心，动向如何。

还有一些官员从北京朝廷退休了，回到江南原籍，是不是老老实实在那儿颐养天年？有没有什么不轨行为？这些都由曹寅向他密报，包括当年的气候状况，气候变化，天灾人祸，粮食收成，曹寅都要跟他进行秘密的汇报，当然地方官员也给他报，这是官样文章，他要看他发小的秘密情报。

所以曹寅在江宁织造任上是很不得了的一个状态，大家知道康熙几次南巡，后来乾隆皇帝学他，他们俩都几次下江南，派生出好多的传说，好多的故事，拍成电视剧，可以编出好多的情节，特别好玩嘛。

康熙皇帝确实是五次下江南，那么皇帝比如到了南京，当地的地方官会给他准备行宫的，老早就要做准备，临时布置来不及，甚至要重新建造，或者改造一个美丽的园林，给他准备得可以说面面俱到。

康熙五次下江南，四次是你们给我准备行宫不是吗？不住，告诉我曹寅住哪儿，他四次住在曹家，三次是曹寅亲自接驾，废话别跟我说，我发小在哪儿，我找他去！所以康熙几次是住在江宁织造署的。

有一次他去的时候，那个季节萱花盛开。萱花就是现在咱们吃的比如说那个炒木须肉的黄花，萱花就是要晾干，彻底晾干。我现在稍微普及一下饮食知识，这个黄花如果要是没有彻底干，半新鲜就吃了要中毒的，搞不好要死亡的，所以吃黄花要小心，但是这个黄花开放的时候就是萱花，就是宣传的宣加一个草字头。萱花在中国的古典文化当中有一个特殊的含义知道吗？代表对母亲的孝顺，种萱花的家庭一般都是母亲还在世，可能父亲没有了，但是母亲在世，种萱花表示孝敬母亲。

那么那一年康熙又下江南就看到这个萱花盛开，很高兴，他为什么高兴？因为他知道他发小的母亲孙氏还活着，孙氏也很高兴，皇帝下江南住我们家。孙氏是一个奴才，颤颤巍巍就要来跪下给皇帝磕头，这时候就发生了一幕，这个不是野史，这个是被正式记录下来的，康熙就赶紧让周围的人给她搀住，而且康熙这时候说了一句很不得体的话，这句很不得体的话就被记录下来了，现在成为一个历史文献，他情不自禁说了句话，他告诉周围的人，他指着孙氏，说此吾家老人也！什么意思呀？这可是我们家的老辈子人，这是咱们家的老人呀！

康熙说这个话，从人性角度完全能够理解，他打小见不着他的母亲，他母亲给他的母爱几乎为零，谁给了他母爱？就是孙氏，情不自禁。当时他下江南还带着他的太子，这个太子很悲催，两立两废，这还有一个故事就不展开，所以他这个话等于说给太子听，就是你对她也得尊重知道吗？你可态度放尊重些，这是咱们家的老人。当时就很兴奋，说您还活着太好了，现在我要给你们家写匾，于是叫曹家人铺开纸，就提起笔来御笔写匾，写了三个字叫“萱瑞堂”。

那么大家想想曹雪芹写小说，他“真事隐，假语存”，他假语存没存这个萱瑞堂呀？他是存了，刚才我说了他写的林黛玉到了荣国府，到了荣国府的中轴线的主建筑群，进了那个正房，她一抬头就看见了一个皇帝御赐的大匾，写了三个字，什么字？荣禧堂。这两个匾有没有亲缘关系呀？荣字怎么写？草字头；萱字怎么写？草字头；瑞是吉祥字，祥瑞；禧也是吉祥字，跟祥瑞的意思接近，所以荣国府所挂的荣禧堂这个匾，它的生活原形就是当年康熙在江宁织造府给这个曹家题写的那个萱瑞堂的那个匾。

《红楼梦》多有意思呀，你不牛读行吗？还有一副对联，我不展开了，就是说他为什么写成这个样子？听我往下说。

曹寅在这个任上就很得康熙信任，他有很多织造以外的任务，像咱们天津图书馆肯定有《全唐诗》，肯定有吧？《全唐诗》谁编纂的？是康熙朝康熙指令曹寅带着一些文人编纂的，编修官就是曹寅，在扬州完成这个任务，所以这个曹寅是康熙的一个铁哥们，而且是文武全才，又能够殿前侍卫保卫他，又能够帮他编纂《全唐诗》。

但是曹寅很不幸，后来就得病了，得了什么病？疟疾。那时候要是屠呦呦早点活，早发明青蒿素，江南青蒿又很多，提炼一点不就治愈了吗？可惜那个时候没有青蒿素，但是那个时候世界上有一种治疟疾的药叫金鸡纳霜，外国有，中国有没有？有的，很少，谁有？康熙有，康熙为什么有？康熙这个人不得了，康熙是一个好学的人，当时有一些外国来的传教士，康熙主动结识他们，把他们迎进宫里面，传教士可以在宫里面活动的。

康熙跟传教士学过画法几何，现在高中都还学不到这个程度，高中的代数几何到不了这个程度，微积分，康熙对这个感兴趣，传教士送给他比如说天文望远镜、显微镜，他都用了，所以他就知道西洋有一种专治疟疾的金鸡纳霜，他有，一听说曹寅得这个病，就立刻派驿马，一站一站的，这个马都累死了，再换一匹，给我送去，那个时候有高铁就好办了，要是有飞机就更好办了，但是都没有，就得靠驿马一站一站这么送，这个曹寅应该说很没有运气，最后一匹驿马，满身都是汗，送药的人也满身都是汗，跳下马的时候，云板三声，他咽气了，他死掉了，这个药没能救他，曹寅就死掉了。

那么曹寅死掉了对朝廷来说应该不算件大事，朝廷多少官员呀？江宁织造算什么呀？他归内务府管，内务府又是一个为皇家服务的服务机构，那就另外派一个人当江宁织造不就行了吗？康熙不这么做。其实在顺治的时候，进了北京，定都北京以后就立了好多规矩，像内务府这些官员的职务是不能够世袭的，内务府说老实话就是服务机构，就是奴才机构，派出的人都是奴才，你是给皇家提供纺织品的是不是？你死了怎么由你们家继承？没这个道理，另外派一个人来。

因为康熙跟曹寅的关系太密切了，他是皇帝，他可以破规矩，他不听这套，你们既然给我下谏言，我就让提意见的人都靠边去，照顾曹寅的儿子。他其实也知道曹寅的儿子叫曹颙，他对曹颙有很高的评价，他看着曹颙长大的，江宁织造不要派别人当了，就由这个曹颙当，这是很破格的呀。

所以曹寅死了以后，他的亲儿子又当了这个江宁织造，这个曹颙也很没有运气，这个人当不了几年他又病了，又病死了，像曹寅一样死掉了。曹寅就这么一个亲儿子，又死了，那就算了吧，可康熙是一个长寿皇帝，康熙生育能力也很强，他生下三十多个儿子，二十多个公主，他是一个很健康的、很强势的皇帝，康熙还不罢休，说他儿子死了，我还要曹家当这个织造。他就叫来苏州织造李煦，说你给我去调查，曹寅儿子没有了，有侄子没有？在侄子里面给我找一个合适的，把这个侄子过继给曹寅，曹寅死掉了就过继给曹寅的妻子李氏，这个李氏就是这个李煦的妹妹，过继给她，再给我当江宁织造。这样李煦就从曹寅的侄子当中又选了一个叫曹頫，这个曹頫就又当了江宁织造，这在清朝成为一个很怪异的现象，但是这就是曹家本身的家史。

那么这个曹頫当时已经结婚了，就带着他的妻子大摇大摆地到了这个江宁织造署，这个李氏就成了他们的母亲，其实就是过继的，不是他亲生的母亲，是他的过继过来的一个母亲，当然在过去就得认做母亲，他得认曹寅为父亲了，虽然这个父亲死了，但还是父亲。

他们两个就到了江宁织造署，当然大摇大摆地住进了江宁织造署挂着那个萱瑞堂大匾的那个空间。

那么曹雪芹写《红楼梦》第三回，他实际上把他们家族里面这样一个情况巧妙地“假语存”了。他这个故事的空间已经变化，所以他的小说不是在写家史，因为生活的真实是曹頫进了江宁织造署，在南京，但是书里面写林黛玉是从江宁地区，即金陵地区到了京都，就是北京，宁国府、荣国府假设是在北京，小说确实在空间上虚构了，而且这个荣国府也比现实生活当中的江宁织造的那个织造署要大很多，后来修了大观园，很夸张的，但是他是把那样的一个历史空间和历史事实挪到小说这样的空间里面来。所以你细读小说会发现，贾母和贾政的关系是很古怪的，贾政带着王夫人住在挂着荣禧堂的皇帝金匾的这样一个空间里面，但是贾母对贾政和王夫人淡淡的，她只对他们的儿子宝玉视如珍宝，应该就是这样。我有一个亲戚就是，就是她过继了一个儿子或者是一个上门女婿给她生了一个孩子，她就宝贝得要命，但是对过继的那个儿子本身，她的感情就差一截，这是中国伦理上认同的一个规律。

她之所以过继就是为了生孙子嘛，你给我生了就很高兴，就是亲孙子，但是对那个儿子她就很冷淡，你看书里描写过灯节，贾政说我也来凑热闹，我也备了礼物来了，贾母跟孙儿孙女们在一块儿娱乐，最后等于就是贾母把他轰走了，有没有这样的情节？是有的。特别是后来他打这个宝玉，贾母是撕心裂肺地来干预，贾母说了这样的话，意思是说我没有生一个好儿子，说出这样的话来，就说明书里面把他们家族的这层过继关系写进去了。但是呢，他构思一本长篇小说，他从书中取材，他觉得这个曹頫的亲哥哥那家的故事也很精彩，特别是亲哥哥有一个媳妇就是王熙凤的原型，家族叫二奶奶，非写不可，于是他就把生活当中的情况合并同类项，就是曹頫是有亲哥哥的，当然不住在江宁织造署，过继就过继了曹頫一个，没说把你哥哥一块儿过继过来，没这个必要，过去也没那么过继的。

所以他在小说里面“假语存”，怎么存呢？他就是这么来存的，他就把这个曹頫的哥哥在小说里面写成了贾政的亲哥哥，也是贾母的大儿子，贾母的原形就是李氏，就是曹寅的那个未亡人，我这样一捋听明白了吗？

所以《红楼梦》的文本是不是很有意思？你不懂这些的话，你就看不懂书里是怎么回事，所以一看就明白了，人家曹雪芹为什么要这么写？他故意要这么写，他为的是“真事隐，假语存”，我又不是写家史，我不是把我祖父曹寅，然后曹顒、曹頫这些事一五一十给你写成一个流水账，我是写小说，但是在我的小说里面呢，我跟别的小说又不一样，我还故意要把我家族的一些情况巧妙地保存下来。你狼读、蟒读都读不出来，你只有牛读，一下子就发现，哟，可不是嘛！他是这么一种手法，所以我觉得牛读花时间最多，为什么？因为这是一个最好的阅读方法，就是你可以对你读过的，你喜欢这个书，多次的把它反复地来体味，反刍，你会有很大的收获。

设计叫猫读？大家看猫吃东西叫猫食，吃得少。但是这一点有人跟我争执过，说我养的猫可贪吃了，说我买的猫粮一次一盆子给我吃光，现在的猫可能都变化了，过去这个猫没有那么好的生活条件，哪有什么猫粮公司生产猫粮，都是家里喂。那么这个猫吃东西一般叫做吃猫儿食，每次量很小，不贪多。后来我读《红楼梦》我也是这样，不贪多，《红楼梦》我觉得我已经很熟悉了，每次我即使反刍，我只读一回，就是吃猫儿食，控制量，吃得少而精，很有收获。

比如说我读五十七回，五十七回的故事大家也很熟，这个在通行本和古本里面差异很小，文字基本是一样的，主要就是写林黛玉的那个丫头紫鹃，她骗宝玉，她说林家要来人把林黛玉接走了，宝玉急得要死，宝玉痴病发作，就不答应，就闹起来了。这一回书重点写宝玉和黛玉的爱情故事。

我过去读书即便我不狼读、不蟒读了，我也没有能够一段一段地精读，就忽略了其中很重要的一段，就几百个字，这几百个字后来我精读以后，眼泪快出来了，写的既不是林黛玉，也不是贾宝玉，也不是紫鹃，里面有紫鹃，重点不是紫鹃，写谁？写雪雁。雪雁大家知道，林黛玉的丫头，这个雪雁是很悲惨的一个小生命，大家知道荣国府丫头的来源基本是两大类：一类是家生家养的，那种贵族家庭他的奴隶是一窝一窝的，生了孩子以后还是给他们家当奴隶，比如像被贾赦看上想占有的鸳鸯就是家生家养的丫头，她们家在小说里面贾家当奴才的时间非常久了，她的父母还都在南京，书里有交代，都没跟着，因为这个家族后来从南京迁到北京，都没跟着来，在南京看着老房子，鸳鸯就是一种家生家养的丫头，世代的奴隶；还有一种就是拿银子买的，像袭人，袭人她家里穷，穷得没饭吃了就把她卖了，后来袭人自己也说这个话。

那么这个雪雁是哪种来源呢？她两种都不是，她怎么来的呀？她是林黛玉进京的时候跟着来的，跟着来了一个王妈妈，老态龙钟，还来了一个小丫头，书里面第三回写了，贾母看她一团孩子气，林黛玉就很小，她就更小，完全是一个小姑娘、小孩，这样一个小生命就在荣国府里面，她默默地度过她的日日夜夜。你想她是一个无根的浮萍，像书里面写鸳鸯，鸳鸯因为贾赦要占有她，鸳鸯抗婚，她拥有很多同伴支持她，书里面有一回写大观园里面好几个丫头都出现了，都站她的一边，都骂那个贾赦，起码她是横向能获得情感支持、道义支撑的，是不是？这个雪雁是一个浮萍，她跟这些人没有那种关系，就默默地成长。

那么五十七回这段写的一个什么事呢？雪雁从潇湘馆走出大观园，进入荣国府中轴线的主建筑群的正房，她到王夫人那儿取人参，因为林黛玉经常需要吃人参，取了人参出来之后，她就看见旁边厢房有人向她招手，谁呀？赵姨娘，贾政的一个妾，一个小老婆，招手叫她干吗呀？过去见到这些文字我都一扫而过，不注意的，读猫儿食就专读这一段。赵姨娘找她干吗？赵姨娘兄弟死了，这一段前面书里有交代，死了以后她要参与丧事，参与丧事就要带丫头，有一个丫头叫小吉祥。小吉祥儿，北京话儿字的尾音就是小吉祥儿。

那么参加这个丧葬活动穿衣服就有讲究，就要穿白绫袄的，穿白衣服。这个赵姨娘就跟雪雁说，你把你的白绫袄拿出来，借给小吉祥儿穿。这就是柿子捡软的捏，府里面所有的这些人，仆役包括丫头，因为他是一个贵族的大家族嘛，也很讲礼仪的，都配置了这个白绫袄子，但是小吉祥儿跟赵姨娘穿过去以后，因为参加丧葬活动容易把衣服弄脏，不愿意穿自己的，就要求这个雪雁拿出她的，“你拿出你的给我们穿”。一个弱小的生命在这样一个府第里面生存，她是很弱势的一个生命存在，赵姨娘就已经很弱势了，但是赵姨娘这个人人性很不好，她自己其实就是一个被侮辱、被损害的人，她还要来损害雪雁。雪雁回来就跟紫鹃说这个事，紫鹃就问她了，说她们问你借白绫袄子，你怎么说的呀？雪雁就是一番话，就说明这个很小的生命在这个府里面经过几年以后心智成熟了，从一个一团孩子气的小姑娘，懂得了处世的艰辛、人际的险恶，她懂得保护自己了。她跟紫鹃这么说，她说我知道她们怎么回事，她们就是怕把她们自己的衣服弄脏了，她们也都有，所以她们非要跟我借，我就说了，我的衣服都是紫鹃姐姐给我收着，紫鹃姐姐又不敢专断，还得去回姑娘，这个姑娘就是林姑娘，就是林黛玉，姑娘现在又正病着，所以就是说怪麻烦的，所以你们是不是问别人借吧？紫鹃就说你还真会说话，你把这个事都推到我跟姑娘身上了。她就学会了，她学会保卫自己了。

所以觉得曹雪芹这支笔真不得了，一个咱们读来读去都容易读丢的小人物，他在五十七回里面就用几百个字，一下子把这个人物的命运立体化了，就让我联想很多。所以吃猫儿食让我收获很大，后来我专门把这段文字又读了几遍，觉得真是写得好，小生命，一团孩子气，人家这么欺负她，她后来想想，她想出来保卫自己，想出一个辙来，最后对方还真没辙，障碍这么多，特别是越过林姑娘这一层，姑娘现在又正病着，对不对？所以我觉得读书乐趣无穷，方法也多种多样，那么我个人有狼读，有蟒读，有牛读，有猫读。

斧凿音响，熊熊火光

1

那一年我十四岁，还在上中学，是一个狂妄的文学爱好者，并不以为自己只该阅读《中国少年报》《少年文艺》，我订阅着《文艺报》《人民文学》，大摇大摆地给各处投稿。但是若遇到打动我的文字，对那作家作品，我是谦卑的，感谢他或她不仅滋润了我的心灵，也教会我如何写作。记得那年暑假，我在《人民文学》杂志上读到了孙犁的中篇小说《铁木前传》，那开篇的文字就吸住了我："在人们的童年里，什么事物，留下的印象最深刻？……在谁家院里，叮叮当当的斧凿声音，吸引了他们……让那可爱的斧凿声音，响到墙外来吧，让那熊熊的火光，永远在眼前闪烁吧……"记得我是倚在家里床上的高枕，一口气把全篇读完的，作者在篇末又以这样的文字与开篇呼应："童年啊，你的整个经历，毫无疑问，像航行在春水涨满的河流里的一只小船，回忆起来，人们的心情永远是畅快活泼的。然而，在你那鼓胀的白帆上，就没有经过风雨冲击的痕迹？或是你那昂奋前进的船头，就没有遇到过逆流礁石的阻碍吗？有关你的回忆，就像你的负载一样，有时是轻松的，有时也是沉重的啊！……”我理解，这并非是一篇儿童文学作品，所谓“童年”，有超越年龄界定的宽泛含义，这样的作品这样的文风，给予我一种浓酽的命运感。我打那时候就特别喜欢这种小资情调，叶圣陶有篇作品《潘先生在难中》，把小资在社会动荡中内心的惶惑描摹得活灵活现，我受小资家庭影响，特理解那种在大时代里感到自身脆弱的情怀。那时读苏联作家的作品，比如盖达尔的《鼓手的命运》，那是儿童文学作品，写一个少先队员受坏人裹挟的一段辛酸经历，最后获救，记得小说末尾写到城市的万家灯火，写到那孩子悬想，那个他并不认识的看门人（可能是这样的身份，记不清了），是否也有个女朋友呢？就那么两句，也令我动容。盖达尔在卫国战争中从军牺牲，但名气算是比较大吧，另有一本苏联小说《永远在一起》，是写卫国战争中一群远东贝加尔湖畔的中学生参战的故事，作者奥·哈夫金似始终未成名，但他写的那些远东偏远地区的小生命的喜乐忧伤，竟也让我心旌摇曳。

在读《铁木前传》以前，我并未读过孙犁其他作品。到1959年，我才读了他的《白洋淀纪事》和《风云初记》，他写的都是革命故事，小资应该是革命的争取对象吧，孙犁把革命写得有人情味，我读了后就想，如果革命果真是让人们更加真诚、善良，而且包容一些有缺陷有弱点的生命，构建一个更合理的社会，那真应该投入进去。

2

1977年年底我在《人民文学》杂志发表了短篇小说《班主任》，引起轰动，1978年我参与《十月》的创刊工作，得以在约稿中接触到一些前辈作家，1980年我被北京市文联吸收为专业作家，于是给心仪已久的孙犁写去了求教的信，他很快给我回信：

心武同志：

十月二十日惠函奉悉。刊物亦收到。《江城》我也有，当时见到你的文章，曾函托绍棠同志，代致感谢之意，想已转达。

你的作品，除《班主任》外，还看过一些（去年《上海文学》登有一篇以业余作者访问你为题材的小说，我也看过，恕我忘记了题目）。我以为都是写得很好的。但先有概念，然后组织文章的说法，我不太赞同。等我看过《十月》及《新港》所登的，再和你讨论。我以为，风格是每人各异的，所谓艺术性，也不是划一的。每人有每人的起点，只能沿着起点前进，不必改变自己的基本东西。另约稿太多，也可适当推辞一些，我觉得你们的负荷太重，也于艺术不利。以上只是臆测之词，比较详细的意见，等我看过那两篇作品，再写信给你。我读书很慢，但读得比较认真，时间如果拖得长了，请你谅解。

我身体不好，今年又加上时常晕眩，已经不能从事认真的创作，所写杂文，有时兴之所至，也没有什么分寸，好在一些同志能够宽宏对待，还没有出什么大娄子。不过，以后就是写这种文章，也要慎重了。

你怎么不到天津来玩玩？

专此祝

撰安

孙犁

1980年10月27日

信中提到的《江城》杂志上，有篇我以书信体写成的文章，里面讲到我对《铁木前传》的喜爱，特别是其中小满儿这个艺术形象的塑造，令我惊叹，有着文学启蒙的作用。《上海文学》所刊登的短篇小说是《这里有黄金》。我请他对我《十月》上刊发的《如意》和《新港》上刊发的《写在不谢的花瓣上》加以指正。后来他认真地看了，并且具体入微地进行了点评。

“你怎么不到天津玩玩?”这句话很打动我。我真的很想去天津拜见他。大约在1981年，恰巧林斤澜、刘绍棠、从维熙他们要去天津看望孙犁，我就要求他们把我带上。记得在车站集合时，我说自己此行是去“朝圣”，刘绍棠大为感动，感叹道:“这话怎么说的，朝圣啊!”刘绍棠、从维熙、房树民20世纪50年代都师法孙犁，和冉淮舟等被称为“荷花淀派”作家；林大哥的小说虽然并无“荷花淀”气息，但他那种特立独行的边缘写作姿态，与孙犁是相通的。那回随林大哥他们到了天津，孙犁在家中接待，他那时住在报社宿舍大院的平房里，房间不算小，格局却很不适宜待客，记得他准备了一桌茶果，大家围桌漫谈。从1956年十四岁景仰他，到1981年我三十九岁算是见到了真佛。那次的会面，于我而言，是终生难忘的。

1986年我中止了专业作家身份，从北京市文联调到中国作协《人民文学》杂志先担任常务副主编，副主编崔道怡是杂志社资深人士，我那篇《班主任》投去后他及时回信加以肯定告诉我已往上报，后来才得以发表；他对前辈作家都比较熟，工作经验丰富，他建议和我一起先往天津约稿，于是我第二次在孙犁家里见到了孙犁，那时他虽然身体不大好，仍表示愿支持我们杂志，我们回京不久，他就寄来一篇风格依旧独特的新散文，我们非常高兴，立即安排刊发。但是，那期杂志上同时也刊发了其他天津名作家的作品，编排时，从目录上看，孙犁作品排第一，翻开杂志看，头一篇却是另外作家的文章。为此孙犁很不满意，他写出短文，发表在《人民日报》副刊，对于杂志这种“平衡术”很不以为然，语含讥讽。虽然每期杂志的选稿、编排大都由其他轮值副主编担纲，我只在大样出来后审读，但目录与内文顺序的不统一，我看大样后并无异议，导致敏感的孙犁见后不满，是有责任的。我见了孙犁在《人民日报》的短文后，也写了一篇短文，意在为杂志社辩护，寄给了当时《人民日报》副刊的负责人袁鹰，希望也予发表，后来袁鹰劝我算了，也就风吹无痕。但这次与我所尊崇的孙犁发生龃龉，终究是桩遗憾的事。我本拟找机会再去天津拜望当面致谦，解释杂志社的苦衷，但1987年以后大形势的发展已经不给我这样的机会。2002年，我六十岁时，得悉孙犁谢世消息，于是，十四岁时捧读《铁木前传》时的那种激动，又涌回心头。

这些年，我不断重读孙犁，积累了不少心得，现在录在下面，供感兴趣的人士参考。

3

孙犁是嵌在特定历史时期的作家，但他的作品不因历史的新进程而显得乏味，犹如窖藏老酒，越品越香。

在《白洋淀纪事》里，我特别喜欢他那篇《吴召儿》。孙犁的短篇作品，给我的感觉，文体上是小说、报告文学、散文、随笔、散文诗熔为一炉的，《吴召儿》的文本最具这一“文武昆乱不挡”的特色。

孙犁的叙事大多带有自传性，他总是从自己投身抗日救国洪流的具体历程中的某一环节出发，写出他个人记忆里那些难以忘怀的人与事。从个人记忆出发，而不是充当全知全能的革命宣传者、以历史判决者的口气来叙事，这就使得他写下的文本对读者而言具有亲和力。我的青春期正镶嵌在一个越来越狂热的将文学完全纳入宣传的浪潮里，因此，读孙犁的作品，就有一种得以暂时从狂热与宣传中脱逸出来，嗅入文学真气息的舒畅感。

《吴召儿》和《白洋淀纪事》里其他篇什一样，没有宏大叙事，没有顶天立地的英雄人物，他只是勾勒出了那个时代一个普通的农村姑娘，将自己那活泼泼的生命，自觉地奉献于抗日救亡的民族伟业中。作品中的“我”应该就是孙犁本人，一度是民校识字班的教员，有一次他点名让吴召儿念书，吴召儿念得非常熟快动听，那认真的态度和声音，“不知怎的一下子就印进了我的记忆，下课回来，走过那条小河，我听见了只有在阜平才能听见的那紧张激动的水流的声响，听到在这山草衰白柿叶霜红的山地，还没有飞走的一只黄鹂的叫唤。”在孙犁的个人记忆里，他珍视那些草根生命与其生长的自然环境的契合性，他捕捉到那些一枣一瓜的小镜头，精心地记录下来。鬼子搞“扫荡”，抗日力量反“扫荡”，“我”担任了一支游击小组的组长，吴召儿被村长指派为这个小组的向导，她竟穿了件显眼的红棉袄跑来，在带领这个小组往神仙山埋伏的过程里，吴召儿一路吃山上的野红枣，望见前头树上挂着大红枣，“她飞起一块石头，那颗枣儿就落在前面地上了”。吴召儿带领这个小组攀登到神仙山顶峰，“钻过了扁豆架、倭瓜棚”，到了她姑家，她让姑煮倭瓜给他们吃，自己主动“从炕头上抱下一个大的来”，又“抓过把刀来把瓜剖开”，说：“留着这瓜子炒着吃。”第二天，真是一寸山河一寸心啊，孙犁写道：“这里种着像炕一样大的一块玉蜀黍，像锅台那样大的一块土豆，周围是扁豆，十几棵倭瓜蔓……在这样少见阳光、阴湿寒冷的地方，庄稼长得那样青翠，那样坚实。玉蜀黍很高，扁豆角又绿又大，绿得发黑，像说梅花调用的铁响板。”而就在这天下午，传来了日寇要实行搜山的消息。一日，敌人进逼，吴召儿从容应战，“我”提醒她“红棉袄不行啊”，她就将那棉袄反穿，棉袄里子是白的，但活像“一只聪明的、热情的、勇敢的小白山羊……她蹬在乱石尖上跳跃着前进，那翻在里面的红棉袄，还不断被风吹卷，像从她的身上撒出的一朵朵的火花，落在她的身后。”

搞政治的人士，热衷于立场路线；重经济的人士，看重财富排行；讲究娱乐的人士，只求花样翻新……他们往往使得评判的标准单一、绝对。但有志于搞真正的文学艺术创作的，应该最忌讳单一、绝对。记得大约1962年左右，那时候一部根据回忆录改编的电影《革命家庭》投入拍摄，但受到很大压力，因为影片里有地下党在上海街头搞“飞行集会”的镜头，从路线上说，那是左倾机会主义的产物，导致了白区共产党组织的重大损失，写党史要予以否定，但文学艺术对之怎么办？夏衍就表达了一个看法，意思是路线错误由党的高层负责，但底下的党员那样勇敢行动，仍是可歌可泣的，因此被敌人杀害的，仍应尊为烈士。我认同夏衍的观点。写作者不必为组织为群体去记忆，他笔下的文字应该是充分个人化的，一个大时代，固然有巨厦长桥，但一瓜一枣的细微存在，也是值得记录的。再读孙犁，愈加佩服他将个性融注进诗化的文本，从侧面、从细微处为时代剪影的功力。

4

不清楚孙犁究竟受到曹雪芹的《红楼梦》多大多深影响，只觉得他和曹雪芹一样，下笔多在女性上聚焦，《白洋淀纪事》里的短篇有许多篇干脆以女性名字命名，中篇小说《铁木前传》里“铁”方的九儿比“木”方的四儿着笔多，也更富心灵深度，更不消说还斜刺里杀出个小满儿，抢足了戏份，令读者回味无穷；长篇小说《风云初记》也是女性角色当家。

值得注意的是，孙犁常在作品里以复数来描摹女性。按说写小说这可是险笔，然而孙犁处理得极好，以至这些段落读来不亚于对作品中女主人公的刻画，摇曳多姿，形象鲜活。比如他那最著名的《荷花淀》，水生媳妇是女主角，听水生说第二天就要上前线，正编苇席的她“手指震动了一下，想是叫苇眉子划破了手，她把一个手指放在嘴里吮了一下”，但不动声色，保持着平静，以温柔的方式支持丈夫去参加可能会牺牲掉的战斗。全篇对水生媳妇刻画的成功处也无非这么一处。但是，他以复数描绘的白洋淀民兵媳妇，却不断跳脱出生动的细节。他写道：“女人们到底有些藕断丝连，过了两天，四个青年妇女集在水生家里，大家商量：‘听说他们还在这里没走。我不拖尾巴，可是忘了一件衣裳。’‘我有句要紧的话得和他说说。’……‘我本来不想去，可是俺婆婆非叫俺去看看他，有什么看头啊！’于是这几个女人偷偷坐在一只小船上，划到对面马庄去了。”小说后面维系着这样的写法，在写到她们遭遇鬼子的大船，拼力躲进荷花淀，意外发现她们的男人们埋伏在那里面，勇敢地将敌寇击败，并将战利品抛进她们的小船，之后，“几个青年妇女划着她们的小船赶紧回家，一个个像落水鸡似的，一路走着，因过于刺激和兴奋，她们又说笑起来……‘你看他们那个横样子，见了我们爱搭理不搭理的！’‘啊，好像我们给他们丢了什么人似的。’……‘刚当上兵就小看我们，过二年，更把我们看得一钱不值了，谁比谁落后多少呢！’”这些混在复数里描写的女性，并不比那刻意点明是水生的媳妇的女主角逊色。

《铁木前传》里写六儿“个儿适中，脸皮儿很白，脾气儿又好，他在街上成了姑娘们十分喜欢的对象。”六儿的女人缘，孙犁是通过“姑娘们”的复数群像来展现的，十分生动：“夜晚，村里只有他有一筒手电，在街上一晃一晃的，姑娘们嬉笑着围着他：‘看你，六儿，照坏了我的眼！’‘来，六儿，给我拿拿！’在雨天，他有一双钱牌胶鞋，故意穿上去串门儿，谁家的姑娘好看，谁家庭院里积的雨水深，他就特别到谁家去。那家的姑娘在窗户眼儿里看见他进来，就赶紧爬下炕来说：‘六儿，你来得正好，快脱下来给我穿穿，我正要到茅房里去！’……”六儿跟姑娘们讨好，说会替她们进城去买那样的胶鞋，姑娘们表示要先把钱给他，“不用。”六儿说，“买回来，再说吧。”然后孙犁以一句集合性交代结束这段情节：“等到买回来，姑娘们只称赞他买的货色好，尺寸合适，就再也不提钱的事了。”

很显然，这样的写法，就超越了笼罩于作品的意识形态，《荷花淀》里“藕断丝连”的女人们，不只是具有抗日情怀，她们对配偶的依恋，化为了主动性的追求，而与六儿套近乎的那些村姑的表现，无关阶级成分，更无关合作化运动，都只体现出普遍人性中的善美与弱点。考虑到孙犁所处的写作年代与环境，那时候主题先行越演越烈，小说中的人物往红黑两极推演，就是写点“弯弯绕”之类的中间角色，也只是为了演绎阶级斗争的“复杂性”而非探究人性的诡谲，因之，他的小说的柔曼笔调，笔下人物的多彩谱系，以及通过复数叙事来勾勒普遍人性的尝试，实在是弥足珍贵。

以复数来写女性，曹雪芹的《红楼梦》第二十九回有极好的示范，他写贾母带领荣国府众女眷去清虚观打醮，在府门外“乌压压的站了一街的车，贾母等已经坐轿去了多远，这门前尚未坐完车。这个说‘我不同你在一处。’那个说‘你压了我们奶奶的包袱。’那边车上又说‘蹭了我的花儿。’这边又说‘碰断了我的扇子。’咭咭呱呱，笑声不绝……”他写出了贵族家庭盛时出行的气派，也从中使读者意会到即使是那样的贵族府第，众女眷特别是婆子丫头们，平日也是难得出二门迈大门的，因此兴奋到那样的程度。向曹雪芹学习，从《红楼梦》偷艺，是二百多年来许多中国作家的自觉行为，孙犁是否也如是？构成一个学术课题。

5

茅盾曾指出，孙犁是用散文的笔法来写小说，比如他在长篇小说《风云初记》里，用了近千字，来从容地写瓜棚上一朵黄花如何静静地绽放。《铁木前传》的笔法则更上层楼，是用诗的意蕴来进行叙事。《铁木前传》完成于1956年初夏，可归入“反映农业合作化”的题材范畴，那时候一大批作家去写这一题材，光长篇小说就出了不少，但耐读的不多，长篇小说里也就柳青的《创业史》算得有较长的生命力，中篇小说里，则《铁木前传》到如今读起来仍觉麦香满纸。

《铁木前传》也有主题先行的痕迹。比如“铁”代表坚定，小说里的铁匠傅老刚和他的女儿九儿，是合作化运动的积极力量，“刚”有“刚强”之意，“九”谐“久”有“永不动摇”之意，这对父女写得相当真实可信，然而其生命的纯粹性，会让读者觉得有些高不可攀。“木”则意味着“可凿可变”，小说里的木匠黎老东和他的儿子六儿，则成为合作化运动的消极存在与争夺对象，这对落后父子写得活灵活现，其生命的混浊性，却并不会消弭读者对他们报以包容的微笑。

但是，《铁木前传》获得长久审美价值，我以为，还是他写到了“铁”与“木”之外的，诡谲的生命现象，那就是小满儿。小满儿在作品中占据不小篇幅。犹如曹雪芹不写王熙凤绝不甘心，孙犁不写小满儿难以自许。

刻画出小满儿这么一个无法贴标签，绝对是概念之外的活脱脱的生命现象，在孙犁来说，真是一次艺术冒险。这个作品刊发不久，就有大的政治冲击波袭来，连写出了《在田野上，前进!》那样放声讴歌农业合作化运动的长篇小说的秦兆阳，仅仅因为发表了让现实主义的概念更包容更展拓的意见，也就被划入了敌人行列，其实秦在自己的小说里还来不及将现实众生中的暧昧存在刻画出来。孙犁虽未在理论上“冒泡”，笔下却已经活跳出了一个将现实主义展拓开的小满儿形象，属于“社会主义现实主义”中的一条“可疑之鱼”，亏得那时候的“金棍子”可能因为需扫荡的“尘埃”甚多，其“火眼金睛”未及瞄到孙犁这个“角落”，《铁木前传》

总算有惊无险，起码在1966年夏天以前，还属于虽不推荐，却可以喜爱者自赏的一个边缘作品。

小满儿这个艺术形象，应该在孙犁的心中孕育很久，一直在等待时机将其拎出。孙犁的《白洋淀纪事》1958年初版，1962年再版时，他在附记里说："这次增加《张秋阁》等六篇……《张秋阁》一篇，是从旧稿中检出，这显然是一个断片，不知为什么过去我把它抛掷，现在却对它发生了一种强烈的感情，这也许是对于这样一个女孩子的回忆，现在越来越感觉珍重了吧。"1947年春写成的《张秋阁》，写一位张姓女子在得知其兄牺牲的消息后，忍住个人悲痛继续为革命奔忙，这类的故事在《白洋淀纪事》里屡见不鲜，然而，作者却非常原生态地写道，张秋阁"顺路到郭忠的小店里去……郭忠的老婆是个歪材。她原是街上一个赌棍的女儿，在旧年月，她父亲在街上开设一座大宝局……这个女孩子起了个名字叫大器。她从小在那个场合里长大，应酬人是第一，守家过日子顶差……"这个郭家小店"成了村里游手好闲的人们的聚处，整天价人满座满，说东道西，拉拉唱唱。"张秋阁去郭家小店，是为了动员大器的闺女大妮跟她一起给抗属家送粪肥。

在篇幅很短的《张秋阁》里，孙犁不忘写到纯净的张秋阁与混浊的大器家来往。这样的生命现象在《铁木前传》里被放大了，他写到黎六儿和村里一家懒人合伙卖牛肉包子，那合伙人黎大傻的老婆奇丑无比，却有个娘家妹子来帮忙，就是小满儿，"一年比一年出脱得好看，走动起来，真像招展的花枝"，她引得满村男青年围观，她勾引六儿，跑到住在姐夫家的干部跟前显示出其生命的神秘，那干部"望着这位青年女人，在这样夜深人静，男女相处，普通人会引为重大嫌疑的时候，她的脸上的表情是纯洁的，眼睛是天真的，在她身上看不出一点儿邪恶。他想：了解一个人是困难的，至少现在，他就不能完全猜出这位女人的心情。"这个细节被画家张德育以油画表现出来，成为孙犁书里最抢眼的插图。很显然，小满儿这个艺术形象，大器即使不是唯一的原型，也必是原型之一。

孙犁承认“了解一个人是困难的”，在他的素材积累里，纯净的生命与混浊的生命具有同等的认识价值，而对后一种生命的探究，其实更是文学家不争的使命。

6

在孙犁留下的作品中，写于1950年1月的《秋千》似乎很少有人注意。他写的是农村工作组负责划成分的过程里，一个叫大绢的女孩子，她本来是跟一群贫下中农的姑娘共同成长的，小说里特别有意味地写到她们一起到集上卖线，要求买方要么照单全收要么一份别买，卖出好价钱后，她们买一色的红布做棉裤，“好像穿制服一样”，在上冬学时，她们挤坐到一条长板凳上，“使得那条板凳不得安闲，一会儿翘起这头，一会儿翘起那头，她们却哧哧地笑。”

但是，大绢却突然遭遇到了生命中的重大危机。有一个男青年刘二壮，并非出于私愤，而是根据当时公布的划分阶级成分的切割线，向工作组告发，指称大绢的爷爷曾开买卖，雇工剥削。那时政策的切割刀锋，从时间段上规定在“事变前三年到六年”，就是说，倘若在1931年至1937年间，大绢家有那种情况，她家的成分就要划为富农或地主，她也就成了阶级敌人的后代。听到揭发的工作组李同志，觉得坐在她面前的大绢立刻发生了变化：“好像有两盏灯刹地熄灭了，好像在天空流走了两颗星星”，大绢“连头发根都涨红了”。几天后李同志再见到大绢，“好像比平时矮了一头，浑身满脸要哭的样子”。其实，就算大绢的爷爷剥削过人，大绢也应无罪。但是，在那样的时空里，一个小生命的悲欢，就深重地系于他或她家里长辈的成分，他或她若家里成分不好，则构成其不可逭逃的“原罪”，必定备尝歧视艰辛，若苟活下来，要等至1978年后进入改革开放时期，才能终于被赦免，小说里的大绢到1980年的时候，应该是四十五岁左右。

小说里的工作组工作是认真细致的，划定阶级成分，别的先不说，事关大绢这样的活泼泼的个体生命的生死歌哭，岂能草草了事？经过调查研究，也允许大绢自辩，“工作组学习了1933年两个文件，读了任弼时同志的报告”，我虽然已经是个年届七十的读者了，却对“1933年两个文件”和“任弼时同志的报告”懵懵然，不过却从作者的笔触里能够意会到，那应该是共产党文件里和共产党领导人里，所制定的比较具有弹性的政策与比较柔和的声音，工作组采信了关于大绢爷爷在“事变”前就家道败落，而且“事变”中更遭日寇纵火沦为赤贫的说法，弹性处理，使大绢家的成分“软着陆”，没有划到剥削阶级一边，大绢因此也就仍能和那群贫农姑娘一起嬉戏。

孙犁在小说结尾安排了大绢和喜格儿等“阶级姐妹”一起荡秋千的情节。“她们争先跳上去，弓着腰用力一蹦，几下就能和大横梁取个平齐，在天空的红色云彩下面，两条红裤子翻上飞下，秋千吱呀作响，她们嬉笑着送走晚饭前这一刻时光。”

对比于产生于同时代的《太阳照在桑干河上》里面所着意刻画的贫农斗争地主时，一片将其打死的怒吼那样的描写——那更是真实的——孙犁的这个短篇非常怪异。他偏来写另类的真实。他写到临界切割中最平凡最渺小的生命的悲欢。重读这个作品，不禁悬想，小说里的人物，那以后又会遭遇到什么呢？那个李同志，也许十几年后会被扣上“走资派”的帽子惨遭批斗，而包庇大绢家使其成为“漏网地主”可能就是其罪状之一，大绢呢，则很可能不得不在社会秋千的大摆荡中延续她的惊恐与企盼……不过这些想象都可以推翻，有一桩事实却是无法抹去的，就是写出这篇作品的十七年之后，孙犁本人被指斥为“修正主义分子”而被批斗。

孙犁了不起。他置身在红色的时空里，他对红色是真诚皈依的，却始终在红浪里保持着一颗富有柔情的心。他知道社会变革往往无法避免对人群的切割，不是这一方按这样的标准下刀，就是那一方按那样的标准用刃，而处在临界位置附近的生命，对他们的“误切”，许多以社会变革大义为怀的达人是忽略不计的，孙犁作为一个具有人类大关怀大悲悯的作家，却十分敏感，以他的淡墨写意，触动着我们的心灵，使我们憬悟，确实存在着一种超越现实政治、社会、经济、文化功利的，笼罩于全人类的，至高的原则，而文学的切入点，就应该落笔于此。

7

《白洋淀纪事》是孙犁主要的作品集，1958年1月由中国青年出版社出版，1962年1月再版，1966年下半年至1976年年底前，孙犁和他那个时代的绝大多数作家一样，人被批斗，作品禁印，到1978年1月，《白洋淀纪事》才又重版，作者写下极简短的后记：“此次重版，又校正一些错字，主要在书的后半部。增加一篇《女保管》。此外，遵照编辑部的建议，抽去《钟》《懒马的故事》《一别十年同口镇》共三篇。”

考察一位作家及其作品，需有“史”的眼光。作家作品是“史”的见证，“史”的进程又是作家的机缘或劫数。孙犁在1978年写下的这个不到六十个字的《重版后记》，最后一句用的是“史笔”。以他个人一贯“敝帚自珍”的性格，既然重版，只有增加篇什之权，断无“抽去三篇”之理，但是，那时出版社给你重版此书，有“落实政策”之意，作者当然首先要感激，不过，那次的“落实政策”，显然并不彻底，留下了小尾巴，实际上等于说，你孙犁的作品绝大多数是革命的、健康的，但至少有三篇，属于不够健康、不大得体，因此，建议“抽去”。那时出版社编辑部这样建议，从他们那方面来说，完全出于好心。但是就作者而言，抽文如同割肉，心里是难过的。孙犁特别在后记里申明抽去那三篇是“遵照编辑部建议”，既真诚，又无奈。

抽去的三篇作品，《懒马的故事》是篇小小说，全文分三节，却并不足一千字。写了一位大名马兰实际可称“懒马”的好吃懒做妇女，用一双制作粗糙得根本不能穿的鞋，交上去算是支援抗日，结果那双鞋没有任何战士要，只好让母耗子当作了下崽窝。这篇作品值得探究。作为革命阵营里的文学，从很早开始，就提倡写正面人物、英雄模范。这种写法发展到20世纪60年代，已造成题材的狭窄、文学人物画廊的单调，那时就有邵荃麟站出来，提出文学可以写中间人物，谁知劈头盖脸挨了猛批，被指认为“修正主义主张”，那以后文学就只能以讴歌“高大全”的英雄人物为其唯一通道了。1978年1月“四人帮”虽然倒台，他们对“写中间人物论”等“黑八论”的批判余威尚在——所谓“黑八论”的其余几论大约是：“写真实论”“现实主义广阔的路论”“现实主义深化论”“反题材决定论”“反火药味论”“时代精神汇合论”“离经叛道论”——《懒马的故事》放在这样的坐标系里看，即使不算“毒草”，也属于“不健康”的作品，所写的那位最后因一句激怒她的话而上吊的妇女，连“中间人物”都够不上，活脱脱是个落后人物，作家写她干什么呢？既写了，就该抛弃，收进集子又为哪般？编辑部建议抽去，在当时的普遍认知环境里，是顺理成章的。我们统观孙犁的作品，在他笔下，正面的、健康的妇女形象林林总总，令读者目不暇接，但是，孙犁不放弃对其他各类生命现象的观察、描摹，从“懒马”到大器到小满儿……这正是孙犁与人类其他各族群里的杰出作家相通之处。

抽去的另一篇《一别十年同口镇》写于1947年5月，是篇散文。所写的是作者所感受到的十年间同口镇的变化。这篇散文在《白洋淀纪事》初版里虽然收入，结尾却被无奈地改动。2000年三版时抽掉的三篇全数回归，《一别十年同口镇》的结尾也恢复了原始面貌。当年为什么先硬改结尾，后干脆抽掉？原结尾的那段文字便成了我们研究中国新文学进程的宝贵个案。孙犁原发时写的是："进步了的富农，则在尽力转变着生活方式，陈乔同志的父亲、母亲、妹妹在昼夜不息地卷着纸烟，还自己成立了一个烟社，有了牌号，我吸了几口，确实不错。他家没有劳动力，卖出了一块地，干起这个营生，生活很是富裕。我想这种家庭生活的进步，很可告慰我那在远方工作的友人。"作家以平实的文字真实地记录下见闻，抒发出自己真实的感情，究竟犯了什么天条？现在当然憬悟，孙犁当时的思想感情，是对新民主主义的认同与揄扬。新民主主义，现在回过头来看，不是很适合中国国情么？

当下的写作者，多有讲究"接轨"的，与市场接轨，与网络接轨，与动漫接轨，与各种文学奖项接轨，与西方文学潮流接轨……这些接轨，我以为都无可厚非，但是，再读孙犁，就觉得他那一辈作家里，像他那样，与真实的生命存在接轨，与真实的大地呼吸接轨，与内心真实的感受接轨，最后，无形中也就与人类总体文明接上了轨，其遗产，到今天，于我们后来人，仍有启迪作用。

8

1978年1月重版《白洋淀纪事》时"遵照编辑部建议"抽去的三篇作品里，有篇幅颇长的小说《钟》。这篇在《白洋淀纪事》集子里非常出彩的小说，为什么编辑部那时候建议抽掉？他们的顾虑是什么？

孙犁1956年初夏完成《铁木前传》后，就抱病挂笔了。我们再也看不到《铁木后传》。身体有病，是实际情况，但面对阶级斗争的弦越绷越紧，写作的路子越来越窄，心里是否也不舒服？可以想见。到1966年夏天以后，好几年里，除了极个别的作家作品尚能孤零零地幸存，人们在相当长的时间里，文艺生活只能是看“革命样板戏”。“样板戏”开始是八个，后来陆续有所增添。到“文革”后三年，形势稍有松动，开始允许在江青直接指导审查之外，按“样板戏”的创作原则写小说、拍电影、排舞台剧，涌现出不少作品，因此，那种“文化大革命里只有八个样板戏一个作家”的说法，因为是“极而言之”，就并不精确，需要有人对“文革”后期的文学艺术创作作一番客观、理性的梳理。现在有一种倾向，拿文学史来说，往往把“文革”说成“一片空白”，或者单把《虹南作战史》那种极端化背离文学本性、扼杀写作个性的“集体创作”，作为彻底否定那一阶段所有文学事实的依据，我以为都非实事求是。“文革”后期的某些小说、电影，内容上还是有一定认识价值，艺术上也非一概粗糙卑陋，那时的文艺政策有罪，但只是因为喜欢写作而写出能以通过审查出版作品的普通作者，则是无辜的。

江青亲自挂帅抓出的“样板戏”，也是一个复杂的文化现象，不可简单评说。但“样板戏”里不许表现爱情，甚至回避婚姻、夫妻关系，则是不争的事实。《红灯记》里的一家三代并无血缘关系，李奶奶是寡妇，铁梅尚小不谙情事还说得通，李玉和毫无个人情爱生活，真净化得可以。《沙家浜》里有沙奶奶无沙爷爷，有阿庆嫂出场却无阿庆身影，郭建光似无家室。《红色娘子军》在原来的电影里还多少有点男女主角的朦胧情爱，到芭蕾舞和京剧样板戏里被筛汰得干干净净。《白毛女》原歌剧和电影里，喜儿和大春都分明是一对“有情人终成眷属”的角色，到芭蕾舞样板戏里二人完全成了无性别意识的革命战友关系。《龙江颂》里的女主角不出现丈夫，虽然其住处门楣上有“光荣军属”标志，也大可理解为其父在部队里。《海港》里的女书记更是无丈夫无家室的纯粹的革命载体……

1976年10月“四人帮”倒台，1978年1月出版社为孙犁重印《白洋淀纪事》，编辑部审阅到《钟》，心生顾虑，建议作者忍痛“抽去”，可以理解。《钟》写的恰是一个爱情故事。《白洋淀纪事》里别的篇什也有写到情爱的，更不避讳夫妻关系，对比与“样板戏”的“净化”标准，编辑部对其余“涉爱”篇什全都容忍，已经是非常的思想解放。但是，《钟》所写的爱情，却发生在尼姑慧秀与革命战士大秋之间，更写到他们不仅两情相悦，还写到他们发生性关系，导致慧秀怀孕，那真是一个凄婉的爱情故事，慧秀在老尼和汉奸的双重迫害下，在庵里生下一个男婴，那刚呱呱落地的小生命，却被汉奸狠心地抛到庵外苇坑里……就在那一夜，庵里响起怪异的钟声，“钟发出了嗡嗡的要碎裂一样的吼叫，大地震动起来，风声却被淹没了”……这篇小说在孙犁所有的作品里，戏剧性最强，建议有兴趣的人士将其改编拍摄为影视剧，故事经过一番跌宕，最后大秋娶了慧秀，结局还是喜气满盈的。

遥想1978年，那年十月，我在《十月》创刊号上发表了短篇小说《爱情的位置》，竟引出了极大的轰动，光是这篇小说招来的读者来信，就有好几千封。爱情在文学中的位置，竟需要用这样的方式来恢复，是时代、民族、社会的喜剧还是悲剧？其实，再远不说，就以1949年前后的出自革命阵营作家之手的小说而言，写爱情，甚至写到性爱，写得好的，为数并不少，孙犁的《钟》就是其中之一。文学之河奔流至今，按结构主义的说法，写作再自由，出版再开放，风格再多元，其实都是在一些基本的母题里转悠：理想与颓废，信仰与怀疑，革命与守旧，忠实与背叛，救赎与逍遥，爱与死，暴力与性，原始生命力与文明推演，宗族与权力，恶之花与脏之美，变形与拼贴……

一度消失的钟声，又鸣响起来。全本原貌的《白洋淀纪事》2010年第四版已是第12次印刷，累计印数达到283 000册，不算畅销书，却是那些只称雄一时的畅销书难以比肩的常销书。斧凿声依旧响亮，熊熊火光不熄。再读孙犁，心香缭绕。

2011年6月26日　温榆斋

从打草工人在田野上默默行走讲起——谈对自己影响至深的十位中外作家

很高兴这么多人来听我讲，其实今天我跟大家分享的只是一些个人阅读和体会的经验，是很个人化的。我所讲到的十个作家，每个作家我会举一部作品为例，都只是一家之言，文学界怎么评价，评论界怎么评价，其他作家怎么评价，在座的朋友们怎么评价，是另一回事，我就讲我个人的一些体会。

阅读和写作过程当中，有十个作家对我有非常深的影响。其实对我影响深的作家当然不止十个，我今天只讲十个，五个中国的，五个外国的。

先讲一个外国的作家。我上初中的时候，特别迷恋读翻译小说，外国古典名著。有一回读到一本书，这本书的故事后来不断地被拍成电影，改编成电视连续剧，在座的有的朋友可能都看过。这是一个英国故事。一开头，在英国某处田野上，走着两个人，一个是打草的工人，这是一个很下层的劳动者，旁边他的妻子抱着一个婴儿，是他们出生不久的小女儿。困顿当中的人生往往以沉默体现。他们两个不言不语地往前走，走着走着，就到了一个集市，他们就饿了，他们买不起贵一点的食品，所以就找了一个粥棚，有一个妇女在那儿卖粥。他们到粥棚喝粥。这个打草工人一进去，他就闻见一股味，他跟卖粥的那个女人互换眼色，什么意思啊？那个妇人她卖粥卖不出钱来，她还卖私酿的烈酒，这个在英国当时是一种非法的行为，但是为了谋生，她卖私酒。打草的这个工人是一个酒鬼，鼻子很敏感，他一下就意识到还卖酒。他除了买粥以外，他还买了酒。他不但给粥钱，还给更多的酒钱。这个妇女就往粥里面倒酒，他就喝粥酒。喝着喝着喝醉了，喝醉了就胡言乱语。他妻子当然就很尴尬，对丈夫的失态，就劝他，说你少喝点，咱们走吧。可是这个打草的工人性格很倔，你越劝他，他越来劲了，事态就发展成了高声叫唤，说现在大家听清楚了，我卖我老婆，你们出价，谁出价最高我就把她卖给你，而且我买一送一，因为他妻子抱着他的小女儿。当然这是玩笑，可是周围一些穷苦的喝粥人就起哄，我买，我买，我出多少钱，我出多少钱，叫起来了。这个妇女实在没法承受，不但尴尬，而且很痛苦。她就告诉他，你要再这么胡闹的话，你真卖我，真有买的话，我就真跟他走。他就把他老婆一推，我卖定了，谁买？有些人胡乱出价，然后就走过来一个海员，一个男子汉。就说你是不是真卖？我卖啊！那么有人叫过一些价，胡乱叫过一些价，这个人就给了更高的价，就把钱拍在桌子上了。这时候妻子就再次警告他，说你别犯糊涂，你可想清楚了。他把钱一抓，卖了。这妻子就毫不犹豫扭转身，那个海员就挽着他妻子的胳膊，妻子还抱着幼小的女儿，就走出这个粥棚了。

当时我看这本书，看这个小说，我就看故事。作为一个刚开始阅读的初中生，我读小说、读长篇小说就是读故事，我觉得这个故事很精彩，能抓住我。后来根据它改编的电影、电视剧拍法都是一样的。十八年后，电影里的表现还是那片原野，没有变化，还是走来两个人。猛一看两个人影好像也没变化，再仔细一看，这两个人不是一男一女了，是两个女子，一个母亲，一个是女儿。这是十八年后，女孩子长到十八岁，她母亲当然年龄更大了。两个人就在原野继续走。社会生活居然没有很大的变化，还有那么一个集市，还有那粥棚，只是那个卖粥老太婆变得更老了。这个母亲带着女儿就到粥棚去喝粥。然后趁着人不多，这个妇女就去问那个卖粥的妇女。你记不记得很多年前有这么一件事儿，有一个男子在你这个粥棚里面把他妻子卖掉了。这个卖粥的女人就仔细打量问话的女人，脸上显出一种很古怪的笑容，说当然记得，说我这么多年在这儿卖粥，这种事情只发生过一次，我忘不了。那么女子问她，说你能不能告诉我，那个卖掉妻子的男人后来到哪里去了。这个卖粥女人刚开始还不愿意告诉她，她就递给卖粥女人一个钱币。于是卖粥的女人告诉她说在卡斯特桥。后来这个妇女就带着她十八岁的女儿，就说，女儿，现在我知道我们应该往哪里走了，我们应该去卡斯特桥。这本小说就叫做《卡斯特桥市长》，作者托马斯·哈代，英国作家。这个作家是十九世纪的，当然他一直活到二十世纪初。托马斯·哈代的作品非常出色，《卡斯特桥市长》并不是他最出色的长篇小说。他的其他长篇小说，有的你一定知道，比如说《德伯家的苔丝》，这部小说被多次拍成电影，大家可能印象深刻的是二十世纪八十年代那部，由金斯基主演的。他还有《无名的裘德》《还乡》等长篇小说。

那个时候我读《卡斯特桥市长》入迷了，我就把他其他长篇小说全读了。开始读我只是读故事，后来我就开始琢磨，因为我那时候也是一个狂妄的文学少年，自己想写作，也想试试写小说。小说就要讲故事，故事应该怎么讲呢？《卡斯特桥市长》就接着讲这个故事，这对母女很晚了才走到那个市。其实英国国家比我们小很多，它那所谓的市在咱们中国也就相当于一个小镇，没多少人。这个市的市中心有一个小楼房，两层楼，算是镇里最高的建筑了，就是市政厅。母女两个人走到这个镇子里面广场的时候，天已经黑了。但是市政厅二楼灯火通明，市长在那宴请宾客。于是母女两人挤到人群当中往上看。这个女儿很幼稚，她觉得很累，说妈妈我们可以找地方住下了。她妈妈却在仔细地观察，她妈在看什么？她看到了古怪的现象，二楼那个宴会，因为外国人宴请跟咱们中国不一样，咱中国是八仙桌、大圆桌，外国是长条桌。她就看见坐在那头上那个人，应该是市长，有那个身份才能坐那里的，很严肃。其他人都在那里狂欢、滥饮，市长却不怎么举杯。而且听旁边有人说，说你看市长亨查尔，亨查尔他只喝水，不喝酒的，这个人来这里以后从来没喝过酒。这个妇女听见了，再仔细观察。后来这个市长又走到落地窗前面透气，她就看清楚了这个人不是别人，就是她的丈夫。她心里有数了。然后带着她女儿，去住店了。住店以后，她就偷偷写了一封信，趁她女儿睡熟了，送到市政厅。市政厅看门的、管事的接收了。

过了两天，这个卡斯特桥市发生了一件轰动全市的事情。这个市长，人们都知道他是个独身的男子，而且这个人好像宣布他不饮酒，不结婚。可是呢，在那天早上他却到一个很破烂的小旅馆，去拜访一个寡妇，拜访一个外地来的寡妇。我读到这里就明白，这个寡妇就是他原来的妻子。她告诉他说，海员待我很好，但是前些时候，出海的时候，船翻了，所有出海的海员都没有归来，他也葬身海底了。现在女儿伊丽莎白长大了，我没有办法。我仔细想我没有人可投靠，所以我就冒险往回找，找到这儿来了。亨查尔就说，你找得太对了，我一直很后悔这件事情。说那天从粥棚出来以后，我往外走就下雨了，我就被雨给浇清醒了。我才刻骨铭心地意识到我居然把我自己的妻子、女儿给抛弃掉了。我就跑进一个教堂，对着十字架我起誓，今后我绝对不再喝酒，而且今后我一定要想办法找回我的妻子和女儿。他说，真是上帝保佑，你们果然就来了。于是卡斯特桥的人就发现这个市长变化很大，很奇怪。外地来了一个穷寡妇，而且还带着一个——中国话叫拖油瓶——带着一个女儿。他就跟这个寡妇求婚了，寡妇就答应他，他们结婚了，他们成一家人了。

原来，这个亨查尔戒酒以后来到这个市住下，他非常勤奋，他做生意，做粮食生意，越做越成功，因为他不喝酒，他宣布不结婚，一心扑在他的事业上，而且他非常守信用，建立了信誉。后来选举市长的时候就把他推选出来，选他为市长。他发了，成为所谓的当地的资本家兼市长。于是故事里出现另外一个人，一个年轻人，这个人只是路过卡斯特桥，并不想在卡斯特桥定居。那么这个年轻人路过这个地方以后，他发现这个市长经营得并不合理，好多地方是很陈旧的管理方式和很落伍的不科学的经营方法。他就跟这个市长提了建议，就说你这些做法不对，应该改进。这个市长一听很有道理，他说，年轻人你别走了，你留下来跟我一块干吧。年轻人不愿意，他就死拉硬拽把这个年轻人留下来，等于是当了他的总经理，两人开始合作。

这个时候就开始过他的幸福生活了，他有妻子，有女儿，有合作伙伴。而这个年轻人在管理方式和经营方式上，已经有很多先进的东西。所以这个生意就非常好。他也非常高兴。但是他的妻子多年来受了太多的苦、太多的摧残，就发病了，治不好就死掉了。

读到这个地方我就觉得有点枯燥，因为还能怎么样呢？然后有一场戏，在电影、电视里面都会重点表现，在文本阅读当中给我留下了深刻的印象，就是妻子死掉了，他隆重地埋葬了妻子，这个时候，他发现他的女儿跟那个经理，两个人已经眉来眼去，已经互相相爱了。他不是很高兴，因为他后来和这个年轻经理发生冲突，他有些自己的管理方式不愿意改变，一种粗暴的宗主关系的旧管理方式，有的人就服这个，有人就不服。年轻人就说你这样不行，他听不进去。还有就是关于种子改良等方面，新的科学观念他接受不了。所以他已经不喜欢这个年轻人了。对伊丽莎白去爱这个年轻人，他是不乐意的。但是既然妻子死了，也安葬完了，这天晚上他就把女儿伊丽莎白叫到楼上来，他住在二楼。说，伊丽莎白有件事儿我始终没有告诉你，你现在应该知道，你妈妈不是一个跟我没关系的一个外来人到这儿，我不是忽然爱上她的，你妈妈原来就是我的妻子，你就是我的亲生女儿。他不愿意说他卖了妻子和女儿的事情，他说当时由于一些非常复杂的特殊的情况，我跟你们失散了。所以你不要老叫亨查尔先生，你要叫我爸爸，我就是你生身的父亲。伊丽莎白一听大吃一惊。伊丽莎白来到卡斯特桥市时已经十八岁了，她已经完全是一个成熟的女性了，所以她妈改嫁她也不反对，但是她爸爸明明是那海员嘛。从故事开头往后捋，我想，她一个小女婴，抱走的时候根本就不懂事，长大才懂事，懂事后，她的爸爸当然就是那个海员，养了她十八年，怎么会又冒出这么一个亲生父亲来？但是妈妈去世了，亨查尔跟她这么说，她心情复杂，半信半疑。结果看她父亲那么真诚，她也就觉得应该是真的，她就叫亨查尔爸爸，亨查尔就感动得不得了。

底下就是写小说要有技巧了，我就从那儿学到了。亨查尔是个急性子，把女儿搞定以后，他心里也很舒服，妻子去世了，女儿跟自己血统上认同了。他就开始整理他妻子的遗物，他妻子也没什么遗物，就是一个梳妆台，有些装饰品什么的。他忽然发现他妻子给他留下的一封信，这封信是封着的，信封上写着，这封信你一定要在伊丽莎白结婚那天才能打开。他那个性格，他哪憋得住？干什么呀？当时就撕开了，就看。信上是这样写的，说亨查尔我现在必须告诉你，伊丽莎白不是你和我的女儿，我们那个女儿在海员把我带回他家以后，不久就得病死掉了。伊丽莎白是我和海员的女儿，我必须把这个真相告诉你。今天伊丽莎白出嫁，她有依靠，我就放心了，希望你接受这个事实。说你不要埋怨我为什么活着的时候没有告诉你。她说，你想想，你亏欠我多不多，你欠我太多了。我亏欠的就是这么一条，就是你第二次娶我以后，我没有告诉你这个事实。那么我们在上帝面前，我们都应该忏悔，你应该原谅我。亨查尔一下惊呆了，作为读者我也惊呆了，这可怎么办呢？这就叫作小说，叫作讲故事，叫作会讲故事。

第二天，伊丽莎白想了一夜，想我老爸是谁呢，明明是那海员，怎么又是这亨查尔呢？亨查尔他说他是，那我妈怎么不早告诉我呢？想来想去，觉得亨查尔这个人不会说瞎话的，就是。虽然昨天晚上叫一声爸爸，但是一叫还不够。第二天天亮就欢快地跑上楼去，高声叫爸爸，伊丽莎白却发现亨查尔对她非常冷淡。你说这小说写得好不好？写得非常好。

所以托马斯·哈代是一个教会我讲故事的人。后来当然就很悲惨了。那个经理跟亨查尔闹翻了，就自己独立开公司了。而且他坚持要娶伊丽莎白，她也坚决要嫁给他，亨查尔阻拦也阻拦不了，伊丽莎白最终嫁给了那个年轻人。而在经营过程当中，亨查尔因为他管理方式老旧，又遭到很多人的反对，他生意越来越差。后来他有一个情妇在另外的一个镇子，他跟情妇私通的事情又被曝光了，这还不要紧，又引出卖粥老太婆在这个关键时刻又给他曝光，说这个人曾经把他自己的妻子和女儿卖掉过。大家一联想，怪不得后来他跟一个寡妇求婚，那寡妇还带着一个闺女。他就名誉扫地了，就彻底破产了。而这个时候就有一个很苍老的男人来到了卡斯特桥，到处打听伊丽莎白，这就是那个海员。海船虽然沉没了，他并没有死，他后来活过来了，他回来打听他的妻子和女儿在哪里，特别是他的亲生女儿，伊丽莎白是他亲生的。他终于找到了，伊丽莎白和她的生父就团圆了。伊丽莎白这才明白，亨查尔可能也没有骗她，而这个生父找到这儿就是生父，也不会撒谎。是这样啊，大悲剧。她就想原谅她的继父，但是这个亨查尔后来彻底破产以后，财产全光了，又背起他最开始打草的工具，在夜里离开卡斯特桥市，消失在黑夜中。多好的一个故事啊。所以托马斯·哈代和他的《卡斯特桥市长》是我少年时代对我影响最大的一个外国作家和一部小说。当然，很多年过去了，我对这部小说的回忆性复述，可能与小说本身有些小的不符，但应该不影响我对它的介绍，你如果听了感兴趣，可以找来一读。我下面讲的，也都可能与原著有些小不符，我不想捧着书引用原文，我这样讲，也算是一种风格吧。

我先说这么一个外国作家、这么一本小说。后来我当然读的书就越来越多。我现在就告诉你，对我影响最大的五个中国作家是谁，然后再补充另外四个外国作家。

对我影响最大的中国作家就是曹雪芹，他的《红楼梦》，这个我讲太多了，今天在这儿我就不多说了。我上小学时候，从我父亲的枕头底下发现《红楼梦》。我就瞒着我的父亲，在他下班回来之前偷偷地拿来读，读完以后再塞回他枕头。最后就被发现了。被发现以后，我的父母并没有责备我。后来我就开始在家长的鼓励、指导下来阅读，曹雪芹成为影响我一生最重要的一个作家。当然现在我这么一说，底下可能有人皱眉头，说最近我在网上看见了，《红楼梦》作者不是曹雪芹啊。《红楼梦》作者究竟是谁是有争议的，直到最近这几年还有多种说法，比如有人说是明末清初的一个戏剧家叫洪昇，洪昇我们知道他写过剧本叫《长生殿》，《长生殿》现在在舞台上还有演出。有人说他是《红楼梦》书稿的原作者，还有人说是明末清初的吴梅村，还有其他种种说法。但是我个人是认同这样一个判断：《红楼梦》作者就是曹雪芹。这个是百年来红学界多数人的一个共识，包括派别不同的红学家，在这点上有共识的还是多数。在红学研究的派别上，我是属于周汝昌这一派，就是考据派，考据派的鼻祖是胡适先生，可以说周汝昌是他的一个得意门生。我们有很多证据证明，《红楼梦》这本书的原创者、原作者就是曹雪芹。我多次跟大家说过，最重要一个证据就是在大家现在所看到的一百二十回《红楼梦》没有出现之前，有一位叫富察明义的贵族人士，留下二十首《题红楼梦》的诗，前面的小序第一句是："曹子雪芹出所撰《红楼梦》一部。"他的诗里透露出一百二十回《红楼梦》没有的内容。现在我们常见的一百二十回《红楼梦》，前八十回是曹雪芹的，后四十回是一个书商叫程伟元，一个书生叫高鹗，他们两个联合起来续做的。他们续这个后四十回的时候，曹雪芹已经死去差不多三十年了，他们跟曹雪芹无来往。他们有续书的权利，而且续上以后，因为用活字排印的方式印刷出版，流传很广，一直流传到今天，它本身也是一部古书。所以你阅读一百二十回《红楼梦》也没有错，是值得阅读的。

但是曹雪芹写的《红楼梦》不是一百二十回，是一百零八回，都说曹雪芹的《红楼梦》现在留下来八十回，有人就误以为曹雪芹只写了八十回，不是。曹雪芹是写完了《红楼梦》的，曹雪芹的《红楼梦》是一百零八回，在八十回后是二十八回。前八十回现在基本上留下来，后二十八回的内容是可以通过红学当中一个分支叫探佚学，把它的基本内容探佚出来的。周汝昌先生就一生致力于这件事情，而且指导我、鼓励我，去进行后二十八回内容的探佚。我前年写了一个续《红楼梦》，我不是觉得自己有曹雪芹那个水平，要独立创作一个了不起的文本，只不过把曹雪芹的八十回后的二十八回是一个什么内容，通过这个续书形式作了一个展示。现在告诉大家一个消息，译林出版社即将推出一百零八回《红楼梦》，前八十回是周汝昌先生，他用流传到今天的十几个古本，就是手抄的《红楼梦》，加以比对，选出其中最符合曹雪芹原笔原义的字句，再加以连缀。这项工程，他们家是两代三人用了半个多世纪完成的，构成了一个八十回的一个精校本、一个善本，再加上我的二十八回的探佚，我之所以敢于附在周先生这个精校本的后面，因为我的探佚工作是在周先生指导下完成的，是得到他的鼓励的。很多人也知道，古本《红楼梦》、手抄本《红楼梦》，它除了原文以外，会有很多脂砚斋批语。好多人就不懂得读脂砚斋批语，还有人就觉得听刘老师讲知道这个批语很重要，我哪里去找批语呢。现在译林出版社在今年之内即将推出的这个一百零八回《红楼梦》，前八十回不但有周先生精校出来的正文，而且有全部脂砚斋的批语。还有周先生自己的一些评点。然后再附上我的二十八回，展现曹雪芹写完的《红楼梦》的全部内容，即肯定有的前八十回的内容，和很可能有的后二十八回的内容。这个本子现在正在制作中。出版以后，希望大家能够来读。

也有人会提出来，比如说刘老师你老说《红楼梦》，其实据我知道《红楼梦》应该叫《石头记》呀。你的这个说法是对的，早期的古本《红楼梦》，它的书名的题写都是《石头记》，少数是《红楼梦》，多数都是《石头记》。到了一百二十回《红楼梦》出现的时候，它才成了《红楼梦》。因为我原来关于《红楼梦》讲得太多了，所以今天讲曹雪芹《红楼梦》就只说这么多。

影响我最大的另一个中国作家是谁？上一次在这儿搞活动，我已经提出来了。今天好多人可能还是不知道。就是李劼人，这是一个四川籍的作家，他20世纪已经去世了。李劼人曾经在法国留学，也翻译过法国的小说。他回中国以后，就用咱们母语中文写小说。他的长篇小说主要有三部，第一部叫做《死水微澜》，第二部叫做《暴风雨前》，第三部叫做《大波》。最好是《死水微澜》，《死水微澜》如果现在年纪稍微大一点的，会想起来，就是前些年，在20世纪八九十年代是搬上过荧屏的，也搬上过银幕，有它相关的电影和相关电视连续剧，也有相关的戏曲演出，比如有川剧。《死水微澜》写得非常好，好在哪里？我也是一个四川人，虽然我后来长期在北京生活，我具有四川出生、常居北京这样的双重特点。像《钟鼓楼》我是用北京话来写北京的生活。但是对李劼人用四川话来写四川的生活，我非常感兴趣。那么他写的是哪段故事呢？历史背景呢，是辛亥革命前夕。辛亥革命前夕四川是个什么情况呢？当时四川是一个很闭塞的地方，一潭死水。但是为什么又微澜呢？死水里面又起了微微的波澜。就是因为那个时候，四川虽然在内地，是一个盆地，一个闭塞的地方，但是各种各样的信息也传递过去，各种各样新的事物也渗透进去。首先有原有的事物，四川原来民间有一种人身份叫袍哥，就是一种准黑社会性质组织里的人物，讲义气，有时候还敢于跟政府对抗，但是呢意识上并不是很先进，离孙中山那些革命的要推翻清朝的先进人物的先进思想还有点距离，但是他们往往也和反清的这些革命者互相呼应。四川有很多袍哥，当然都是男性。

当时西方的势力已经渗透进中国，教会开始渗透进中国，有些中国人开始信教，他们被叫做教民。教民往往遭到一些有义和团思想和行为的人攻击辱骂。教民当时的生存状况也是很苦，一句话说不清的。一方面他们投靠了教会，因为一度清朝政府也是害怕洋人的，虽然经过一次义和团运动，很快义和团运动就失败了，慈禧太后带着光绪皇帝就从北京紫禁城绕道逃跑到西安去了，后来就讲和了，丧权辱国了。慈禧太后回到北京以后，就跟洋人和好了，甚至请德国画家到颐和园去给她画油画的画像，而且在中国还举办宫廷活动，招待外国大使的夫人，朝廷对洋人的态度在这之后有所变化。所以投靠了教会以后一些教民就觉得自己得到了一定的庇护。可是像袍哥这样一些人，往往会有一些义和团似的思维，对教民他们是鄙视的、排斥的，双方就会有冲突。在四川，辛亥革命爆发之前，这些力量就在激荡，而当时商品经济虽然在很艰难的情况下，发展起来比较困难，但是也在逐步地发展，出现一些土财主。这是说一个大的背景，但你读书会发现一句政治性的话都没有，一点这种背景解释都没有，一片生活。写人，写人的性格，写人生的这种诡谲，难以琢磨。它的主角是一个四川女子，叫邓幺姑，缠小脚的。这个邓幺姑，她当然作为一个那种时代那种地域的那种女人，她不可能自主掌握自己的命运，所以她就必须要嫁人，就嫁给了一个杂货铺的一个老板，人称蔡傻子，人是好人，可是傻乎乎的。她嫁给这个蔡傻子，就和他生了一个孩子。这个过程当中，蔡傻子有一个亲戚叫罗歪嘴，就是一个袍哥，这个罗歪嘴并不是说嘴真是长得歪，他老爱歪嘴，作为一个特殊表情，所以人称罗歪嘴，这个人充满阳刚之气，是很侠义的一个人物。一来二往，邓幺姑就跟这个罗歪嘴私通了。蔡傻子后来也发现了，发现以后就屈服了。因为蔡傻子是一个完全没有办法改变自己固有生活方式的人。

这些都在点题叫死水，它里面没有直露的点题，但是你仔细想就是死水。邓幺姑她到了一定年龄必须要出嫁，你不出嫁也得出嫁。嫁鸡随鸡，嫁狗随狗，嫁傻子随傻子。那么这个傻子做生意发现她老婆不守规矩，给他戴绿帽子，最后也就认了。但是那个邓幺姑确实在那个时代、那个社会、那种情况下是比较出格的，她后来开始尝试自己把握自己的命运，她跟那个罗歪嘴是真有爱情，他们之间的爱情就由秘密逐渐就公开，不但蔡傻子知道了，三邻四坊都知道了。最后大家都习以为常了。而这个罗歪嘴和一个妓女叫刘三金，还继续来往。这很正常，袍哥跟妓女从来都是公开来往的。在这个过程当中，就出现另外一个人物叫顾天成，是一个土财主。这个人发了财了，小说写得很有意思，什么叫土财主？他发了财了，但是他的手指甲里面都嵌着污泥，这是土财主一个很细致的标志。但这个顾天成后来为在生意场求得保护，他就入教了，他就成了教民了。这样后来顾天成和袍哥罗歪嘴之间就发生了冲突，冲突的地点就是在成都青羊宫，这是大冲突的地点，青羊宫是成都到现在还有的一个道观。李劼人写青羊宫当年的风俗，写得生动极了。现在青羊宫已经没有当年那种风情了，但是还残留一些。它的吃是什么样，喝是什么样，那些民俗的玩具怎么样，民俗的那些讲究怎么样。就在那个场合，顾天成最后和这个袍哥之间就爆发冲突，北京话叫茬架，就打起来了。

那么这个故事还很曲折，到最后顾天成，因为当时官府经过义和团运动和庚子国变，也就是1900年的八国联军进北京打跑皇太后和皇帝，结束这个事儿以后，朝廷后来就帮着洋人一起来杀义和团，镇压义和团。朝廷开始考虑君主立宪，派自己的皇族和一些大臣去西方考察。这种情况下，顾天成这种人就觉得我有洋人做靠山，我有官府做靠山，就把罗歪嘴给告了，就说他和革命党和乱党有联系。这样官兵就冲到蔡傻子的杂货铺，砸了杂货铺，来抓罗歪嘴。罗歪嘴当然早就逃走了，抓不着罗歪嘴，就把蔡傻子打得满头是血给抓走了。邓幺姑就狼狈地滚到街上，缠小脚的那个缠脚布散开了，拖了一丈长，也给打坏了。

最有趣的是小说最后结尾，它讲这个邓幺姑经过这一次命运跌宕以后，最后嫁给了谁呢？嫁给了顾天成，很宿命，嫁了顾天成。所以我刚才先讲时代背景，先讲它的历史背景，再讲故事，你就听明白了。如果你不知道时代背景，光看故事也很精彩。他对那个时代各种社会力量的激荡，他是非常巧妙地融汇在他的故事当中、人物关系当中、人物命运当中、细节当中。而他对成都的风土人情的描绘非常出色。所以李劼人是对我影响很大的一个作家，他的《死水微澜》是对我影响很大的一个作品。后来写我的《钟鼓楼》，虽然《钟鼓楼》我是写北京，而且我用北京话来写，跟他不是一回事，但是里面应该说是参考他写时代怎么写，写地域怎么出风情，这些写作特点我是参考他的。这是第二个中国作家。

第三个对我影响大的中国作家就是萧红。萧红的作品也不少，最重要的作品一定要读，一生不读萧红是极大的遗憾，你如果没读过《呼兰河传》，你等于没有读过中国文学的作品。都说张爱玲好，张爱玲固然好，张爱玲出道比萧红晚很多，萧红都死了以后，她才出道。萧红只活了三十多岁，但是她的《呼兰河传》是世界级的经典作品，她那个文本，你读她那个文句，就是天然去雕饰，就从她心中像泉水一样汩汩流出，非常自然，非常顺畅。她写她的故乡，一个很小的地方，说是市，其实也就等于一个大村子一样，散文式地写。里面比如写到这个地方，地上有一个大坑，这个坑里面灌满了渍泥，一下雨后就成为一个泥浆塘，马车翻进去，人掉进去就会死人。冬天干燥了，这地方会变得软一点，有人就故意从上面走过去。几代人就这么在那个地方生活，没有任何人提议，也没有任何人出力去把这个坑改造掉、填掉，人就这么活着，就这么死去。然后她写了很多种生态，让人撕心裂肺，这种社会，就是生者自生，死者自死。邻居有一个小媳妇儿，婆婆老觉得她给家里带来了背运，要驱她身上的那个魔，就想了好多怪招，最后就用开水烫，在大缸里面灌满开水，把她扔进去，往里摁，皮立刻脱下来，没有人劝阻。小媳妇在缸里面，刚进去的时候还在笑，她也觉得把我身上的魔去了之后，我婆婆就能够容下我。悲哀啊。我读这个书的感受，人啊，人们为什么要这样生活？我不要这么活着！作者她却并不直接发出这种呼唤，她的文笔很平静。这是我阅读当中自己从心里发出的一个呼唤，也是很多外国读者内心产生出的共鸣。比如我认识的一个美国汉学家，叫葛浩文，他就说他读了萧红的《呼兰河传》以后，激动得不得了。他跟我说，只有女神才能写出来这种作品。小说里面写了最卑微的生命，给人推磨的，那个磨工和被人最看不起的丫头产生恋情，他们就在一起，就生孩子，但养不了，就连那个做襁褓的布都没有，拿草纸裹着婴儿，但是这些草芥般的生命就非常顽强地生存着。

萧红就以这样的笔触写出这样的人生，读萧红的《呼兰河传》对我的心灵是一次洗礼。我就懂得了什么叫做悲悯。一个作家如果没有悲悯之心你不要下笔。大悲悯就懂得生命的卑微、渺小，生活的艰难不易，人性的复杂、深奥，世道的古怪和它的居然难以变化，和我们对它希望往好变化的一种呼唤。这种情怀是萧红赋予我的。

改革开放以后，我一度是北京市文联的专业作家，那个时候我们北京市文联作家队伍开个名单的话，吓你一跳。老少几辈，比如说老革命，从延安那边来的雷加、阮章竞，从解放区来的像管桦，这些老作家。还有一些是从旧社会，叫作国统区过来的，其中有三位作家很重要，他们是萧军、端木蕻良、骆宾基。前些时有部电影叫做《黄金时代》，看没看？里面有没有这三个人？这三个人我都见过，因为我们当时在八十年代初，都是北京市文联的专业作家，都交往过。这三个人跟萧红都是生死相恋。我去过萧军他们家，老早他就娶了一个媳妇儿，儿女同堂，可他们家到处是萧红的照片，他妻子完全无所谓，他儿女更无所谓。我又到过骆宾基家，家里也供着萧红的照片。骆宾基号称，日本进攻香港，当时萧红动了手术，情况非常危急，电影里面表现了，医院都被日军占领了，玛丽医院被日军占领了，就只好到一个中学，教室作为临时病室，萧红就死在那儿了。据骆宾基自己说，端木蕻良在关键时刻把萧红给抛弃了，所以萧红当时身边就没有人了，就只有他骆宾基。所以当时萧红就拉着骆宾基的手说，骆宾基你是我唯一可以信赖的人，那么骆宾基就说我要娶你为妻子，萧红就说我已经要死了，骆宾基说你死了我也要娶你。据骆宾基他个人的独家版本，当时是这么一个情况。电影也没照此来拍，因为很多人不信。电影里也表现了端木和萧红是正式结过婚的。开头萧红跟萧军是一对，两个人后来就从东北跑到上海找鲁迅，两个人把自己的习作给鲁迅看，鲁迅大为赞赏，介绍出版。萧军那部叫做《八月的乡村》，鲁迅作了序。萧红那部叫做《生死场》，鲁迅也作了序。

萧军是一个男子汉大丈夫，虽然他救过萧红，爱萧红，但是他在家里有家暴，电影里也表现了。所以萧红就经常一大早跑到鲁迅家去，一待就是一天，许广平说老实话是烦透了。萧红后来写的《回忆鲁迅》，写得非常好，无数人回忆鲁迅，唯独萧红文本最好。有人读了这个文本以后，就生出一个解释，说实际上萧红爱鲁迅。鲁迅爱不爱萧红呢？很有趣。但是后来萧军和萧红之间完全闹掰了。据说在西北的时候，当时他们在一个什么地方，就进行最后的人生抉择。那个时候萧军就决定要去延安，先去西安，然后最后奔赴延安，要去为民族解放事业奉献自己的一生，投入这个角色。端木蕻良是一介书生，他当时决定去重庆，重庆也是抗日的，蒋介石政府当时也是抗日的。骆宾基就说，我看萧红的，萧红去哪儿，我就去哪儿。骆宾基比他们小，当时还是一个小青年。据说有这么一个情况，电影里没有表现。我要认识那个导演的话，我跟她讲讲，这场戏应该放进去。萧军一度自己出去，寻找革命的方向去了，离开了。离开以后，萧红当时就很寂寞，一大群男子追求萧红。萧红为什么这么大魅力，现在是个谜，真是一个谜，现在有她照片，那照片有多漂亮？没多漂亮，怎么那么多男子爱她，像电影里演的聂绀弩，也是她的追求者。当然萧红也很得意，那么多男子追求她。她说，现在我把一个拐杖藏起来，谁能找着，我就跟谁好。这些男子跟没头苍蝇一样，热血男儿要抗日，你们抗日啊，找拐杖！最后谁找着了，端木蕻良找着了，电影里面你注意没有，端木蕻良的道具是两个，有一个法兰西帽，他老戴着，一个是他有一个拐杖，拐杖是他的一个标志。端木蕻良是一个被那些男子最看不起的，觉得他最没有男子汉气概，文弱书生，那些男子最不看好他了，端木却居然找着拐杖，萧红居然跟他好。那些男子就奇怪了，就觉得萧红你怎么回事？我们都挺棒的，帅哥，或者很阳刚，男子汉，你不爱，你非去喜欢那么一个文弱书生，你干嘛呢你？喜欢小白脸！就说明那个时候萧红就喜欢小鲜肉。后来很多人就直接堵着端木蕻良问，你怎么回事你，你凭什么能找着？端木蕻良逼急了，说我告诉你吧，萧红偷偷告诉我的，那拐杖在哪儿。而这个时候就发现，萧红已经有孕了，是萧军的种。萧军从外面就回来了，萧军是一个很不守纪律的人，什么也约束不了他，野马似的人。回来以后，一进院子门，骆宾基就在那儿守着，萧军进来，骆宾基就告诉他：你走了以后，萧红她跟端木蕻良在一块，他们俩好了。萧军觉得不可能。怎么不可能？现在他们俩在一块呢。萧军就把骆宾基一推，就往屋里冲。当时西北那个炕，一看两人在炕上，肩膀靠肩膀，萧红正小鸟依人呢。这萧军一见，怒火冲天。就是你跟谁好也罢，怎么偏跟这么一个人好啊！萧军随身带着匕首的，他是这种男子汉，拔出匕首来，大叫，就立刻要杀这个端木蕻良，电影拍出来多精彩！萧军这个人大叫以后，他自己就昏过去了。这个时候端木蕻良什么表现呢？立刻去掐他人中，拍他背，立刻去救他。生死冤家，三个男人爱一个女人，就是这种爱。然后骆宾基就最伤心了，伤心得不得了。萧军回来宣布跟萧红分手，然后端木蕻良就向萧红求婚，萧红就答应正式嫁给端木蕻良，怀着萧军的孩子。后来端木蕻良和萧红在武汉举行了正式的婚礼，两个人就一起到了重庆。后来蒋介石抗战，越战越不行，大溃败，桂林大撤退什么的，最后两个人就流落到香港。没有想到日本当时好厉害，把香港也占了。

那个情况下，据端木蕻良跟我说，因为我跟他有交流，说当时萧红病得不行了，那手术不该动，动坏了，手术创口那儿老出血，他还老给她吸痰，吸血痰，这个电影里表现了。端木蕻良对她是很好的。但是当时已经没有钱了，不管怎么样，你得有钱，对不对？治病，没钱怎么治？他说我去找钱去了。他去找钱，他不是把萧红抛弃了。但这个时候另外一个东北流亡的一个男子，就是骆宾基，他到了萧红的榻前，据他说，萧红跟他说，端木抛弃她，自己一个人脚底抹油溜了。骆宾基就握着萧红的手，说我爱你。萧红就答应嫁给他。那么骆宾基的这个话为什么有人不信，但是又不能完全驳倒呢？因为后来确实拿出一张纸，纸上写的是萧红宣布今后她的《呼兰河传》这本书，如果再印的话，全部版税都归骆宾基。所以到新中国成立以后这本书出版，以及改革开放以后这本书再版，所有的版税确实都是骆宾基跟出版社要。萧红亲笔写的委托书，端木没话说，端木虽然是萧红正式举行过婚礼的丈夫，也没话说。

我在端木的家里面，他后来有一个太太，叫钟耀群，两人很相爱。怪了，端木家那个茶几玻璃板底下，好大的萧红照片，她也无所谓。有一次跟骆宾基交谈，我得罪他了，那老头儿不能得罪的。当时北京市文联专业作家开会分两组，得把骆宾基和端木他们俩分开，两人不能够在一个组开会的。我跟骆宾基分了一组，这骆宾基他老发言，学了什么文件，什么精神，那会儿不是经常学嘛。他老发言，发言当中老突然有一句，端木是个坏人，当时也拿个拐棍戳那地板。全组人目瞪口呆，大家伙劝他，也不好说什么。有一次我是讨好他，休息的时候，我说骆老，中国女作家里，我当时就忘了萧红了，我说中国女作家最出色的，排座次的话，因为我刚拜访过冰心，就说冰心排第一位，一下子他满脸溅朱，我就害怕了，这要一下心梗的话可坏了！骆宾基憋了半天，才戳着地板反驳我说：那萧红呢？原来在他心目中，冰心不能排第一，别的谁都不能排第一。我赶紧说对对对，萧红，萧红，是萧红。

作为一个女作家，她在生活当中得到了那么多男子的喜爱，而且三个男子最后成了死对头。萧军还潇洒点，对他们两个无所谓，那两个人是不能见面的，散会以后，比如说两个人在走廊里头，端木一见骆宾基出来了，赶紧上厕所，躲洗手间去。端木是一个懦弱书生，挺有意思的。但是呢，三个人都留下了好作品，而他们的作品都比不过萧红，比不过《呼兰河传》。这是第三个对我有很大影响的中国作家，萧红。

第四个中国作家就是孙犁，我不知道在座的是不是知道这个作家。这个作家他有些文章被选进中学课本，有些人可能是通过中学课本知道的。其实那不是他最好的作品，这个作家最好的作品是一部篇幅很短的中篇小说叫做《铁木前传》，你一定要找来看，发表在1956年，那个时候作家们都是要写歌颂农业合作化的作品，孙犁这个作品似乎也是这个题材，这不稀奇。孙犁不是一个不问政治的作家，更不是异见人士，绝对不是，他本身就是从革命老根据地过来的作家，他的作品里是有政治的，他的长篇小说《风云初记》写抗日战争，《铁木前传》涉及农业合作化，这是很自然的。后来浩然不就以歌颂农业合作化的《艳阳天》《金光大道》走红的吗？浩然的文本是高度政治化的，而孙犁写农业合作化背景下的农村和人物，却把政治稀释了，他写得非常别致，他绝不直奔主题，他娓娓道来，淡淡抒情，仿佛水中莲花在月光下缓缓绽放。

《铁木前传》写了一个铁匠跟一个木匠两家的故事。铁匠有个女儿叫九儿，这个木匠有好多个儿子，第六个叫做六儿，他写木匠所在村子的情况，合作化了。合作化初期，大家要准备农具，光有木匠不行，得木铁结合才能够打造出适用的农具，所以这个铁匠就带着九儿到那个村子安营扎寨，打铁。这个六儿和九儿，父亲是朋友，两人就两小无猜。一来二去难免就有一些青梅竹马那个情绪出来，他写得很优美。

但是这个小说里面忽然出现一个1949年以后的文学画廊当中空前绝后的人物形象，叫小满儿，她是村里面一个美丽魅惑的妇女，很风流，作者用中性笔触来写这个小满儿，不是把她当作一个荡妇来写，写出一个生命的神秘。他也写到当时有下乡来指导这个合作化的干部住在农民家里，小满儿忽然飘然而入，身上散发着一种当地很难闻到的那种雪花膏的气息，而且就跟干部有很奇特的诉苦，意思就是说难道我这样的人就不能让人懂吗？干部当时觉得，不知道怎么解释这样一个生命。这些笔触写得非常好。然后他很微妙地写出来这个六儿就在小满儿及其亲属一伙的诱导下，离社会的主流越来越远，越来越游手好闲。而这个九儿跟她父亲打铁，就始终希望六儿也能够跟他们一样，融入这个社会的主流当中。

孙犁教会我怎么在这个体制下写作。我从小是在红旗下长大的，受的是革命教育，戴红领巾，别过共青团的团徽，唱过很多革命歌曲。我能接受的我接受，不能接受的我沉默。但是呢，我还是要和这个社会亲和，和现实我要讲和。我要写作，我怎么写？孙犁就是一个标杆。孙犁还有一个短篇精彩极了，叫《秋千》，表面上写农村几个姑娘荡秋千，农村有时候会在树上设置很简陋的秋千，小姑娘就荡来荡去，有个小姑娘她每天和其他的姑娘一起荡，忽然有一天她就不太敢去荡了。为什么呀？因为土改以后正在定成分。成分这个概念不知道在座的人都懂不懂。年轻的不懂，什么叫成分？老爸填表说是出身贫农，一度有的小孩就急眼了，怎么贫农呀？同学该看不起我了，咱们家怎么也得是个富农吧？以贫为耻，以富为荣。要在改革开放之前就糟了，那时候“以阶级斗争为纲”，工人、贫农、下中农，属于革命阶级，地主、富农、反革命、坏分子、右派分子，属于敌对阶级，叫做“黑五类”，你父亲要是富农，那就要天天挨斗了。所以那时候成分很要紧，贫下中农出身光荣，地主富农出身狼狈。

那么《秋千》这篇小说其实是写土改时划成分的故事，你要划了中农还好，你要划了富农的话，就是专政对象，就糟糕了。孙犁他经历了土改运动，他也拥护和支持土改运动，因为土改运动在当时来说起到解放生产力的作用。为什么解放战争打得国民党部队落花流水？很多农民觉得我分到土地也是共产党给的，我把我自己的孩子送去前线打蒋匪，保住这分到的土地，多是这么想的。那个时候，很多作家就正面写农村的阶级斗争，写土改，写划阶级成分，他们是激昂的写法。孙犁却是另类的，非常独特的写法。他写一个小姑娘，他们家有可能划成富农，也有可能划成中农。后来又细分上中农、下中农，开始不那么细。这个小姑娘他们家的情况，骑在可划为富农也可划为中农的分界线上，如果划成富农，她就是一个敌人的孩子，如果划成中农，她就还是一个人民队伍中的后代。所以你看小说的题目叫《秋千》，人在这个社会当中，在社会运动的流变当中，人的命运要有时候取决于很多外在的力量，左右左右，秋千在摆荡。我们家究竟是富农，还是中农？后来小说是一个喜剧结尾，她们家没有划成富农，她就又欢快地跳上秋千，和其他那些划成贫农和中农的孩子一起荡秋千了。写得多好！好不好？在那个时代、那种情况下，他能这样写，他没有发出反对划成分的声音，实际上他要表达出什么呢？人性、人情、人道。你细琢磨嘛！所以他对我影响很大。当然后来他这种写法不能坚持下去了，“文革”当中也被批斗。

孙犁《铁木前传》写完以后就没有《铁木后传》了，他那《风云初记》，后来也没续上《风云后记》。因为以他这种柔软的心肠、柔曼的笔调写革命，在当时那种人文环境下，他再往下写很难了，写出来以后发表的可能性也不大。改革开放以后，他可以随心所欲地写了，却年迈体衰了，只能写短小的散文、小小说。可惜！孙犁是影响我至深的第四个中国作家。

第五个，是我在这儿搞过一次专题活动讲到的，就是林斤澜，林大哥。他前些年去世。林斤澜是后来我交往最深的一个老大哥的作家，他是一个被埋没的作家，好多人不清楚，不知道他的名字，不读他的作品，或者不知道他作品的好处。他对我的影响非常大。比如在1956年，他有过一篇短篇叫做《一瓢水》，我在这儿讲过。我再稍微地重复一下，他写两个司机，一个老师傅带一个学徒。在很艰苦的西南山路上盘旋，车坏了需要修车。新司机就看老司机趴在车底下修车，不言不语的。他就很气愤，说这个老司机思想不开放，不活跃吧。还有一个细节，发现这个老司机有一团揉皱的信。这个老司机的妻子提出要跟老司机离婚，他写出人心深处最沉重的东西，这个老司机是一个老模范，但谁知道他有他个人的生活，有他个人隐私，有他个人隐痛，有他不可告人的秘密。但是老司机坚持来修这个车，继续他们的行程。但老司机后来就病了，发高烧，病得很重。他们的车就到了一个叫一瓢水地名的地方停下来，这车如果再不弄好的话呢，就开不走了。车虽然修好了，老司机病不好，也开不走。写一个夜晚去找一个道士，道士带他们找了一个能治病的中医，写得非常奇怪，那样写法的人，1949年以后很少见。他就告诉我们，新旧社会交替当中，有一些旧事物还一点变化都没有，比如说道士，比如说那种迷信的想法，比如说乡间那种完全依靠经验来治病的医生等。通过一个小青年的眼光，老觉得这个不对头，可生活真相就是如此。通过这样一番经历以后，这个老司机病居然就治好了。后来老司机就继续开这个车，年轻人坐在副驾驶座上，他向往自己今后能够取代老司机，成为一个好的驾驶员，车就开向远方。

他表面上写一个歌颂性题材，歌颂一个老司机，在那么艰苦的条件下，坚持完成运输任务，甚至自己家里还有窝心的事儿，沉默不语，不对人说，坚持在那样的盘旋山路上不出事故，安全运行。写这个新司机向往着怎么能够很快成长，成为一个能独立驾驶的驾驶员，为国出力。表面是一个歌颂性的小说，实际上写出了人心深处的问题，写出了人心深处的一些奥秘，也写出了时代交替中社会角落那些未开化的区域。他的小说在布局上、氛围上非常独特，给我很大的启发。

以上就说了五个影响我最大的中国作家和他们的作品。再说外国作家，刚才说了一个托马斯·哈代，是英国的。再说一个法国的作家，古典作家影响我最大的是哪位啊？巴尔扎克吗？雨果？莫泊桑？梅里美？或者后来才进入到中国读者视野的普鲁斯特？哪位呀？这些对我都有影响，但是我的少年时代对我影响最大的恰恰是另外一位，叫做罗曼·罗兰。罗曼·罗兰是十九世纪到二十世纪之间的一个作家，他在第一次世界大战之前就有一个作品，篇幅很长，叫做《约翰·克利斯朵夫》。我当时看是四大本，现在好像有上下册两本就把它全印了。这部长篇对我影响特别大。他写了一个德国音乐家的一生，其实影射贝多芬。我看的是傅雷翻译的，傅雷是我们那个时代翻译法国小说翻译得最多、也翻译得最好的一位，是一位非常了不起的翻译家。他翻译的第一部，小说第一句四个字：江声浩荡。马上就让我觉得这个小说不得了。然后就写到一间屋子，屋子外面，屋子下面，就是大江了，一个生命诞生了。然后他就写约翰·克利斯朵夫的成长过程：第一次有了同性的朋友，建立起了亲密的友谊；第一次有了性觉醒，有了女朋友；他第一次进入到社交场合，了解到社会复杂；后来进入到艺术界，了解到艺术界内部的杂驳；后来到了巴黎，巴黎是艺术之都，他就发现他所向往的巴黎不过是一个节场，就是一个类似过节的那种集市，净是搞杂耍的，他觉得太庸俗、太虚伪。于是他就完善自己的独立人格，个人奋斗，最后他成了一个大音乐家。这么一部书，当中有它很多复杂的情感生活的描述。这部书对我影响特别大，而且后来罗曼·罗兰有一句话，这句话不在这本书里，在他另外一部作品里面，影响了我一生。他那句话是这样的：累累的创伤便是生命给予我们的最好的东西，因为在每个创伤上面都标志着前进的一步。就说人不要怕挫折，不要怕在生命历程当中受到伤害，受到伤害以后，勇敢地再继续前行，养好你的伤。如果留下了伤痕，那么这是你的勋章，你不要后悔那所经历的苦难，留下的创伤，它其实记载了我们前进的历程。这话给我很大的激励。因为我后来一生也有很多的坎坷，很多的失利，很多的预想不到，很多让家长大失所望，让同龄人看不起、鄙视，让人翻白眼，这种经历我都有。罗曼·罗兰的《约翰·克利斯朵夫》这部著作，成为我的精神宝库。刚才引用的那句话，支撑我克服了很多人生的困难，迈过了很多人生的坎儿。所以我感谢罗曼·罗兰，感谢他的这部小说。虽然现在他已经不是时髦的作家，《约翰·克利斯朵夫》也不是热门读物了，但是对我来说，他是影响我最大的一位法国作家，《约翰·克利斯朵夫》是对我有启蒙意义的一部作品。

第三个是丹麦的安徒生。有人说安徒生很熟悉，咱俩聊聊，你是要聊哪一篇？《海的女儿》？《丑小鸭》？最该聊的是小学课本里的《卖火柴小女孩》，对不对？我还不跟你聊这些。我觉得他最打动我的一篇，是有一天让我一下午发愣的一篇，不知道你读过没有，读过以后记得不记得，叫作《柳树下的梦》。其实这不是一个童话，没有任何幻想成分，是很写实的一个短篇小说。他写丹麦农村的两家人，一家相对富裕，一家相对贫穷，但当时差距还不是特别大，一家有个男孩，一家有个女孩。小男孩小女孩两人在一起玩，快活极了。后来小女孩一家就搬到丹麦首都哥本哈根了。这个小男孩这家就比原来更穷了，小男孩最后成了一个鞋匠，给人修鞋的一个鞋匠，跟一个老师傅学修鞋。这个小女孩到了哥本哈根，发展得很好，他们家比原来更富裕了，把她送进了皇家音乐学院，学声乐，就成了一个女歌唱家了，而且就在歌剧院成了台柱，能唱主角了。后来两个人就都长大了，长大以后都懂得了情爱，这个小男孩就不断思念这个小女孩，而且他也不断得到信息，因为有的邻居还是来往于他们村庄和哥本哈根之间，带来信息。他就想去找这个小女孩。他自己成为一个小伙子，小女孩肯定成为一个少女了。他怀着憧憬，背着修鞋的箱子，一路走着给人修鞋，这样徒步从他的家乡走到了哥本哈根，他打听到女孩子一家的住址，他就去敲门。是一栋美丽的小楼，门开了，是这家人的一个女仆，就问他是谁，他说你告诉他们我是谁，我原来跟他们一个村的，我叫什么。那个女仆进去以后，没想到全家欢呼，家乡来人了。女孩子的父母和女孩子本人对他都特别欢迎，他们高兴极了。他们那个小楼里，卧房很多，立刻安排他一间单独的房子，请他吃很丰盛的晚餐，要他报告家乡情况。他就目不转睛地看，那个女孩子长得已经非常成熟了，非常美丽。女孩子说，哥哥，我是学唱歌的，我现在唱给你听，一唱，唱了以后屋子里的杯子都发生共鸣，因为她经过专业的训练，是大台柱。后来女孩子就说，在这儿唱，你听不过瘾，另外换一个地方听我唱吧，给他一张票，让他去听她的演唱，他就去了。他才知道原来世界这么大；原来哥本哈根这么漂亮；才懂得在乡村以外，还有一个地方叫作城市。城市里面有一种地方叫街道，街道两边很多房子叫楼房，楼房中有个最大的叫剧场，金碧辉煌。他拿着票进去了，是一个非常好的座位。音乐响起，幕拉开了，从来没有看过这么华美的场面，觉得像仙境一样。他惊讶地发现，出现了一个女子，就是他所爱的姑娘，这个女子受难了，经历苦难了，他想冲上台去解救，不用他去救，台上就有人救。结果这个女子一切苦难都渡过了，就嫁给了白马王子了，辉煌得不得了。最后幕关了，就听见人们叫好。幕又拉开了，很多人往上扔花束，那个女主角谢幕无数次，还有人给她献花。后来就听到很多人说，咱到后门等着，一会儿她会从后门出来。他就跟着这些人到了后门去了，全是人。等着这个剧场后门打开，卸妆的女孩子出现了。他回忆当年在村里面，在小溪边玩，一块看花，一块捉迷藏，一块听小鸟歌唱，他觉得这个女孩子是属于他的。但是人们等啊等啊，后门终于打开了，先出来的是一个绅士，一个年轻的绅士和舞台上的白马王子差不多，一个帅哥。然后这个帅哥出来以后，有一个人搭着他的手出来，就是那个女孩子，就是那个女主角。一辆豪华马车在那儿等着，这位绅士就把女孩子扶进那个马车了，人们就欢呼，叫那个女孩子的名字。这个时候那小伙子突然意识到，这个女孩子不属于他，竟然不属于他。人生多么悲苦，竟然不属于他。马车就开始走了，车轮滚滚，人们就散去了。小伙子猛地意识到眼前的都不属于他，这座剧院不属于他，这个街道不属于他，这个路灯不属于他，这些楼房不属于他，哥本哈根不属于他。他走回那个女孩子家里，家里人说抱歉，她因为唱歌很累，已经睡了。问他歌剧好不好看呢？就发现他沉默不语。他就说，我要回去了。你怎么现在就要走，你多住几天，你才来哥本哈根。他说我要回去，我要回去。他背起他修鞋的箱子，就从哥本哈根往回走，要离开不属于他的地方。他就回忆起他到她家，见到那个女孩子，女孩子从他眼睛里看出他的意思，女孩子在家里唱歌之前，就握着他的手说，你永远是我哥哥，我永远欢迎你来。我的家里永远有你一间房间，有你一张床。说我知道你想什么，但是我真做不到，真对不起，我真做不到。他想想女孩子的话，他就往家乡走，往属于他自己的那个地方走，很远，这个时候已经秋深了，树叶飘落，在鞋边打转。走啊走，半路上有一棵大柳树，他累了，就坐在柳树下，靠着柳树休息，在柳树下他就梦见了很多美好的情景。后来就下雪了。第二天过路人发现有一个修鞋匠靠在柳树下已经冻僵了，就是他。

读了《柳树下的梦》以后，我当时年龄还不大，我就流眼泪了。因为这个小说里没有坏人，过去我看一个故事，总判断谁是好人、谁是坏人。好人悲惨因为坏人害他，对不对？这里面有坏人吗？那家人对他好不好啊？那个女孩子对他好不好啊？都非常好，对不对？没有坏人。我才懂得什么是无奈的人生，人生有时候真是很无奈的，贫富的差距，事业成功者和底层劳动者的差距，属于你的空间和不属于你空间之间的间隔，一下子，那天读这个作品以后，我觉得我一下子人的成熟度就增加了。我再看别的人，再看生活，再看这个社会，我觉得我能理解得更多了。所以感谢安徒生，感谢《柳树下的梦》。为了纪念我自己的阅读和我对安徒生和《柳树下的梦》的感激，后来我把我的一本散文集就叫做《在柳树的臂弯里》，柳树好像也是一个生命，伸出它的胳膊，安慰一个失意的人。我就觉得我要学会这种情怀。这是又一个影响我的作家安徒生。你读过他很多的童话，我告诉你，他有几个极好的作品你可能没有读过，比如说《柳树下的梦》。

还有一个外国作家是俄罗斯的。俄罗斯在十九世纪末、二十世纪初，是全球人类文学艺术的巅峰。俄罗斯的文学、音乐、绘画、芭蕾舞、电影，各个艺术门类的成就，都是值得骄傲的。作家很多了，对你影响最大的俄罗斯古典作家是哪一位？列夫·托尔斯泰？陀思妥耶夫斯基？还是高尔基，那位革命作家？还有谁啊？刚才下面有一个人说出来了，跟我的想法一样，对我影响最大的，叫安东·契诃夫。他的剧本，根据他的剧本的舞台演出，这个我先不说。就小说而言，他有一篇小说非常好，哪篇？你也许知道《套中人》，中学课文里有过，我先不说那篇。《一个小公务员之死》课文里也有，我也不说这篇。哪篇呢？我告诉你，他的小说对我影响最大的一篇叫作《没意思的故事》。其实很有意思，他以第一人称写一个功成名就的老人，他已经成为院士了，已获得极大的名誉了，生活也很富裕了，该有的都有了。刚才我讲安徒生那个《柳树下的梦》，那这个鞋匠，他想有的全都没有。契诃夫这个小说里面的主人公相反，他已经是一个老头儿了，什么他都有，功成名就了，但是他忽然发现生活没有意思。在这种情况下他发现了，一切他原来认为很有意义的事物和人物都虚无缥缈，比如什么是妻子？妻子就是那个把我的拖鞋叫作我们的拖鞋的那个女人，这很深刻，一切他都悟透了。仅仅这样的话，小说也不稀奇。但是写了一个小姑娘，一个年轻的女性闯入他的生活。这个姑娘很懒散，老丢三落四的，也不好好学习，也没什么成就。但他忽然就以这样一个生命，像一面镜子照出了他作为一个生命应该去追求的一种意义。写得太好了。

我现在年龄越来越大了，我当然不如小说里面那个主人公，我虽然也算有点名，也有点钱，但实际上还是有很多不足的。从社会评价来说不算很高明的一个人，不像小说里写的那个院士那么不得了。但是我与小说里那个老头有共鸣。现在再重读的话，就感触更深了。安东·契诃夫的小说最后他都归结到一点上让你深思，就是生命意义究竟在哪里，如果说托尔斯泰他很痛苦地去反对恶，不以暴力抗恶，以一种柔和的方式去抗恶的话，那么安东·契诃夫的小说他连恶都不去专门描写。他告诉你往往吞噬我们生命的是什么，是庸俗。他全部作品的主题是反庸俗。他有一篇作品叫作《醋栗》，小说里面有一个人，这个人没什么追求，他就在自己的庭院里面种了一种浆果，类似樱桃这一类的浆果，叫醋栗。你种浆果也是挺好的事儿，并不反对你种浆果，但这个人最后他全部的幸福感只寄托在他所种植的醋栗上，来了客人就请人吃，其实这种菜很酸，很涩，很不好吃，但那个人每次吃自己种的醋栗，总是满脸幸福感，自己赞叹：多好吃呀！契诃夫就批判这种庸俗。就是你对生命价值的追求应该比这个层次要高一点。再比如说他有一个剧叫作《三姐妹》，他写外省的三个姐妹总向往到莫斯科去，她们嫂子却安于现状，是一个很庸俗的人。有一个台词很简单，嫂子也很爱打扮自己，经常浓妆。她们就跟嫂子提一个小意见，说你那个腰带不应该是绿的。因为服装的颜色搭配是很要紧的，是吧？不是说绿腰带完全不可以用，绿腰带应该专配一些特殊的颜色或者是其他样式的服装。这个嫂子在审美上是很俗气的，不能够雅致打扮自己。这个嫂子反应是什么呢？她说，是吗，这不吉利吗？她根本不懂得审美，她以为提醒她是因为绿腰带不吉利，很小的台词就反映了契诃夫他的用心。人家提醒你，你要建立高明的审美观，她听不懂，只关心吉利不吉利。

我现在背后批评一个人有点不太厚道，但是我想也能说明问题。就是我有一个小时工，一个阿姨，每天来给我打扫卫生，她工作很好的，我这里先表扬她，隔着空间我感谢她对我的帮助。但她每次把我这个台面上打扫完了以后，我老得自己整理一遍，她有时候就以为我对她有意见，说难道我打扫得不干净吗？不好吗？我就没法跟她细说，我就说你挺好的，这是我自己的臭毛病。她完全没有审美观念。比如说我屋里的摆设，有的地方我要求放置对称，她不懂什么是对称。有些地方我不要对称，北京话叫花插着，就是要错落有致，她不懂怎么花插着。有些地方比如我摆我家里的照片，我有一定的角度，你擦完钢琴以后，你得摆回，她老是弄得乱七八糟，她擦那个灰擦得很好，但不懂得那些照片摆放时要角度优美。她清扫过以后，所有地方的东西她都摆不对头，我都得重新弄一遍，我很愿意弄一遍。因为我一个退休老头儿，我没事。她没有审美训练，这不能怪她。我有时候想给她开一个课，告诉她什么叫平行，什么叫对称，什么叫花插，什么叫高低得宜，什么叫做颜色搭配……她很积极，她工作很好。比如说她把我们钢琴上的盖布脏了拿去洗。我家里的东西她随便动。她拿另外一块原来洗过的盖布就盖上，但这和我这一轮，这个季节，我的钢琴盖布上所摆放的摆设的颜色是不搭配的，不能用这块盖布。我就要换下来，她就非常不理解，恨不得跟我吵架，我怎么不对了？我就没有办法。我觉得要从ABC说起，钢琴什么颜色，盖布什么颜色，我上面摆设什么颜色，什么叫暖色，什么叫冷色，什么叫中间过渡色……这没法马上说清楚。有一次我试图跟她说这个，她说不行，我还有下一家呢。我说你那么辛苦干嘛？她说你不知道，我在老家买房，我还还着房贷，没有空听你说这个。这位小时工不能从俗气进入高雅，当然不算什么问题，但是有的人并没有她那样的艰辛生活，甚至既有钱又有闲，却俗不可耐，就有问题了。

契诃夫就教会我做人。他有一句名言，人的一切都该是美丽的：心灵、思想、面貌、衣裳。这话看来很普通，其实它很深刻，我们要么对心灵重视而轻视衣裳，要么只顾衣裳而罔顾心灵，契诃夫却希望我们全面高尚、优雅，教会我们远离庸俗。不得了的一个作家。他对我的影响也很大。我有的作品里面也以反庸俗为内核。

还有一位对我影响至深的外国作家，就是海明威，美国作家。海明威在座的马上就可以脱口而出：《老人与海》！《老人与海》非常好，后来也因为这部作品，他得了诺贝尔文学奖。但是他对我启发最大的小说是他早期的第一部长篇小说《永别了，武器》。下面有位女士跟我一起说出了这个书名。那么《永别了，武器》结尾的那些文字你记得吗？记不太清楚了？我们一起来回忆吧。

《永别了，武器》以第一次世界大战为背景，写一对年轻人的故事。最后男主人公的爱人在医院里面难产，好不容易生出一个孩子，脐带绕脖子，窒息而死。他很痛苦。他怎么跟他的难产死去的爱人告别，怎么走出医院，这段文字，我曾经拿着翻译的书来回读了很多遍。我那时候也开始写作了。我就懂得写作当中很重要的一条是驾驭文字，你能够写得花里胡哨不算功夫，你能够懂得克制，懂得冷静，懂得简约，你才不得了。海明威就是这样一个小说作家，从他的第一部长篇《永别了，武器》，他就有这个特点。最后那一段，就是短句子，一句一句的，他不展开描写，不浪费词汇。第一人称小说，我不是背书，也背不下来，但是记忆深刻。大概是：我走进房间，护士说你别进来。我说，你出去。她出去了。我走到床前……最后，我走出了房间，走出了医院，下着雨，我在雨中走。

如此克制，如此简捷，毫不煽情，却令人感动不已。

那个时候我开始写小说，我就懂得写成这样不容易，要我的话，起码得两三千字，细致地去组织文字。后来发现他的每部小说都是这么厉害，到《老人与海》更炉火纯青。海明威教我学会了驾驭文字。

总结起来说，这十位中外作家和他们的主要作品对我的影响，是他们滋润了我的心灵，同时教会了我写作。我就懂得了写作起码有以下几点是我必须要随时注意的。

第一，就是一定要有对社会生活的熟悉度，要会观察。所有这些作品多数都是写实的，就是作家本身有生活积累，你作为有心人和一般人看生活就不一样。一般人逛一个商场，通常直奔主题，要买什么，去挑选就罢了。但一个写作者，你可能就不太一样。忽然发现有一个女子背对着别人、脸朝着墙，好像在那儿微微抽泣。当然你不要惊动她，不要去问她。那么你就意识到有故事了，立刻就有很多情绪产生。人的生存真不容易，她一定遇到难处了。她怎么会在这儿？她跟谁一块来的？她家在哪儿？你一定会有很多种联想派生出去。观察、积累加想象、虚构，灵感就会产生了。写作者首先对社会要有观察，要懂得世道，看透人生，懂得人性。

还有一个要点，当然有的小说不讲故事了，现在这种小说也是一派。我却还是比较喜欢讲故事的小说。你要会讲故事。像刚才讲到的托马斯·哈代，他就会讲故事。那故事如果换一个讲法就索然无味，对不对？你看他，哪一个地方该事先让你明白，吊你胃口，哪些地方作者隐蔽起来，他知道你不知道，先不让你知道。比如说一开头我们都觉得一个母亲带着十八岁女儿回来，当然就是十八年前怀抱中的那个女婴了，对吧？但是到后面出现那样一个情节，居然海员才是她亲爹，意料之外，情理之中。他会讲故事，会编排故事。所以会讲述，用文字来叙述，你会编排，这很要紧，这对写作非常要紧。

还有一个要点，就是写作还需要驾驭文字的功力。像海明威，刚才我特别讲他的语言简捷利落。

最后就是我前面多次提到，你如果具有大悲悯情怀，你写作的段位一定高，凡是中外古今的优秀作家，凡是称为经典的作品，都一定有大悲悯情怀。没有大悲悯情怀只是好玩、有趣，只能够红极一时，不可能长久流传。这就是我今天在这里向大家汇报的全部内容。感谢大家耐心听我讲这么多。

2017年4月29日在北京金融街购物中心刘心武书屋

鸡啄米

妈妈把我写作叫作“鸡啄米”。

一

一次去西郊，看望宗璞大姐。闲谈中，她提及1981年夏天，我在兰州给她画像的事，说那张画儿她仍保留着。那是一幅方形的水彩画，画的是宗璞大姐在未名湖畔，背倚一株大树，借着朝霞和湖光，读一册厚书。她的女儿小玉说我画得挺像。儿童不会恭维，可见的确捕捉到了一点大姐的神韵。大姐因随之问我，从什么时候开始喜欢画水彩画的。

我便告诉大姐，大约是上初中一二年级的时候，当时才十二三岁（我五岁上小学，所以比一般初中一二年级的学生小），因为受到家里的熏陶，开始热爱文学艺术，除了如饥似渴地阅读能拿到手的文艺书籍外，我还常以两种游戏自娱，那头一种，便是自己“编辑”“出版”文艺杂志。

记得“出版”的期数最多的，是用小三十二开白纸横向装订，除了里面的文字中附有钢笔画的插图外，封面上总画有一幅水彩画，那刊名便叫《斜坡》。

宗璞大姐听我这么一回忆，笑了，因问我:“怎么给你的杂志取这么个怪名字呢?”

说真的，我也记不清究竟为什么要取这么个怪名字了。从宗璞大姐处回来不久，我应约给一家杂志写创作随感录，不禁袭用了二十多年前的这个刊名《斜坡》，并在其中写道：

斜坡，

上攀艰难，

下滑容易。

似乎很有点哲理性——但这其实是年过四十后的我才有的感慨，在那十二三岁的烂漫岁月，我是不可能有这类思维的。

仔细地回忆，那《斜坡》的第一期，封面上似乎画着一道开满鲜花的斜坡，上面站着一个梳辫子的小姑娘，怀中抱着一大束鲜花。也许，我当时是先图而后题，因为画一道斜坡，所以就将那“刊物”命名为《斜坡》了。嗯，想来就是那么回事儿。

听到我说这些事，有人也许认为我是个创作天才，但只要我把“底细”一露，便“真相大白”。

那《斜坡》杂志封面上的水彩画，全非创作，而是从杂志上登的图画、照片中模仿而来的。即如刚才所说的“创刊号”的封面画，记得便是照着当时的一本苏联儿童画报《木乐济尔卡》中的彩色插图，“依样画葫芦”搞出来的——唯一的“独创性”，不过是把那抱花小姑娘的头发从黄色变成黑色而已。

里面的“作品”呢？大体上是三类。一类是把我读过而喜欢的小诗、小文，照抄上去，当然，还署原作者的名字，但附上我为他们制作的拙劣的插图，这当然很有偷窃版权之嫌；另一类是我根据自己看过的电影，编写的类似“故事梗概”那一类文字，这回可署上自己的“笔名”了（记得用过的这类“笔名”有杨弟、赵壮汉、陆离、文质彬等等），好像“创刊号”上的那篇，便是苏联电影《雾海孤帆》的故事；第三类才是我自己独立写出的东西，幼稚不堪，敷衍成篇，以至今天我回忆时，头两类的“作品”尚可忆及一二，这一类的“作品”除了几个题目外，竟毫无印象可寻了。

这需说明的是：里面的字迹并不那么工整，而我的画技，也始终未达到入门的水平。总之，那些玩意儿实在近乎胡闹。

虽是胡闹，到二十四岁那年，遇上了大家都遇上过的赶紧烧“罪证”的劫难，《斜坡》之类自然便荡然无存了。

也没什么可惜的。现在想起来，只是一笑。

但我对文学艺术的痴迷症，却是从那时染上而至今未愈的。

二

谁一定要我走上文学创作之路么？换句话说，谁启发了我走上文学创作之路呢？

没有。

父亲常向我提起在我出生前十年便牺牲于“一·二八”事件日寇轰炸中的祖父。祖父是晚清举人，后官费留学日本，就读于早稻田大学，学的是“人类学”，回国后曾在北京任蒙藏院佥事。大革命时期南下参加革命，在广州中山大学做教授，后又随北伐军北上，光复武汉不久，经历了国民党发动的血腥“清党”，流亡到上海，著七言旧体长诗《哀江南》，抒发愤怒和哀痛。

父亲说那首长诗曾由“神州国光社”印过一千册，他能背诵出其中许多段落。

这样，祖父的形象在我心目中就相当高大，在我的意识之中，他首先是一位诗人。但父亲向我讲述祖父的事情却并无鼓励我当诗人之意，他不过是要我像祖父那样保持做人的正直与刚强。

父亲是中国古典文学和京剧艺术的爱好者。解放后，父亲一度很受重视，从重庆调到北京，在海关总署任职，工作很忙，但他枕下却也经常压得有一点临睡前调剂精神的线装书——版本都不怎么好，那自然是他不许我看的，但我却偷看过几部，如《石头记》《浮生六记》《绿野仙踪》等等。很长的时间里，我都以为父亲仅仅是个一般的欣赏者。“文化大革命”中，父亲在一所军事院校任教，被“造反派”彻底地抄了一次家，结果抄出了一册他珍藏在箱底的手稿，那是他二十出头时尝试创作的一部章回体小说，叫《铁兰花》，大约只写了十来回，便中辍了。这一文学尝试，他可从未对我们子女说过，就是母亲，见了大字报在公布一系列“罪证”时竟夹有一条“写作大青草《铁兰花》”也不禁愕然。可惜父亲偏在好日子复来时因患脑溢血而逝世了。有时我不禁想，设若父亲仍在世，当他知道我不仅违背了他的夙愿没有去学医当大夫，而且也没有再当教师和编辑，而是专门搞文学创作时，他该会怎么说呢？多半会笑着摇头，说“何必……”吧？那我就要“将”他一军：“您当年不也暗暗地做过文学梦吗？《铁兰花》不就是明证吗？”……

母亲和父亲一样，虽是文学艺术的爱好者，却也更希望我们子女去为祖国搞一点“实业”。只不过母亲比父亲宽厚随和一些罢了。

大哥解放战争中参加了人民解放军，后来在部队中攻汽车技术。二哥先学造纸，后来成为抗菌素工业研究所的工程师。姐姐学的是农业机械，当过拖拉机总体运用专业的研究生。他们都不负父母的厚望，从事“实业”，服务于祖国和人民。

唯有小哥哥和我，一个先在北大学习俄罗斯语言文学专业，后来这类专业人员过剩而改行教英语；一个走了一条教师——编辑——专业写作的道路，成了所谓“文人”。这实在是出乎父母所望。

然而，说到底，我的痴迷于文学艺术，又确确实实出于家庭的熏陶。

父亲书架和枕边乃至枕下的那些中国古典小说、笔记、野史……对我难道不是一种引诱吗?

母亲说起《红楼梦》，如数家珍，由我家桌上的一盘菜可以联想到“脂粉香娃割腥啖膻”，又可以随时回答我们诸如周瑞家的和秦显家的是什么关系之类的问题……对我难道不是一种渗透吗?

大哥在家信中不时夹带他的诗作；二哥在迷恋照相印相时将他的一副侧影与钢笔、白云之类放大叠印，戏题为“作家之梦”；小哥哥说话中不时使用脂砚斋评《石头记》的词句引人发噱，什么“实有其人，实有其事”，“草蛇灰线，伏延千里”；姐姐从东北农机学院回北京过暑假，居然整整几天靠在床上读大本的苏联翻译小说《大学生》《收获》《远离莫斯科的地方》……凡此种种，难道对我不也是一种启迪吗?

三

少年的心，天上的云。

中学阶段，我曾有过许多的梦想。并不是只想搞文学艺术，因为班上有一些同学体育上很行，有的在全国速滑比赛中夺到名次，有的学校准假到外地去参加举重比赛，引动得一大批同学，包括我这种那时其实是瘦弱多病的男生，都一度迷恋干体育事业。于是在我的床头，普希金和罗曼·罗兰的画像竟被挤到了一边，而陈镜开、黄强辉、赵庆奎这些当时的举重明星照片竟占据了中央位置……不过那也仅是一阵旋风，现在想起来，真忍俊不禁。

就是在文学艺术这个领域里，我首先选择的，也并不是文学。

上面讲过，我少年时代曾迷恋于两种游戏，一种游戏是“编辑出版”文艺杂志；另一种呢？便是“自编自导自演自观”戏剧。怎么个搞法？将我家的椅子，当作一个舞台，用一些铅丝、碎布、头巾，构成前幕、侧幕、天幕，然后或自己画，或从画报上剪，弄出一些房宇呀、树木呀之类的“影片”，还用手电筒“布光”，于是乎便可“开演”了。“演员”有时连纸人都不是，就用一些玩旧了不成套的积木片儿，依据我的想象，用手把它们挪来挪去，这个要把那个打死，于是嘴里一声“砰”，手指便扳倒一个，另一个则晃三晃——因为他后悔不迭，心中发虚，等等。那时已有十三四岁了，这样一个人玩，从旁看去，大约近乎疯癫，然而我就那样度过了许多课余时光。

再大一些，不这么玩了。不再是随父母兄妹去剧场观剧，而是自己一个人去了。那时我家离首都剧场不远，因此我几乎看过那一时期北京人民艺术剧院上演的每一个剧目，从最优秀的剧目到演过就算的剧目，我全看过，有的还不止看过一遍。比如，我记得那时我就至少看过五次《雷雨》，有一回大约是演繁漪的吕恩病了，结果原来演鲁妈的赵韫如改演繁漪，这样我就在很近的时间内既看了赵韫如演鲁妈又看了她演繁漪，印象之中，我以为她演繁漪更为出色，我不明白为什么导演却认为她在正常情况下只能演鲁妈。

在高三毕业前夕的新年晚会上，我导演并演出了一出小剧。好像是一出讽刺美国社会畸形现象的喜剧，剧本是从当时一本杂志上选的。一贯连起立回答老师问题也不免脸红的我，竟突然以喜剧角色面目出现在同学们面前，自然令他们大吃一惊。但也仅只是吃惊而已。剧终时，观众们只忙着嗑他们的瓜子，似乎没有几个鼓掌的。

可是我却狂妄得认为自己可以去当戏剧家了。

高三毕业后，我去中央戏剧学校一试。居然好意思报导演系。记得初试时我朗诵了鲁迅的《狂人日记》和郭沫若《女神》集中的一首短诗，我激动得要命，末了主考教师不得不首先对我说："你干吗那么使劲地嚷呢?"

但是初试的五百多名考生经过筛汰后，留下的三十来个可以复试的考生中，仍然有我。

我的小品考砸了。主考教师给我一盏马灯，让我设计一个小品。我一直生活在城市里，娇生惯养，我连马灯该怎么点燃都弄不清。我只好请求他们另给我出一个题目。结果心慌意乱中，我连那个本来与我生活相近的题目也没做好。如果不心慌意乱呢? 我大概也做不好。我没有考取。很长的时间里，我都把这件事隐蔽起来，说实在的，我有一种羞耻感。

现在我已步入中年。失败过的事太多了。我终于懂得，在事业的道路上，失败不仅不是羞耻，而且恰恰值得珍视。

我一般不在文章中引用先哲的话，不为别的，只是因为我看时下许多文章中总爱引用若干先哲先贤的话，为避免文章写法与人雷同，我便尽可能一句也不引。但此时此刻我却不能不将曾在我灵魂中烙下很深印迹的这句罗曼·罗兰的话录在下面：

"累累的创伤便是生命给予我们的最好的东西，因为在每个创伤上面，都标志着前进的一步。"

四

我从初中三年级起便试着给报刊投寄稿件。

我已经记不清都投寄过些什么，总之，不是投给“中学生征文”或“幼苗”一类的专栏，而是大摇大摆地作为成年人向报刊投寄“正式”的作品。

屡投屡退。

那时候，刘绍棠已经成为知名作家，王蒙的《组织部新来的年轻人》正引起强烈反响，我们的文坛上正孕育着、发生着许多惊心动魄的事，而我对这些事的了解却处于鸿蒙未开的混沌状态。唯一的一次接近成功的情况，是《少年文艺》杂志把我寄去的短篇小说《旗手》打了回来，但附有一封手写的编辑部信件，提了几条意见，让我修改。那个短篇大约是写一次少先队的中队活动，登香山“鬼见愁”，中队旗不慎掉到了悬崖边，于是两名护旗手一个表现出惊慌胆小，另一个则勇敢地爬到悬崖边取回了队旗。素材倒是取自我们班上的一次少先队活动，但写得非常幼稚。我兴冲冲地修改了一遍，满怀希望地寄回了编辑部。记不清是石沉大海还是终于退了回来，总之是没有刊出，自然很伤心。

伤心归伤心，投稿仍未中断。

到了1958年，我上到高二的时候，才终于在当时的《读书》杂志登出了一篇文章 :《谈〈第四十一〉》。寄稿子去时我没说自己是还在上学的中学生，只写了家庭地址。结果编辑部大约以为我是个有修养的成年人，登出后寄给我刊物时，附信请我“不吝赐稿”。我当然“不吝”，但寄去的稿子一定令他们哑然失笑——他们看出我不过是个一知半解的少年人，因此都婉辞退回了。我朦胧地意识到，归根结蒂每个人还得从自己的实际情况出发。又过了一年，我不再装成大人样了，我以中学生的面目给刚创刊不久的《北京晚报》副刊《五色土》寄小稿子。我寄去了个小小的快板剧本《王大妈让房》，内容是表现街道上办托儿所没有房子，一位王大妈主动让出了自己的私房，供办托儿所用。编辑部给退了回来，但在油印的统一格局的退稿信下面，一位编辑顺笔写了几句话，大意是说：你写得挺生动，但报纸不宜提倡公占私房，你是否另写点别的试试。我很快就“另写”了几首儿童诗寄去，结果其中一首很快便登了出来，编辑并写信告诉我另两首也留下备用，后来不但用了那两首，还陆续登出了我接着寄去的几篇“一分钟小说”。

后来《北京晚报》副刊召开业余作者座谈会，把我也请去了。至今我仍然非常感激《北京晚报》的那几位同志：王纪刚、顾行、刘孟洪（他们在粉碎“四人帮”后，《北京晚报》复刊时，又回到原有岗位上辛勤工作）。他们见到我只是一个十七岁的不谙世事的中学生时，既不惊讶也不歧视，既不吹捧也不苛求，平等待我，一视同仁，他们使我从少年时代便确立了这样一种信念：编辑部取舍稿子只看质量，而并不把资历、地位、名气、背景搁在头里，因此只要我严肃认真地写稿，投寄去便有可能刊出。

到1966年夏天，《北京晚报》被当作“反党喉舌”被迫停刊了，我大约在上面发表了五十篇文章，属于“一分钟小说”、“一夕谈”、“儿童诗篇”、“影剧随感录”、散文、散文诗等不同的类别。此外也在《人民日报》《光明日报》《中国青年报》《大公报》等报刊上发表了一些散文、小小说、杂文、小品、剧评。

现在偶尔从旧报纸上看见这类“豆腐块”我总不免脸红。确确实实脸红。

穿开裆裤的照片。就是那么个性质。

然而，我就是这么开始我的写作活动的。多么卑微，多么简陋。

“你看你，又‘鸡啄米’！”那时候，我还没有离开家独立生活，妈妈看见我伏案写稿，总不免调侃地说：“你这样‘鸡啄米’还要啄到几时啊！”

的确，笔在稿纸上一格一格地移动，那动势，那笔尖摩擦纸面的声音，都令人联想到鸡从地上啄食米粒。

真没想到，我现在竟成了专业“啄米”的“鸡”。啄到几时？怕很难停止了！

1983年1月26至27日写于北京垂杨柳

检